Lisi Harrison

Die Glamour-Clique

Das perfekte Date

In derselben Reihe sind bisher erschienen:

Cinderellas Rache
Die Partyqueen
Die Stunde der Supermodels
Amors Wettschießen
Kussattacke
Wer ist die Schönste?
Es ist so schön, ein Biest zu sein!
Partypanik
Absolutes Flirtverbot
Die Stylingqueen
Skandalgeflüster
Finger weg vom Märchenprinz!
Party mit Superstar
Die Flirtprinzessin
Die Poolparty

LISI HARRISON

DIE GLAMOUR-CLIQUE

Das perfekte Date

Aus dem Amerikanischen
von Simone Wiemken

Arena

Für dich

Die Personen und Ereignisse in diesem Buch sind fiktiv.
Jede Ähnlichkeit zu real lebenden oder toten Personen ist zufällig und von der Autorin nicht beabsichtigt.

Dieses Werk erschien erstmals 2010 bei Little, Brown and Company, New York, unter dem Titel »These boots are made for stalking«.

Published by Arrangement with ALLOY ENTERTAINMENT LLC, New York, NY, USA.
Dieses Werk wurde vermittelt durch die Literarische Agentur Thomas Schlück GmbH, 30827 Garbsen.

FSC
Mix
Produktgruppe aus vorbildlich bewirtschafteten Wäldern, kontrollierten Herkünften und Recyclingholz oder -fasern
Zert.-Nr. SGS-COC-003210 www.fsc.org
© 1996 Forest Stewardship Council

1. Auflage 2011

Aus dem Amerikanischen von Simone Wiemken
Coverfoto: © Roger Moenks
Gesamtherstellung: Westermann Druck Zwickau GmbH
ISBN 978-3-401-06595-3

www.arena-verlag.de
Mitreden unter forum.arena-verlag.de

BEI DEN MARVILS
MERRI-LEE MARVILS KLEIDERSCHRANK

Donnerstag, 30. Oktober
16 Uhr 35

Bewertet mein Kostüm«, verlangte Massie Block und drehte sich einmal um sich selbst, damit das Schönheitskomitee ihren schwarzen Overall und die roten Lacklederpumps von Brian Atwood aus jedem Blickwinkel betrachten konnte. Sie stemmte die Hände in die Hüften, fuhr sich mit der Zunge über die Lippen und zeigte ein reißzahnverstärktes Lächeln. Auf diese Weise warnte sie die Freundinnen davor, ihr weniger als eine 9,2 zu geben.

Alicia Rivera und Dylan Marvil musterten sie wie Modekritiker, die bei einer Fashion-Show in der ersten Reihe sitzen, und als wäre Merri-Lee Marvils begehbarer Kleiderschrank das Hauptzelt bei der Show im Bryant Park. Dylans Mutter hatte den Mädchen erlaubt, ihre Halloween-Kostüme mit jedem Teil aus ihrem Schrank aufzupeppen, an dessen Kleiderbügel ein Schildchen mit ANZIEHEN SPÄTESTENS BIS hing.

Claire Lyons grinste mit ihren künstlichen Vampirzähnen. »Neun Komma acht!«

»Tootaal.« Alicia applaudierte.

»Zum Sterben schön.« Kristen Gregory griff nach einem Spitzenhemdchen, das vom Kristallwandleuchter herabhing wie Spinnweben.

»Voooollll schaaaaarf, Belllllaaaaaahhhh«, rülpste Dylan und stopfte sich ein weiteres Marshmallow in Gespensterform in den Mund.

Ohne Vorwarnung fuhr Massie ein Schauer über den Rücken wie ein Elektroschock. Vielleicht lag es an der grellen Farbe ihres neuen lippenverkleisternden Glossip Girl Bite Me Berry. Vielleicht am unheimlichen Flackern der Sojakerzen mit Kakaoduft, die Dylan angezündet hatte, um ihre Freundinnen in die richtige Halloween-Stimmung zu bringen. Oder vielleicht an dem tollen Gefühl, dass das Schönheitskomitee wieder vereint war und fester zusammenhielt als je zuvor.

Alicia hob die Hand und Massie beugte sich vor, um triumphierend einzuschlagen. Als sich ihre Handflächen berührten, schoss eine Welle des Einverständnisses durch sie hindurch. Ohne dass ein Wort gesprochen werden musste, versicherte Alicia, dass sie nie wieder versuchen würde, das Alphagirl ihrer eigenen Clique zu sein. So, wie sie es bei den

Soul-M8s gemacht hatte, ihrer gemischten Truppe, die so kläglich gescheitert war. Und Massie würde versuchen, sich etwas weniger wie das superstarke Haarspray von Bumble & Bumble zu verhalten und ein wenig mehr wie der flexible Halt von Frederic Fekkai.

»Seid ihr sicher, dass Landon es nicht kindisch finden wird?«, fragte Massie und zupfte ihre langen schwarzen Spitzenhandschuhe zurecht. Jetzt, wo sie einen umwerfenden Modekenner-Schwarm aus der Neunten hatte, war der Grat, auf dem sie wandeln musste, um Modesünden zu vermeiden, schmaler als eine superenge Röhrenjeans.

»Hast du ihn schon gefragt, ob er mitkommt, wenn wir Süßes oder Saures abgreifen?« Kristen stemmte sich hoch und wankte auf den Plateausohlen von Merri-Lees Jimmy Choos zur gegenüberliegenden Wand, um die dort hängenden Klamotten durchzusehen. An jedem Kleiderbügel hing ein Polaroidfoto von Merri-Lee in dem jeweiligen Kleidungsstück und das Ende des Mindesttragbarkeitsdatums war in Rot vermerkt.

»Nicht direkt«, gab Massie zu. »Aber wir haben per SMS abgemacht, dass wir morgen zusammen abhängen wollen. Schätze, er wartet nur noch darauf, dass ich ihm sage, was abgeht.« Sie nagte an ihrer Unterlippe und wünschte, sie könnte einen schnellen Blick auf ihr Handy werfen, um zu checken, ob dort eine neue Nachricht auf sie wartete.

»Josh schreibt schon die ganze Woche, dass er es kaum erwarten kann, endlich mein Kostüm zu sehen.« Alicia nahm sich ein Stück Blutorange und steckte es in den Mund.

»Derrington kommt auf jeden Fall«, verkündete Dylan

und tat so, als müsste sie ihre frisch geglätteten roten Locken auf gespaltene Spitzen untersuchen.

»Super.« Mit einem ermutigenden Lächeln machte Massie deutlich, dass es ihr nichts ausmachte, dass Kristen und Dylan jetzt mit ihren Exfreunden ausgingen. In Wirklichkeit hatte die Tatsache, dass sie ihr beide den Schwarm geklaut hatten, ihr Vertrauen in die Menschheit ebenso erschüttert, wie das der Menschheit in das US-Finanzministerium erschüttert war. Aber dank ihrer neuen, das Selbstbewusstsein steigernden Selbsthilfe-CD *Wie überlebe ich den Verrat durch einen Mann* würde sie ihre Vertrauenskrise schneller loswerden als Nicole Richie ihren Babyspeck. Und falls nicht, konnten sich Oprah und ihr Buchklub auf etwas gefasst machen.

Genau in diesem Moment dröhnte ein tiefes, böses Lachen aus der Gegensprechanlage. »MUUUUUAAAAAHHHHHAAAAAHHHHAAAA.«

»Ahhhhhhhhhhhhhhhhhhh!«, kreischte das Schönheitskomitee wie aus einem Mund. Claire schleuderte in ihrer Panik einen Gummifuß quer durch das Zimmer. Dylan schnappte nach dem Deckel einer Prada-Schuhschachtel und hielt ihn vor sich wie einen Schild. Und Bean, Massies schwarzer Mops, sprang von einem Haufen Seidentücher von Hermès und flitzte zu Massie. Beans rotes Seidencape flatterte dabei hinter ihr her, als wäre sie Superhündchen.

»Bean!« Massie bückte sich hastig, um ihren Liebling zu retten. Beans weiße Plastik-Vampirzähne mit den knallroten Spitzen klapperten vor Angst.

Sekunden später tauchte Layne Abeley in der Doppeltür

zum Schrank auf. Sie trug ein T-Shirt mit der Aufschrift GHOULS JUST WANNA HAVE FUN und enge Jeans in Neon-Orange.

»Oh mein Gott, Layne!«, fuhr Massie sie an, der das Herz bis zum Hals schlug. »Wegen dir hat Bean fast einen Herzinfarkt gekriegt!«

»Ups, tut mir leid.« Layne ließ sich neben Claire plumpsen, als gehörte sie ganz selbstverständlich dazu.

Das Schönheitskomitee zückte blitzschnell die Handys.

DYLAN:	K, HAST DU LAYNE EINGELADEN?
KRISTEN:	NEIN, DU?
ALICIA:	DAS SHIRT IST GRAUSIG.
DYLAN:	UND DIE JEANS TÖDLICH. ☺
MASSIE:	DAS OUTFIT GEHÖRT BEERDIGT. ☺
DYLAN:	OB C SIE EINGELADEN HAT?
MASSIE:	VERMUTLICH. IGNORIER SIE EINFACH.

Massie nahm einen Riesenschluck von ihrem Draculatte, um den Klumpen Schuld wegzuspülen, der sich plötzlich in ihrem Hals gebildet hatte. Die Wahrheit war, dass Massie erwähnt hatte, wo das Schönheitskomitee nach der Schule sein würde, als Layne in der zweiten Stunde Französisch gejammert hatte, dass sie noch ein Kostüm brauchte. Was bedeutete, dass sie den HL gewissermaßen eingeladen hatte. Aber eigentlich hatte sie gar keine andere Wahl gehabt. Als Dylan und Kristen ihr Ex-Derrington und Ex-Dempsey geklaut hatten, hatte Layne die Freunde ihres Bruders aus der Neunten angeschleppt. Inklusive Landon Crane.

Aber was noch wichtiger war: Als Massie gezwungen gewesen war, Schauspielerinnen als ihre neue Clique anzuheuern, um die alte eifersüchtig zu machen, hatte Layne keiner Seele (und keinem Soul-M8) davon erzählt.

»Als was geht ihr eigentlich?«, fragte Layne und machte einen Doppelknoten in das Glitzer-Schuhband ihrer schwarzen Cons.

Dylan verdrehte die Augen. »Wir gehen als Trampire.«

»Häh?« Laynes ungezupfte Brauen krochen aufeinander zu, als sie das Tablett mit den häppchengroßen Brownies mit Bissspur, den Blutorangenschnitzen und dem mit dunkler Schokolade überzogenen Popcorn zu sich heranzog.

»Trampire«, wiederholte Alicia und zog den silbernen Flechtgürtel enger, den sie über einem trägerlosen schiefergrauen Alexander-Wang-Kleid trug. »Vampire mit Stil.« Sie riss ein paar Löcher in eine von Merri-Lees Netzstrumpfhosen und malte sich mit einem scharlachroten YSL-Lipliner winzige Bissspuren aufs Bein. »Genial, was? Das hat Massie sich ausgedacht.«

Dylan dankte Massie mit einem Lächeln für diese Idee und riss den Saum ihres schwarzen Cosabella-Slips herunter.

Massie strahlte ein *Gern geschehen* zurück. In diesem Jahr verkleidete sich jedes Mädchen aus der Achten entweder als Bella Swan oder eines der Cullen Girls, was bedeutete, dass der Vampirtrend toter als tot war. Also hatte sie dem Ganzen einen Hauch von Alpha verpasst.

»Den Teil mit dem Tramp kapiere ich.« Layne musterte Claires burgunderfarbenen Slip mit der Spitzenkante. »Aber wo ist der ›ir‹-Teil?«

»Wir tragen dieses Jahr keine Sprühbräune auf«, erklärte Massie. »Also werden wir megablass sein.«

»Komm mit, Layne«, sagte Claire. »Suchen wir dir ein Kostüm.« Sie stand auf, nahm Laynes Hände und zog sie hoch.

»Alles klar. Aber nichts Trampiges.« Sie folgte Claire die Wendeltreppe hoch ins Obergeschoss.

»Kuhgeschmack«, rief Alicia ihnen nach. Im Kerzenlicht glänzte ihr dunkles Haar noch mehr als sonst.

»Ganz meine Meinung«, kicherte Massie und setzte sich zu Kristen auf den Boden. Wieder mit den Freundinnen vereint zu sein, fühlte sich besser an als Jakobs Kopfhautmassage nach dem Strähnchenfärben. Sie gab sich selbst einen Kleinfingerschwur, niemals wieder zuzulassen, dass ein Junge wichtiger wurde als das Schönheitskomitee.

Massies iPhone brummte.

LANDON: IST BEAN BEREIT FÜR EIN DATE MIT BARK MORGEN ABEND?

»Oh, mein Schatz!« Massie kicherte ihr iPhone an. Sie zog sich Bean auf den Schoß und spielte mit den silbernen Anhängern, die am purpurnen Seidenhalsband des Mopses baumelten. Das Halsband war ein Geschenk von Landon und seinem Mops Bark Obama. Bean weigerte sich mittlerweile, ohne das Halsband das Haus zu verlassen.

Kristen und Alicia starrten gebannt auf das Display von Massies Handy.

»Wassagter?« Dylan wankte durch den Raum und hockte sich hinter Massie.

»Ihr werdet euch morgen Abend so was von auf den Mund küssen«, sagte Alicia voraus.

»Bestimmt«, sagte Massie schüchtern, obwohl der Gedanke, einen älteren Mann zu küssen, jetzt schon ihren Gloss zum Schwitzen brachte.

Bean sprang von Massies Schoß und rannte hektische Kreise um die Mädchen. Ihre kleine rosa Zunge flatterte im kakaoduftenden Luftzug.

»Hey!«, brüllte Layne und lehnte sich über das Geländer am oberen Treppenabsatz. Sie trug einen roten Morgenmantel aus Seide. »Ich gehe als Totkäppchen!« Claire malte mit einem billigen Wet-N-Wild-Lipliner blutige Wunden in Laynes Gesicht.

Massie hob die Hand, um sie zum Schweigen zu bringen, und tippte im Blitztempo eine Antwort.

MASSIE: DENKE SCHON. ☺ BRING BARK UM 19:45 ZU UNS. SÜSSES ODER SAURES GEHT UM 20:00 LOS.

LANDON: KANN NICHT. GRUSELFILMNACHT BEI EINEM FREUND. WILLST DU AUCH?

»Er will, dass ich mit seinen Freunden abhänge«, sagte Massie langsam. Der Draculatte rumorte in ihrem Magen.

Dylans dunkle schokofarbene Lippen schrumpften zu einer dünnen Linie zusammen. »Und was wirst du tun?«

Bean hielt mitten in einer ihrer Runden an und blinzelte hektisch zu Massie.

Alicia und Kristen beugten sich vor und flehten sie mit

großen Augen an, sie nicht zugunsten ihres Schwarms sitzen zu lassen. Bean flehte, Bark sehen zu dürfen, die schwarzen Knopfaugen rund und voller Hoffnung. *»Bark!«*, kläffte sie, für den Fall, dass Massie ihren berühmten Hundeblick nicht verstanden hatte.

Massie griff nach ihrem Latte, um Zeit zu schinden. Der Gedanke, dass Landon sie womöglich nicht in ihrem Trampir-Kostüm sehen würde, war unerträglich. Aber hatte sie sich nicht gerade selber einen Kleinfingerschwur gegeben, keinen Jungen mehr zwischen sich und das Schönheitskomitee kommen zu lassen?

Massie fiel die rote Lebensmittelfarbe im ehemals weißen Schaum ihres Latte ins Auge und erinnerte sie daran, dass sie und das Schönheitskomitee nicht nur Freundinnen waren. Sie waren wie Blutsschwestern. Und Blutsschwestern ließen einander nicht wegen eines Jungen im Stich. Nicht einmal, wenn dieser Junge auf Mode stand, einen Mops hatte, in die Neunte ging und ein absoluter Traumtyp war.

Sie schluckte. »Ich gehe natürlich mit euch zum Süßes-oder-Saures-Abgreifen«, sagte sie entschlossen, als hätte sie eine andere Möglichkeit nie in Betracht gezogen.

Dylan, Kristen und Alicia atmeten erleichtert auf und schwärmten dann aus, um ihre Kostüme zu komplettieren. Bean kläffte beleidigt und ließ sich deprimiert auf den Boden sinken.

Bevor Massie es sich anders überlegen konnte, schickte sie Landon eine SMS.

MASSIE: KANN NICHT. SOS-RUNDE MIT DEN MÄDELS. BEAN = ☹.

Massie fühlte sich, als hätte ihr jemand mit einem Stiletto ins Herz gestochen und das Loch dann mit einer Riesenladung Verunsicherung gefüllt. Sie frischte hastig ihren Gloss auf, um die ganze Unsicherheit dahinter einzuschließen.

Bean hob hoffnungsvoll den Kopf, als sie Massies Handy brummen hörte.

LANDON: WILLST DU BEAN ZUM FILMABEND BRINGEN? DANN KÖNNEN WENIGSTENS DIE HUNDE ZUSAMMEN SEIN. ICH PASSE AUCH GUT AUF SIE AUF.

Massie zögerte. Sie hatte Bean noch nie einen ganzen Abend aus den Augen gelassen. Aber andererseits . . .

»Bean!«, sagte sie. »Willst du morgen Abend zu Bark?«

Bean sprang hoch und hechtete auf Massies Schoß.

Massie kicherte und atmete den warmen Duft des extra für Bean angemischten Vanilla-Hundeshampoos tief ein. Wenn Massie Halloween schon nicht mit ihrem Schwarm verbringen konnte, sollte wenigstens Bean bei ihrem sein können. Und wenn sie Bean zu Landon brachte, würde er a) sehen, wie um-wer-fend sie in ihrem Trampir-Kostüm aussah, und wenn er dann noch b) seine Freunde sitzen ließ, um mit ihr und dem Schönheitskomitee auf die SoS-Runde zu gehen oder c) schwor, nie wieder von Massies Seite zu weichen, dann wäre der Abend trotzdem perfekt.

Außerdem gab es noch einen weiteren Vorteil. Massie kraulte Bean unter dem Halsband und nahm den winzigen Anhänger in Form eines Kauknochens zwischen Daumen und Zeigefinger. Dieser Anhänger war ein SnoopDawg. Darin war eine Mikrokamera versteckt, die ihre Aufzeichnungen zur SnoopDawg-Website schickte, damit Tierbesitzer ihre Lieblinge rund um die Uhr überwachen konnten. Massie brauchte also nur die Kamera einzuschalten und konnte dann über ihr Handy jede Bewegung von Bean beobachten.

Und von Landon.

Massie musste kichern und spürte, wie die Unsicherheit verschwand. Das war der perfekte Weg, ihren neuen Schwarm besser kennenzulernen. Natürlich war ihr klar, dass es nicht die feine Art war, aber wen störte das? Sie hatte zwar versprochen, an ihrem Vertrauen in die Menschheit zu arbeiten, und das würde sie auch tun.

Ab Montag.

Lagebericht

In	Out
Trampire	Vampire
Freitag, 31. Oktober	Freitag der 13.
SnoopDawg-Halsband	Tiffany-&-Co.-Armband

WESTCHESTER, NEW YORK
HEMMING WAY

Freitag, 31. Oktober
20 Uhr 13

Claire Lyons hakte sich bei Massie ein, die sich bei Alicia einhakte, die sich bei Kristen einhakte, die sich bei Dylan einhakte. So vereint marschierten Claire und ihre Mit-Trampire durch die Dunkelheit auf das erste Haus ihrer Runde zu, die Guerlain-gepuderten Gesichter leichenblass und mit strahlend weißen Reißzähnen. Ihnen auf den Fersen folgten David und Victoria Beckham, ein Massai-Buschmann, ein Schiedsrichter-Vampir mit blutigen Eckzähnen und Chewbacca aus *Star Wars.* Das Klacken der Absätze der Mädchen zerriss die frische Abendluft und ließ Horden von Amateuren in billigen Kaufhauskostümen hektisch aus dem Weg springen.

»Süüüüüüüßes«, lallte Dylan wie ein Zombie und starrte die Auffahrt zu einem riesigen Haus im Tudorstil hinauf. Der Rauch von den Papierlaternen, die die Einfahrt säumten, mischte sich mit dem warmen Duft von geschmolzenem Karamell, angebrannten Marshmallows und Massies unverwechselbarem Chanel No. 19.

Claire hatte eine Gänsehaut auf den nackten Armen, aber sie war so aufgeregt, dass es ihr egal war. Ihr graues Fleeceshirt passte nicht wirklich zu Merri-Lee Marvils D-&-G-

Röhrenkleid und den Ferragamo-Peeptoes aus schwarzem Satin. Aber zu frieren, verschaffte ihr später die perfekte Ausrede, sich an ihren Freund Cam Fisher zu kuscheln.

»Wie eklig ist das denn?« Alicia ließ ihre Eckzähne aufblitzen, als das Schönheitskomitee, die Jungen und Layne am mehrstöckigen Springbrunnen des Anwesens vorbeikamen. Hunderte von Augäpfeln dümpelten in dem blubbernden Wasser herum, das dunkelrot gefärbt worden war, damit es wie Blut aussah.

»Huuuaarrghhh«, grunzte Layne hinter ihrer Chewbacca-Gummimaske. Sie hatte ihren braunen, mit Federn bedeckten Gymnastikanzug mit flauschigen Kissen ausgestopft, um besser gepolstert zu sein.

Claire kicherte und freute sich insgeheim darüber, dass Layne ihr Angebot, ebenfalls als Trampir zu gehen, abgelehnt und sich stattdessen für Chewie entschieden hatte.

»Super!«, schrie Derrington, stürzte auf den Brunnen zu und schnappte sich eine Handvoll der bemalten Gummi-Augäpfel aus dem Wasser. »Munition!«

Dylan verdrehte die Augen, aber ein Lächeln zuckte in ihren Mundwinkeln, als Derrington anfing, Dempsey mit den Dingern zu beschießen.

»Hey!« Dempsey schlug mit dem drei Meter langen Speer, den er zu seinem winzigen roten Lendenschurz trug, nach den Augäpfeln. »Meine Mom hat den Kram bei einer Stammeszeremonie in Afrika gekriegt! Sie bringt dich um, wenn etwas damit passiert.«

»Und dich bringt sie um, sobald sie merkt, dass das Röckchen aus ihrer Vitrine verschwunden ist«, schimpfte Kristen liebevoll mit ihrem Freund und zupfte an dem kupferfarbenen Hemdchen, das sie über knubbeligen Metallic-Leggings trug. Für den Fall, dass sie zufällig ihre Mutter traf und sich schnell umziehen musste, hatte sie einen Skianzug unter dem Kostüm. Dadurch sah sie allerdings nicht mehr wie ein Trampir aus, sondern eher wie ein Sumoringer.

Als alle seine Augäpfel verschossen waren, rannte Derrington zu Josh-Schrägstrich-Victoria Beckham und schlug ihm auf die Schulter. »He, Alter, das hier ist Familienprogramm. Wir wollen keinen Schweinkram sehen.«

»Häh?« Josh Spice sah an sich herunter. Ohne Alicias C-Körbchen, die es oben hielten, rutschte das trägerlose schwarze Minikleid, das sie ihm geliehen hatte, gnadenlos an seiner Brust herunter. »Ups, ich glaube, ich brauche das ein paar Nummern kleiner.« Er grinste und das leicht angewiderte Posh-Lächeln, das er mit Lipliner aufgemalt hatte, bekam erste Risse.

Alicias Wangen wurden so rot wie ihre geschminkten Lippen. »Miristesauchzugroß.«

Cam prustete los und Claire verpasste ihm mit dem Ellbogen sofort einen strafenden Rippenstoß. Aber richtig sauer war sie nicht. Sogar in einem Schiedsrichter-Outfit und mit Vampirzähnen sah Cam einfach zum Anbeißen aus. Die pelzige Fledermaus auf seiner Schulter war ihre Idee gewesen und sie verpasste seinem Kostüm das gewisse Etwas.

»Claire, bist du in der Jury von einer dieser Castingshows?« Massies Stimme riss Claire aus ihrem Cam-Koma. Oder, wie Massie es gern nannte, ihrem Cam-a.

»Nein.«

»Dann hör auf, jede seiner Bewegungen zu analysieren.« Massie nahm ihren Marsch wieder auf und führte die Mädchen und ihre Freunde zur Haustür.

Erwischt. Claire schmunzelte erleichtert bei der Feststellung, dass Massie gute Laune hatte, obwohl ihr Freund bei ihrer SoS-Runde nicht dabei war. Noch erleichterter war sie, das Schönheitskomitee endlich wieder vereint zu sehen. Und das hatte es zumindest zum Teil ihr zu verdanken. Als sie herausgefunden hatte, dass Massies neue Freundinnen gemietete Schauspielerinnen gewesen waren, hatte Claire die Sache selbst in die Hand genommen. Sie hatte die Schauspielerinnen heimlich instruiert, anhänglicher zu sein als ein Kleid aus Kunstseide, damit Massie begriff, wer ihre wahren Freundinnen waren. Und jetzt war das Schönheitskomitee wieder komplett und hielt fester zusammen als Zac und Vanessa.

Am Ende der Einfahrt angekommen, schleuderte sich Dylan schwungvoll die rote Federboa um den Hals und stampfte die Stufen zur Eingangstür hinauf.

Der Anblick eines winzigen Luke Skywalker, der ihnen auf der Treppe entgegenkam und sein Lichtschwert schwenkte, brachte Claire zum Lachen.

»Huuuuaarrrggghh«, quietschte Chewie.

»Layne«, fauchte Massie. »Kannst du auch normal reden?«

Chewie drehte ihr knittriges Gummigesicht in Claires Richtung.

»Sie spielt«, erklärte Claire. »Und sie will nicht aus der Rolle fallen.«

Massie verdrehte die schwarz geschminkten Augen.

»Schauspieler«, sagte sie verächtlich und gerade laut genug, dass Dempsey es hörte. Dann presste sie ihren Chanel-Black-Satin-polierten Fingernagel auf den Klingelknopf und kurz darauf erklang drinnen ein geisterhaftes Heulen.

Sekunden später öffnete ein grauhaariger Mann in einer kornblumenblauen Strickjacke und einer neongrünen Frankensteinmaske die Tür. Unter dem linken Arm hatte er eine riesige Glasschüssel mit bunt verpackten Leckereien.

»Süüüßes oder Sauuuuures«, brüllte Claire zusammen mit ihren Freundinnen.

Mit Ausnahme von Massie, die einen schnellen Blick auf ihr iPhone riskierte.

Und Chewie, die *»Huuua huuuuaaaarrrrggggbhh!«* grunzte.

Die Trampire hielten ihre Taschen hin. Um das Süßigkeiten-Abgreif-Potenzial zu maximieren, hatten sie die geräumigsten Designertaschen ausgesucht, die sie besaßen. Die Jungen und Layne waren mit Müllbeuteln ausgerüstet.

»Nun«, drang eine großväterliche Stimme gedämpft hinter der Gummimaske hervor. »Ihr seid ja schöne« – die Maske ließ den Blick über die kaum vorhandenen Trampirkostüme schweifen – »was auch immer.«

»Stimmt genau«, bestätigte Alicia strahlend.

»Hier rein bitte«, unterbrach Dylan, schubste Alicia zur Seite und riss den schwarzen Versace-Trolley auf, den sie immer für Übernachtungspartys benutzte.

Frankenstein spähte misstrauisch in den Koffer und ließ dann eine Dose Schoko-Haselnuss-Kaffeebohnen in den leeren Trolley fallen. Sie landete mit einem dumpfen *Plopp*.

»Danke.« Dylan rührte sich nicht vom Fleck.

Frankenstein kapierte, was Sache war, und grub eine kleine goldfarbene Packung Schokolade und eine Tüte bunte Gummitiere aus der Schüssel. Claire lief das Wasser im Mund zusammen und sie trat hektisch von einem Peeptoe auf den anderen.

»Dylan.« Massie hatte ihr iPhone wieder in der Handtasche verstaut. »Bist du ein Vierundzwanzig-Stunden-Verkauf bei Barneys?«

Dylan schüttelte so heftig den Kopf, dass ihr die professionell geglätteten Locken wie ein schimmernder Samtvorhang um die Schultern schwangen.

Massie warf Alicia, Claire und Kristen einen kurzen Blick zu.

»Weil du den ganzen Tag brauchst!«, kicherten die Mädchen und knufften sie mit einem gekonnten Hüftschwung zur Seite.

Claire versuchte, nicht fasziniert hinzustarren, als Frankenstein die übrigen Designer-Taschen des Schönheitskomitees füllte. Halloween in Florida mit Halloween in Westchester zu vergleichen, war dasselbe, als würde man Turnschuhe neben edle Designertreter stellen. Hier füllte sich Claires Tasche mit Schokolade aus der Godiva-G-Kollektion, Butterkaramell von Dean&Deluca und Gummi-Vampirzähnen von Dylan's Candy Bar. In Florida war das Beste, was Claire in ihrem Plastikkürbis gefunden hatte, ein Mini-Snickers gewesen. Einmal hatte sie sogar eine Tube Haftcreme für dritte Zähne bekommen.

Wiff! Wiff! Wiff!

Massie wurde knallrot unter ihrem Puder und drückte sich ihre Tasche fester an die Brust.

»Was war das?«, fragte Claire streng, als sie die Stufen wieder hinuntergingen.

»Was war was?«, konterte Massie betont locker. Sie kamen an einer Horde Sechstklässler vorbei, die Kostüme aus *High School Musical* trugen und sich mit ungeliebten Süßigkeiten bewarfen. Claire ging vor einem vorbeizischenden kandierten Apfel in Deckung und warf einen bedeutsamen Blick auf Massies Tasche.

»Deine Tasche hat gebellt.« Claire legte den Kopf ein bisschen schräg und starrte Massie direkt in die Augen. Es war derselbe Blick, mit dem Massie Alicia immer bedachte, wenn sie ihr vorwarf, spannenden Klatsch für sich zu behalten.

»Also bit-te. Diesen Blick habe ich erfunden.« Massie schüttelte den Kopf und starrte über Claires Schulter in die Dämmerung.

Aber Claire hatte bei der Besten gelernt und weigerte sich, den Blick abzuwenden.

Massie seufzte. »Also gut«, sagte sie, machte die Tasche auf und holte das iPhone heraus. »Es ist die SnoopDawg-Webseite. Sie bellt jedes Mal, wenn Bean ihre Lage verändert.« Sie hielt Claire das Handy hin.

»Äh . . . ich sehe nichts«, sagte Claire angesichts des schwarzen Displays.

»Ich weiß«, grummelte Massie. »Der Anhänger muss sich herumgedreht haben oder so. Die Kamera zeichnet Beans Hals auf.«

Claire schüttelte den Kopf und musste sich ein Kichern verkneifen. »Komm jetzt«, lockte sie. »Steck das Handy weg. Bean geht's gut.«

»Von mir aus.« Massie warf das Telefon in die Handtasche. »Zufrieden?« Aber das Funkeln in ihren bernsteinfarbenen Augen verriet Claire, dass sie nicht wirklich sauer war.

»Los, lasst uns weiterziehen«, unterbrach Dylan sie. »Wir müssen in dieser Straße noch sechs Häuser abklappern.«

Claire und Massie hakten sich wieder bei Alicia, Dylan und Kristen ein und wendeten sich zum Gehen.

»Wartet. Wo sind die Jungs?« Alicia schnappte nach Luft und blieb abrupt stehen, was Claire und den Rest der Truppe zurückriss und ebenfalls zum Anhalten zwang. Den Arm immer noch bei Claire eingehakt, drehte sich Alicia um hundertachtzig Grad und zerrte die Schönheitskomitee-Kette hinter sich her. Sie sahen aus wie die Rockettes, wenn sie sich auf ihr großes Finale vorbereiten.

Claire ließ den Blick auf der Suche nach Cam durch den Vorgarten schweifen. »Äh, da.« Sie zeigte auf den Rasen, wo ihr Freund, die anderen Jungen und Layne gerade eine zur Feier von Halloween aufgestellte Riesenspinne so umplatzierten, dass es aussah, als würde die Spinne eine wehrlose Kürbislaterne bespringen. Claire wurde rot.

Kristen seufzte.

Alicia senkte den Blick auf den Boden.

»Los, kommt. Die Jungs werden uns schon einholen«, befahl Massie und lenkte ihre Truppe in Richtung Straße.

Wenigstens ist es schon dunkel, dachte Claire erleichtert, denn ihr war das Benehmen von Layne und den Jungen total peinlich. Hoffentlich erkannte niemand Cam mit seiner Schiedsrichter-Vampir-Maske. Josh Spice dagegen ...

»Hotz! Hotz! Hotz!« Plötzlich rannten die Jungen am Schönheitskomitee vorbei und feuerten Josh an, der barfuß die Straße hinuntersprintete. Er hielt die große Spinne hoch über seinen Kopf, als wäre sie eine olympische Trophäe.

»Meine Pumps«, heulte Alicia und schleppte das Schönheitskomitee im Eilschritt hinter den Jungen her. »Die waren antik!«

Von hinten tätschelte Layne mit einer haarigen Pfote mitfühlend Alicias Schulter.

Wiff! Wiff! Wiff! Erneut drang Beans Kläffen aus Massies Handtasche. Sie griff schon wieder nach ihrem Handy.

Mit einem strengen Blick brachte sie Claire zum Schweigen, bevor die ein Wort sagen konnte. »Zufälligerweise, Kuh-laire, ist dies der längste Zeitraum, den Bean und ich jemals getrennt verbracht haben. Was für eine Hunde-Mama wäre ich, wenn ich nicht ...«

»Kein Licht«, schnaufte Josh, als die Mädchen ihre Freunde vor dem nächsten Haus einholten. Er stützte die Hände auf die Knie, als hätte er beim Fußballtraining zu viele Sprints machen müssen.

»Und keine Halloween-Deko.« Dempsey bibberte und seine nackten Beine hatten in der Kälte eine interessante gräulich-rote Färbung angenommen.

»Was bedeutet, dass es hier nichts zu holen gibt.« Dylan lehnte sich gegen ihren Rollkoffer und musterte das bescheidene zweistöckige Haus mit kritischem Blick. Auf den

Stufen zur Haustür stand eine mickrige, unbeleuchtete Kürbislaterne.

»Nuuuuuuuuuummmer Dreeeeeiiiiiii!«, brüllte Cam und entblößte seine Reißzähne.

Claires Herz flatterte in ihrer Brust.

»Lohnt sich nicht«, entschied Alicia, nachdem sie schnell ihren Gloss aufgefrischt hatte.

»Gehen wir weiter zum nächsten Haus«, sagte auch Kristen.

»Kommt nicht infrage«, widersprach Claire energisch. »K.H.W.A.«

»K.H.W.A.?«, echote Kristen.

»Kein Haus wird ausgelassen«, erklärte Claire. »Das bedeutet, dass wir jedes Haus abklappern, jedes Jahr. Ohne Ausnahme.«

Cams blaues Auge sah sie bewundernd an. Das grüne auch.

»Wir machen das hier nicht für die Süßigkeiten, Claire«, sagte Massie von oben herab. »Wir machen es für die Kostüme.« Sie verschränkte die Arme über ihrem Overall.

»Ichmachswegenbeidem«, stellte Dylan klar.

Claire zuckte mit den Achseln. »Wie auch immer«, sagte sie. Cams Zustimmung spornte sie an wie eine Handvoll Gummibärchen am Vormittag. Sie betrat den Rasen und die satinbezogenen Absätze ihrer Feeragamo-Peeptoes versanken sofort im Gras.

Dylan warf sich noch eine Handvoll Schoko-Kaffeebohnen ein und sprang dann hinterher. »Ich komme mit!«

Layne grunzte zustimmend und walzte langsam hinter Dylan her. Cam und die anderen Jungen folgten ihr.

»Wehe, das bringt nichts«, seufzte Massie.

Claire führte ihre Freundinnen über den kalten, feuchten Rasen und fühlte sich großartig dabei. Im letzten Jahr hätte Massie ihr garantiert nicht so schnell nachgegeben. Es fühlte sich an, als hätte sie Massie am frühen Morgen ohne Gloss erwischt – ein seltener Augenblick der Verletzlichkeit. Aber vielleicht legte ihr Alphagirl auch nur allmählich seine Lycra-Manieren ab.

Claire war die Erste an der Tür. Auf den Stufen des unbeleuchteten Hauses stand eine Schale mit Süßigkeiten und an der Schale klebte ein von Hand geschriebenes Schild.

NIMM, WAS DU WILLST, UND DANN GEH.

»Alles klar.« Gerade, als Claire in die Schale greifen wollte, bemerkte sie links von sich ein Flackern. Durch die großen Fensterscheiben eines Zimmers entdeckte sie einen riesenhaften Flachbildschirm, der gerade ein lebensgroßes Bild von Janet Leigh zeigte, wie sie im Bates Motel duschte.

»Nun mach schon, Kuh-laire.« Massie und die anderen Trampire drängten sich neben sie.

»Das ist *Psycho!*«, sagte Claire und zeigte auf den Fernseher. »Mein absoluter Lieblingshorrorf...«

»Aaaaaaaaaaaaahhhhh!« Von drinnen drangen schrille Schreie nach draußen und das weiße Licht des Bildschirms strahlte eine Gruppe Jungen und Mädchen an, die dicht zusammengequetscht auf einer Ledercouch hockten. Zwei der Mädchen hatten einen Hund auf dem Schoß.

Claire erstarrte beim Anblick dreier bekannter Gesichter:

Landon Crane. Bean Block. Bark Obama.

Auf dem Bildschirm tauchte eine dunkle, messerschwingende Figur hinter dem weißen Vorhang auf. Blut rann durch den Abfluss. Aber der Horror auf dem Bildschirm war nichts gegen die Szene, die sich direkt neben Claire abspielte.

Massies Augen verengten sich zu schmalen Schlitzen und ihre Reißzähne schimmerten im blauen Licht. Claires Herz stürzte tiefer als Joshs Ausschnitt. Landon wusste es zwar noch nicht, aber er stand kurz davor, eine ganz neue Bedeutung des Begriffs Halloween-Gruselabend kennenzulernen.

WESTCHESTER, NEW YORK
3511 HEMMING WAY

Freitag, 31. Oktober
20 Uhr 23

Massie zwängte sich durch die Stechpalmenbüsche, die zwischen der Haustür und dem großen Fenster wuchsen. Die stachligen Blätter fühlten sich an wie eine Million Messer, die ihr bei jedem Schritt in die Waden stachen. Aber verglichen mit den Wunden in ihrem Herzen hätten die Stacheln ebenso gut weiche Hundezungen sein können, die zart an ihren Stichwunden leckten.

»Oh«, hauchte Alicia hinter ihr.

»Mein«, schnaufte Kristen.

»Gooooooottttt«, schmatzte Dylan durch einen Mundvoll Zartbitterkaramellschokolade.

Massie fühlte, wie ihre ohnehin schon leichenblassen Wangen wattestäbchenweiß wurden. Am liebsten hätte sie losgekreischt und sich dann unter ihrer Bettdecke versteckt und alle Halloween-Süßigkeiten in sich hineingestopft, die sie kriegen konnte, ohne Rücksicht auf die Kalorien. Aber stattdessen starrte sie durchs Fenster und betrachtete die Szene, die sich vor ihren Augen abspielte wie ein stumm gestellter, billig produzierter Horrorfilm.

Drinnen hockte Landon auf der Couch, eingequetscht zwischen zwei blonden Mädchen, die brauner waren als

Massies Ledertasche. Auf beiden Seiten neben den Mädchen saßen Miles und Ace, Landons Kumpel, die auf Massies Obdachlosenparty gemodelt hatten. Und Scott, auch bekannt als Re-Quest, der den Abend gerettet und bei der Wohltätigkeitsveranstaltung den DJ gespielt hatte, lag auf dem Boden. Bean und Bark schliefen jeweils auf einem Schoß der Mädchen.

Massies Kehle war wie zugeschnürt. Sie versuchte, den Verrat zu schlucken, der wie ein dicker Klumpen aus ihrem Magen hochstieg, aber es ging nicht. Wie konnte sich Landon zwischen zwei Mädchen quetschen, von denen keines Massie war – und das auch noch am romantischsten Abend des Jahres? Und dann noch vor Beans Augen!

Eine eiskalte Hand packte Massies Schulter.

»Was?«, zischte sie. Bronze und Bronziger kuschelten sich noch enger an Landon und die Säume ihrer zu kurzen Miniröcke rutschten noch ein Stück höher. Als was waren die verkleidet? Total verzweifelt?

»Bist du okay?« Claires Stimme klang irgendwie gedämpft, weil Massies Herz so laut in ihren Ohren hämmerte. »Das ist alles meine Schuld.«

»Gott, Claire, es geht nicht immer nur um dich«, fauchte Massie, ohne den Blick vom Fenster abzuwenden. Ein bisschen Schuld gab sie Claire aber doch. Aber noch viel mehr machte sie sich selbst Vorwürfe, weil sie so dumm gewesen war, Landon ihr Herz zu schenken, nur damit er es prompt zerfetzen konnte wie eine Rich-and-Skinny-Jeans.

Die Blonde zu Landons Rechten kreischte den Bildschirm an und vergrub ihr orangefarbenes Gesicht in seiner Schulter. »Vielleicht sind die beiden Landons Schwestern«, flüsterte Kristen hoffnungsvoll. Ihr Atem roch nach Studentenfutter und Mitleid.

Plötzlich setzte Bean sich auf, als hätte sie Massies Verzweiflung gespürt. Sie schnupperte in der Luft herum und ihr Blick richtete sich auf das Fenster. Dann sprang sie vom Schoß des Mädchens und raste auf Massie zu. Eine Sekunde später knallte sie gegen die gläserne Terrassentür.

»Beeeeeeean!«, heulte Massie und presste die Finger gegen den feuchten Hundenasen-Abdruck an der Glasscheibe. Das Schönheitskomitee ließ sich hinter Massie auf den Boden fallen und zog auch Layne in Deckung. Auf dem Rasen kicherten die Jungen.

Landon schaute erschrocken zur Tür und direkt in Massies Augen. Er eilte zum Fenster und nahm Bean auf den Arm, während Bark um seine karamellfarbenen Puma Black Labels herumsprang.

Massie? Auch Landon sprach hinter der Glastür ohne Ton.

So lässig wie möglich lehnte sich Massie gegen die Tür und warf sich die geglätteten Locken über die Schulter, als wollte sie sagen: *Oh, heyyy, ich war total zufällig in der Gegend. Witzig, dass wir uns hier treffen, nicht wahr? Deine Pumas sind übrigens super. Ach, und wenn du diesen Mädchen noch mal erlaubst, meinen Hund anzufassen, lernst du einen echten* Psycho *kennen.*

Landon bedeutete Massie, zur Haustür zu kommen. Dann wanderte sein Blick auf den Boden, wo Dylan, Alicia, Kristen und Layne Massie immer noch zu Füßen lagen.

»Meintihrdasserunssieht?«, murmelte Dylan.

»EsisteineGlastür«, murmelte Claire zurück.

»Oh mein Gott, steht endlich auf«, zischte Massie und stampfte zurück durch die stachligen Büsche. Die Dornen krallten sich in ihren Overall, als wollten sie sie zurückhalten. Aber sie kümmerte sich nicht darum und hastete die Rasenkante entlang zur Haustür. Der Rest des Schönheitskomitees, Layne und die Jungen folgten ihr.

Als sie ankamen, stand Landon bereits unter einer flackernden Lampe in der offenen Tür, immer noch mit Bean auf dem Arm. Doch kaum hatte sie Massie entdeckt, hechtete sie von seinen Armen direkt in ihre.

»Huuar huaa huaaargh«, kreischte Layne und funkelte Bark empört an, der an ihrem gefiederten Bein herumrammelte.

»Er ist der totale *Star-Wars*-Fan«, erklärte Landon lachend, wobei sich rund um seine blaugrünen Augen geradezu unwiderstehliche Fältchen bildeten. Als er seinen Blick dann auf Massie richtete, setzte sie Bean behutsam auf den Stufen ab und lehnte sich anschließend gegen den Türrahmen. Das sollte sexy aussehen und gleichzeitig verhindern, dass sie umkippte.

Massie riskierte einen verstohlenen Blick in seine Augen. Sogar im Dunkeln schienen sie alle paar Sekunden die Farbe zu wechseln. Jetzt hatten sie genau dieselbe Farbe wie das Wasser im Karibischen Meer. Sofort löste sich ihr Ärger darüber, dass Landon sie ausgerechnet an Halloween sitzen gelassen hatte, in Luft auf.

»Wollt ihr reinkommen? Wir sehen gerade einen Film.«

Landon warf Massies Gefolge über ihre Schulter hinweg einen fragenden Blick zu und hob einladend die Hand.

»Klar!«, sagte Massie strahlend. Sofort verfluchte sie sich dafür, dass sie nicht wenigstens so getan hatte, als hätte sie Besseres zu tun. Hinter ihr tauschte das Schönheitskomitee bedeutungsschwere Blicke. Wie kam es, dass ein Blick von Landon ausreichte, um sie vergessen zu lassen, wie man sich als Alpha zu benehmen hatte?

»Super.« Landon führte die Gruppe durch den dunklen Flur ins Wohnzimmer, wo die Mädchen, Miles, Ace und Scott immer noch vor dem Fernseher hingen. Der kleine Raum miefte nach billigem Vanille-Deo, süßem Popcorn und warmem Hund. Massies Blick wanderte von dem verschlissenen Sisalteppich zu der Decke mit Aztekenmuster, die über der Lehne der abgewetzten Ledercouch hing. Ein dekorativer Tontopf diente als Türstopper. Hatte Landon ernsthaft eine SoS-Runde mit dem Schönheitskomitee ausgeschlagen, um zwischen diesem Kitsch abzuhängen?

»Jungs, ihr kennt Massie. Und das sind ihre Freunde«, verkündete Landon.

Scott nahm kurz die Hand aus dem Popcorn und hob sie nachlässig. »Was geht.« Seine Hand fiel zurück in die Schüssel.

Miles und Ace nickten.

»Und das sind Brianna und Liz«, beendete Landon die Vorstellung.

Die Mädchen schauten kurz auf, starrten dann aber sofort wieder auf den Fernseher und ignorierten Massie völlig. Auf dem Flachbildschirm schien Norman Bates bereit zu sein für eine ausgiebige Mordorgie. Massie wusste genau, wie er sich fühlte.

»Hey.« Massie nickte, sah dabei aber niemanden an. Die fast unerträgliche Mischung aus billigem Deospray und hochnäsigem Neunte-Klasse-Beta verursachte ihr Kopfschmerzen.

Der Rest der Trampire hob kurz die Hand und wippte verlegen auf den Absätzen, als müssten sie dringend aufs Klo.

»Süßes-oder-Saures-Kiddies«, murmelte Brianna hörbar. »Wie süß. Naschkram findet ihr an der Tür.«

Die Jungen warfen einen Blick auf Landon, Miles, Ace und Scott, die alle normale Klamotten anhatten, und wurden rot. Dempsey starrte die Kuscheldecke auf der Couch so sehnsüchtig an, als wäre er bereit, seine Xbox und sein Pro-Evolution-Soccer-2009-Spiel herzugeben, wenn er nur etwas bekam, mit dem er seine nackte Brust verhüllen konnte.

»Weißt du noch, wie wir von Haus zu Haus gezogen sind?«, murmelte Liz, zog die Kuscheldecke von der Couchlehne und wickelte sich darin ein.

»Nicht wirklich.« Brianna zuckte mit den Achseln. »Das ist schon so lange her.« Sie warf Massie einen abschätzigen Blick zu. »Vampire. Wie originell.«

Massies Magen verknotete sich zu einer Riesen-Lakritzschnecke. Neben diesen Mädchen sah sie bleicher aus als Kristen Stewart im Januar. Stand Landon jetzt auf super-gebräunte Mädchen? War es zu spät, sich unauffällig in die Wangen zu kneifen?

Massie schluckte ihre Verlegenheit runter und richtete den Blick auf Briannas karottenfarbenes Gesicht. »Und du gehst als Statue?«

Brianna verdrehte die Augen. »Nein«, sagte sie, aber dabei huschte ihr ein Hauch Verunsicherung übers Gesicht.

»Wieso hast du dich dann bronzefarben angemalt?«, schleuderte Massie ihr entgegen.

Landon prustete los. Sogar Scott, Ace und Miles rangen sich ein Lächeln ab.

Und Bean und Bark rannten Siegeskreise um Massies Füße.

Das Schönheitskomitee, Layne und Landon hoben die Hände für eine Highfive-Runde. Massies Selbstvertrauen feierte ein Comeback. Sie tänzelte an ihren Freundinnen vorbei, gab jeder von ihnen einen Hüft-Five und überlegte dabei, ob sie bei Landon fest einschlagen sollte. Plötzlich blieb ihr linker Absatz in einer Schlaufe des Sisalteppichs hängen und sie kippte nach vorn. Ihre Hände krallten sich verzweifelt in die nach Vanille müffelnde Luft. Es kam ihr vor, als hätte jemand diese öffentliche Demütigung gefilmt und spielte es jetzt in Zeitlupe ab. Sie erhaschte einen Blick auf Dylans weit aufgerissene smaragdgrüne Augen und ihre geglossten Lippen, die sich entsetzt immer weiter öffneten, je mehr sich der Abstand zwischen Massie und dem Teppich verringerte.

»Neiiiiiiiiiiiiiin!« Dylans Stimme erklang aus weiter Ferne, als würde sie unter Wasser schreien.

Massies Magen fiel zuerst, und um den Sturz noch in letzter Sekunde abzufangen, riss sie ihr rechtes Bein nach vorn.

Ein langes, gequältes Fiepen ertönte am Boden. Massie sah hektisch nach unten und musste feststellen, dass sich ihr Absatz in Bark Obamas Pfote gebohrt hatte

»Jauuuuuu!«

»Ooooooooh meiiiiiiiiiiiin Gooooooooott«, kreischte Massie.

Kristens Nägel krallten sich in Massies Arm und rissen sie von dem Mops.

»Bark!« Panik sprühte aus Landons Augen, als er abtauchte, um seinen Hund zu retten.

»Bark! Es tut mir so leid!« Massie schüttelte Kristens Klammergriff ab, fiel auf die Knie und griff nach Barks zitternder Pfote.

»Nein!« Landon riss Bark weg und schützte ihn mit seinem Körper, als wäre er eine wertvolle Designertasche und sie Winona Ryder auf einer Klautour durch die Geschäfte.

Massies bernsteinfarbene Augen weiteten sich verletzt.

»Ich meine … es ist schon gut«, sagte Landon hastig. »Er wird es überstehen. Es war ein Unfall.« Aber in seinen Augen stürmte es wie in der Karibik während der Hurrikan-Saison.

Massie suchte Blickkontakt mit ihm, aber er war zu sehr damit beschäftigt, Bark zu trösten. Ihr Herz und ihr Selbstvertrauen krachten zu Boden.

Um Briannas Mundwinkel spielte ein kleines Lächeln, als sie zusah, wie sich Landon um Bark kümmerte. Dann starrte sie Massie an und verengte die Augen zu Schlitzen. »Sag mal, müsstest du nicht längst im Bett sein?«

Am liebsten hätte Massie sie mit Beans Halsband erwürgt.

Aber stattdessen machte sie auf dem Absatz kehrt und bedeutete ihren Freunden, dass es Zeit war, sich zu verziehen.

»Ich melde mich morgen wegen Bark«, flüsterte sie, zu beschämt, um Landon anzusehen. Sie hob Bean hoch und klemmte sich den Mops unter die feuchte, stressverschwitzte Achselhöhle.

»Ab in die Heia«, rief Brianna zuckersüß.

»Ich melde mich später«, sagte Landon halbherzig und ohne aufzusehen.

Das Schönheitskomitee und seine Freunde folgten Massie schweigend aus dem Haus und durch den Garten. Tränen drohten ihre blassen Wangen zu überschwemmen, aber sie würde ganz bestimmt nicht zulassen, dass zwei orange gestrichene HLs sie zum Weinen brachten. Sie drückte Bean fest an sich und versuchte, eine tapfere Miene zu machen.

Aber wie sollte sie das schaffen, solange ihr geliebter Hund nach dem billigen Parfüm einer Neuntklässlerin roch?

BEI DEN BLOCKS
MASSIES ZIMMER

Freitag, 31. Oktober
21 Uhr 57

Umpf.« Der breite Riemen von Claires geborgter Jimmy-Choo-Tasche schnitt ihr in die Schulter, als sie ihre Beute über Massies weißen Teppich zum Schlafsackkreis in der Mitte des Zimmers schleppte. In ihrem Hals, den Armen und den Schultern pochte es vom Gewicht der abendlichen Ausbeute. Aber Claires Einstellung zu SoS war dieselbe wie die von Massie, wenn es um ihre Bauchtrainings-DVD ging: Wenn es nicht wehtat, machte man etwas falsch.

»Was ist schlimmer?« Alicia saß im Schneidersitz auf ihrem Schlafsack und studierte die Inhaltsstoffe einer Dose Malzbonbons in Kürbisform. »Gesättigte oder ungesättigte Fettsäuren?«

Dylan ließ sich auf ihren jagdgrünen Schlafsack plumpsen. »Gesääääääättigte«, rülpste sie.

»Ihhh-gitt.« Kristen zog sich schützend das Nachthemd über die Nase. »Jalapeño?«

»Si.« Dylan nickte glücklich.

»Ich biete eh alles zum Tausch an, was so viele Kalorien hat.« Alicia fuhr fort, auf ihrem iPod das Verhältnis von Protein und Fett auszurechnen.

»Wieso ist Layne so früh nach Hause gegangen?«, wollte Kristen von Claire wissen.

»Klamotten-Fehlfunktion.« Claire ließ ihren Schlafsack fallen und nahm ihren gewohnten Platz zwischen Kristen und Dylan ein. »Sie hat einen Ausschlag von ihrem Kostüm gekriegt und musste deswegen nach Hause und ein Hafermehlbad nehmen.«

Dylan kicherte belustigt.

Alicia verzog ihre Stupsnase. »Das hat sie davon, wenn sie Synthetik trägt«, verkündete sie und beugte und streckte geistesabwesend ihre Füße.

»Arme Chewie.« Kristen flocht sich lächelnd die blonden Haare, kämmte sie mit den Fingern wieder auseinander und fing von vorn an.

Claire zog die Knie an die Brust und sah zu, wie Dylan sich ein Mini Twix in den Mund warf und Alicia ihre lackierten Zehennägel bewunderte. Es waren Momente wie dieser, in denen Claire sich am liebsten selbst gekniffen hätte, nur um sicherzugehen, dass sie wirklich da war, in Massies Zimmer, zusammen mit dem Schönheitskomitee, als wäre das immer so gewesen. Als hätte sie schon immer dazugehört.

Sie musste an ihr Kostüm vom letzten Jahr denken und war plötzlich ganz verlegen. Was hatte sie sich nur dabei gedacht, Mit-Gastgeberin einer Halloween-Party zu sein – und das auch noch verkleidet als Powerpuff-Girl? Aber natürlich war das letzte Halloween nicht *nur* blöd gewesen. Immerhin hatte sie da ihren Schatz kennengelernt. Und jetzt war sie hier und gehörte endlich dazu. Jetzt, wo das

Schönheitskomitee wieder vereint war und Massies Übernachtungspartys am Freitag wieder funktionierten wie immer, war alles perfekt. Abgesehen von ...

Claire warf einen Blick auf Massies leeren lila Schlafsack und ihr weiches Kissen, auf dem sich Bean zusammengerollt hatte. Auf der anderen Seite des Zimmers saß Massie auf der Kante ihres Bettes und rammte gerade ihren iPod auf die Ladestation auf dem Nachttisch. Ihre Tasche mit Süßigkeiten stand unberührt neben ihr.

»Ohne dich können wir nicht anfaaaaaaaangen«, sang Claire betont munter. Sie versuchte, Massies Stimmung einzuschätzen. Aber deren kunstvoll geglättete Haare verbargen ihr Gesicht wie ein seidiger rotbrauner Vorhang.

»Fangt ruhig schon an«, murmelte Massie. »Bin gleich da.«

»Bist du sicher?« Claire nagte an ihrem Daumennagel. Hätte sie nicht auf ihre dämliche K.H.W.A-Regel bestanden, wäre ihr Schlafsack-Zirkel jetzt komplett. Aber stattdessen hatte sie Massie geradewegs auf ein gebrochenes Herz zugeführt. Nach allem, was Massie heute erlebt hatte, würde sie wahrscheinlich für den Rest ihrer Teenagerzeit eine grauenvolle Depression haben. Und das war alles Claires Schuld, weil sie ihre Freunde ja unbedingt zu diesem dunklen Haus hatte schleppen müssen.

»Ganz sicher«, murmelte Massie.

»Also gut. Ich zähle uns ein.« Alicia strich sich die lackschwarzen Locken aus dem Gesicht. »Und fünf, und sechs, und sieeeben, ACHT!«

Unter schrillem Gekicher kippten die Mädchen ihre Taschen aus. Berge von Süßigkeiten ergossen sich über die Kopfenden ihrer Schlafsäcke.

»Ich wette, das ist die größte Ausbeute, die jemals an Halloween zusammengetragen wurde.« Kristens saphirblaue Augen funkelten. Sie grub ihre Hände in den Haufen, hob eine Ladung hoch und ließ sie durch die Finger rieseln. »Auf jeden Fall ist es meine persönliche Bestleistung.«

»Meine auch.« Beim Anblick der Berge von Gummitieren, Schokoriegeln, Bonbons und Toffees bekam Claire schon vor lauter Vorfreude einen Zuckerschock.

»Nur zur Info.« Dylan zupfte mit spitzen Fingern einen eingeschweißten Riegel aus dem Haufen. »Energieriegel sind kein Süßkram.«

»Meiner!« Kristen und Alicia hieben gleichzeitig mit der flachen Hand auf den Teppich.

Dylan grinste verschlagen. »Macht mir ein Angebot, das ich nicht ausschlagen k. . .«

». . . BAHNBRECHENDE UNTERSUCHUNGEN DES FINNISCHEN INSITUTS FÜR FORSCHUNG UND BILDUNG IN HELSINKI ODER FIFUB HABEN ERGEBEN, DASS SELBSTVERTRAUEN BEI DER WAHL EINES POTENZIELLEN PARTNERS DAS AN ERSTER STELLE STEHENDE ATTRIBUT IST«, blökte eine Frauenstimme aus dem Surround-System in Massies Zimmer.

»Ahhhhhhh!« Claire, Dylan, Kristen und Alicia rammten sich die Finger in die Ohren. Claires Kopf fuhr herum zu Massies Bett, wo ihr Alpha auf der purpurnen Steppdecke lag. Mit den Händen an den Seiten und den über die Lippe hinausragenden Spitzen ihrer Reißzähne sah sie aus wie ein schlafender Vampir in einem daunengefüllten Sarg. Claires Herz sank.

Dylan sprang auf und hüpfte über Claire und Kristen, um zu Massies Nachttisch zu kommen. Sie riss den iPod von der Station und warf ihn neben Massie aufs Bett. Jetzt herrschte wieder Ruhe im Zimmer.

»Gott sei Dank.« Alicia griff nach einer sauren Gummikugel.

Massie fuhr hoch, als wäre sie von den Toten auferstanden. »Dylan!«, fauchte sie. »Das ist meine Selbstmotivations-CD!«

»Das haben wir gehört.« Dylan rieb sich mit schmerzverzerrtem Gesicht die Ohren. »Und auch jeder andere bis nach HELSIIIIIINKIIIII.« Sie senkte ihre Stimme um eine Oktave, um die Tonlage der Sprecherin möglichst perfekt nachzumachen.

Das Schönheitskomitee prustete los, griff in den Haufen und warf ganze Ladungen Süßigkeiten in Massies Richtung. Claire drückte unauffällig beide Daumen und wartete auf Massies Reaktion.

Massie wich einem Schokokuss-Hagel aus und grinste. »Das reicht.« Sie rutschte vom Bett und folgte Dylan in den Kreis.

Claire entspannte sich ein wenig und griff nach der Riesentüte Gummitiere, die Cam nach dem letzten Haus des Abends in ihre Tasche gesteckt hatte. Das liebte sie an Cam. Bei ihm brauchte sie sich keine Gedanken um orangefarbene Neuntklässlerinnen zu machen oder sich zu fragen, ob er es blöd fand, mit ihr auf SoS-Runde zu gehen. Sie waren einfach auf derselben Wellenlänge.

»Oh mein Gott, Josh hat schon Twitterbilder von heute Abend hochgeladen«, rief Alicia und strahlte ihr Handy an.

Massie verdrehte die Augen und kraulte ihr schlafendes Hündchen hinter den Ohren.

»Und er schreibt, dass wir in unseren Kostümen um-werfend ausgesehen haben«, fügte Alicia hinzu. »Ich schwöre, dieser Junge ist so ein Twirter.«

»Twirter?«, wiederholte Claire und legte sich ein mit Zuckerkristallen bedecktes Gummitier auf die Zunge.

»Twitter-Flirter«, erklärte Kristen und schnippte mit Schokolade überzogene Pistazienkerne quer durch den Kreis in Dylans offenen Mund.

Claire, Kristen und Dylan drängten sich um Alicia, um besser mitschauen zu können. Alicia scrollte durch Bilder von Josh und Cam, die Kürbislaternen von Spinnen bespringen ließen, von Dempsey, der blutigen Augäpfeln auswich, und von Derrington, der sich Lakritze in die Nase stopfte.

»Da sind ja keine Bilder von uns!«, beschwerte sich Kristen. »Nur unendlich viele von Dempsey im Röckchen seiner Mutter!«

»Ich kann immer noch nicht fassen, dass mein Kleid Josh zu groß war.« Alicia ließ das Gummiband ihrer grauen Seidenshorts gegen ihren vom Tanzen gestählten Bauch schnappen.

»Und ich kann nicht fassen, dass Josh dieses Kleid wirklich in der Öffentlichkeit getragen hat«, fügte Massie hinzu und verdrehte die Augen.

»Und ich kann nicht fassen, dass Derrington es wirklich geschafft hat, sich eine ganze Tüte Schokoküsse auf einmal in den Mund zu stopfen«, vermeldete Dylan. Claire hätte nicht sagen können, ob Dylan das eher eklig fand oder bewundernswert.

Plötzlich fiel ihr auf, dass alle anderen Mädchen sie ansahen, als warteten sie auf etwas.

»Nun?«, drängte Massie ungeduldig und richtete ihren schwarz geschminkten Blick auf Claire. Sogar Bean klappte ihr linkes Auge auf und starrte sie an.

»Hmmmm.« Claire balancierte die Tüte mit den Fruchtgummis auf dem Oberschenkel ihrer bunt bedruckten Schlafanzughose von Old Navy. Wieso hatte sie plötzlich das Verlangen, Cam und seine Freunde in Schutz zu nehmen? Alles aufzuzählen, was sie an ihm toll fand, angefangen mit der Art, wie er sie mit seinem blauen und seinem grünen Auge ansah, bevor sie sich auf den Mund küssten, bis hin zu der Tatsache, dass er ihr immer seine Trainingsjacke gab, wenn ihr kalt war? »Ich fand das alles irgendwie witzig.« *Und das habt ihr vor einer Stunde auch noch getan,* hätte sie am liebsten hinzugefügt.

»Das war klar.« Massie nickte wissend.

»Und was soll das bedeuten?« Claire spürte, wie sich in ihrem Magen ein Knoten bildete.

»Es bedeutet, dass die Jungs aus der Achten total unreif sind«, erklärte Massie betont langsam. Auf dieselbe Art sprach sie auch immer, wenn sie ungeduldig mit Bean oder einer Verkäuferin bei Neiman's wurde. »Aber das kannst du ja nicht wissen, weil du nie aufgestiegen bist.«

»Aufgestiegen?«, wiederholte Claire und grub die Zehen in den glatten Stoff ihres Schlafsacks.

»Warte mal kurz.« Alicia löste ihren Pferdeschwanz, um die glänzenden Schichten, die normalerweise ihr Gesicht einrahmten, aus dem Klammergriff des Gummibandes zu befreien. Das machte sie immer, wenn sie älter wirken wollte. »Aufgestiegen. Damit meinst du, einen Freund zu haben, der eine Klasse über uns ist?«

»Ganz genau.« Massie nickte. »Die Jungs in der Neunten sind so viel reiiiifer.« Sie holte ihren Glossip Girl in der Geschmacksrichtung Popcorn aus der Tasche ihres Morgenmantels und trug eine glänzende Schicht auf. »Und deswegen finde ich, dass wir alle aufsteigen sollten, was unsere Freunde betrifft«, verkündete sie dramatisch.

Alicia nagte an ihrer Unterlippe.

Kristen ließ ihre Knöchel knacken.

Dylan packte einen Toffee-Riegel aus und stopfte sich die Hälfte davon in den Mund.

Und Claires Herz stürzte schneller in die Tiefe als bei diesem Freier-Fall-Turm im Vergnügungspark. Meinte Massie das ernst? Claire griff in ihre Gummitüte und stopfte sich eine ganze Handvoll in den Mund, damit die anderen Mädchen Zeit hatten, etwas zu sagen und ihre Freunde zu verteidigen.

Der Zucker beruhigte sie, aber nur für einen kurzen Moment. Massie rutschte gerade wieder zurück in ihre alte Angewohnheit, alles kontrollieren zu wollen. Und genau das war es gewesen, was das Schönheitskomitee vor ein paar Wochen auseinandergebracht hatte. Claire war sich nicht sicher, ob sie ein erneutes Auseinanderbrechen überleben würde. Sie war sich aber auch nicht sicher, ob sie es verhindern wollte. Die Streitigkeiten ihrer Freundinnen zu schlichten, wurde ihr langsam aber sicher zu viel. Und sie würde sich ganz sicher nicht von Cam trennen, nur weil Massie ein Vertrauensproblem mit ihrem neuen Freund hatte.

Claire schaute erwartungsvoll auf und fürchtete sich schon beinahe vor den Reaktionen der anderen.

Alicia holte tief Luft. »Finde ich super.« Sie klatschte in die Hände und ihre braunen Augen funkelten neugierig.

»Oh mein Gott, ich auch«, fügte Dylan seufzend hinzu und sah ganz erleichtert aus.

»Geht mir genauso«, bestätigte Kristen.

WAS? Claire presste die Handflächen auf den Boden, um nicht umzukippen, denn Massies Zimmer fühlte sich plötzlich an wie eine Achterbahn. Hatte die Überdosis Zucker ihre Freundinnen verrückt werden lassen? War Vollmond? Sie rupfte an dem kleinen Loch im Knie ihrer Schlafanzughose und machte es größer und größer. Es fühlte sich genauso an wie das Loch, das sich in ihrem Magen bildete.

»Ihr wollt mit euren Freunden Schluss machen? Einfach so?«, quietschte sie und wich Massies selbstzufriedenem Blick aus.

Alicia streckte die Beine aus und dehnte die Füße mit den polierten Zehennägeln. »Vielleicht hätte ich gern einen Freund, der keine Nummer kleiner trägt als ich«, sagte sie leichthin. »Die Jungs in der Neunten verkleiden sich nicht an Halloween, also brauche ich mir darüber keine Gedanken zu machen.«

»Außerdem reden ältere Jungen nicht dauernd über Fußball«, fügte Kristen hinzu.

»Aber du liebst Fußball!«, protestierte Claire, die ihre Freundinnen am liebsten an den Schultern gepackt und kräftig durchgeschüttelt hätte.

»Ich mag aber auch andere Dinge«, verteidigte sich Kristen. »Nicht, dass Dempsey das wüsste. Er hält mich für einen von den Jungs.«

Claire spürte, wie ihr die Hitze in die Wangen schoss. Sie holte tief Luft, um ihr rasendes Herz zur Ruhe zu zwingen.

»Was ist mit dir?«, fragte sie Dylan.

Dylan schluckte. »Ich steh auf Derrington«, sagte sie schlicht.

Claire atmete auf.

»Aber mehr als eine Art jüngeren Bruder als einen Freund, versteht ihr?«, fügte sie dann hinzu.

»Ich versteh total, was du meinst«, mischte sich Alicia ein. »Josh ist zwei Komma fünf Monate jünger als ich und das macht sich echt bemerkbar.« Sie drehte ihre Locken zu einem unordentlichen Dutt und steckte ihn mit einem Brausepulverstrohhalm fest.

»Er ist im selben Alter wie wir!« Claire ließ sich auf den Bauch fallen und hätte am liebsten geschrien, gekreischt und geweint. Aber vor allem wollte sie Massie erwürgen. »Gestern noch wart ihr total verknallt in eure Freunde! Was ist seitdem passiert?«

»Wir sind erwachsen geworden«, sagte Massie und sah sehr zufrieden mit sich aus.

»Diese Jungs waren total witzig und alles, aber jetzt ist es Zeit, etwas Neues auszuprobieren«, sagte Kristen ernsthaft. »Außerdem gehen sie nicht mehr auf die OCD und deshalb . . .«

Dylan sah Claire an. »Wie willst du es Cam sagen?«, fragte sie und wischte sich mit dem Saum ihres Nachthemds einen Schoko-Schmierer von der Wange.

Plötzlich war Claire schlecht. So schlecht, als hätte sie eine ganze Tüte Gummibärchen mit einem Kirsch-Shake aus dem Einkaufszentrum heruntergespült.

»Ich werde es ihm nicht sagen«, verkündete sie entschlossen.

Alicia bedachte sie mit einem teuflischen Grinsen. »Du willst ihn betrügen?«, fragte sie und beugte sich erwartungsvoll nach vorn.

»Nein!«, schrie Claire und strich sich den feuchten Pony aus der verschwitzten Stirn. »Ich werde nicht mit ihm Schluss machen und ich werde ihn nicht betrügen. Und ich werde mir garantiert keinen Freund aus der Neunten zulegen!«

»Die Neunte ist das neue Schwarz, Claire«, fuhr Massie sie an und strich sich mit den Fingern durch die Haarspitzen. »Wenn ich auch nicht glaube, dass du das kapierst.«

Claire war zu erschöpft und verwirrt, um darauf zu antworten. Die Gummitierchen in ihrem Magen strebten mit Macht zurück in den Hals.

Zu geschockt, um etwas zu sagen, hörte sie fassungslos zu,

wie die anderen Mädchen aufgeregt über ihre nicht existierenden neuen Freunde aus der Neunten schwärmten. Claire zupfte an dem Loch in ihrer Schlafanzughose. Wenn die Mädchen weiterzogen in die Neunte, wo blieb sie dann? Sie würden auf Neuntklässler-Partys gehen und Neuntklässler-Sachen machen wie sich für Kinoabende braun anzumalen und zu kurze Röcke anzuziehen. Und Claire und Cam würden aussortiert werden wie die Klamotten in Merri-Lee Marvils Schrank.

Sie wären abgelaufen.

Oder noch schlimmer: unreif.

WESTCHESTER, NEW YORK
BARK JACOBS BOUTIQUE

Samstag, 1. November
9 Uhr 59

Früh am nächsten Morgen stand das Schönheitskomitee vor der Bark Jacobs Boutique in Westchester Schlange und wartete darauf, dass die Uhr in Massies iPhone zehn Uhr anzeigte. Massie hatte wie üblich den Platz am Kopf der Schlange eingenommen und betrachtete ihr strahlendes Spiegelbild eingehend in den frisch geputzten Scheiben der Glastür.

Um genügend Zeit für ihre Vorbereitungen zu haben, war sie eine volle Stunde vor den anderen aufgestanden. Auch wenn sie gestern Abend nicht den besten Eindruck auf Landon gemacht hatte, bedeutete das nicht, dass sie nicht heute seine Mutter beeindrucken konnte. In ihrer dunklen Jeans, dem elfenbeinfarbenen Kaschmir-T-Shirt und ihrer neuen French-Connection-Jacke war sie das lebendige Beispiel für die elegante Freizeitmode. Zudem waren ihre Samt-Ballerinas von Miu Miu lederfrei und schrien damit förmlich: *Ich würde niemals einem Tier absichtlich wehtun! Nicht einmal um der Mode willen!*

Genau um zehn drehte sich Massie zum Schönheitskomitee um wie ein General, der seine Truppe vor der Schlacht einschwört.

»Denkt daran, wenn wir kein Genesungsgeschenk für Bark finden, das Landon und Bark dazu bringt, mir sofort zu verzeihen, ist unser ganzer Aufstieg in Gefahr.« Bei diesem grauenvollen Gedanken drohte ihr Herzschlag auszusetzen.

Alicia, die an zweiter Stelle in der Schlange stand, schnappte nach Luft und aus ihrem perfekt gepuderten Gesicht wich alle Farbe. »Das ist das totale Gegenteil von akzeptabel.«

Massie nickte. »Betrachtet Landon Crane einfach als euren VIP-Pass in die exklusive Welt der Neunten ...«

Am Ende der Schlange hust-murmelte Claire etwas Unverständliches.

Massie erstarrte. Seit sie am vergangenen Abend den Aufstiegs-Vorschlag gemacht hatte, zog Claire ein Gesicht, als wäre sie eine Woche altes Sushi.

»Anmerkungen?« Massie lehnte sich zur Seite und hob die Brauen in Claires Richtung. Sie hätte ihr auch gern in die Augen gesehen, aber Dylans zuckerverkrusteter, Geradeaus-dem-Bett-gefallen-Afrolook versperrte ihr die Sicht.

Kristen nagte an ihrem lackierten Daumennagel. Alicia strich ihren Ralph-Lauren-Wollrock glatt. Claires Turnschuh klopfte hinter Dylans Stiefeln rhythmisch auf den Boden.

»Dann ist ja alles klar.« Massie fuhr herum und packte den silbernen Türgriff in der Form eines Hundeknochens. Eine warme, nach Lebkuchen duftende Wolke wehte an ihr vorbei und statt einer Türglocke verkündete ein leises Bellen die Ankunft des Schönheitskomitees.

Als Massie das letzte Mal dieses Geschäft betreten hatte, waren ihr die strohdummen B-wie-Beta-Schauspielerinnen gefolgt, die sie für ihre neue Gruppe Massie and Crew angeheuert hatte, um die Soul-M8s eifersüchtig zu machen. Jetzt mit dem Schönheitskomitee hereinzukommen, ließ Bark Jacobs ganz neu und unbekannt wirken, als sähe sie es zum ersten Mal. Die großen goldenen Pfotenabdrücke, die über den glänzenden Marmorboden zu den Hunde-Anprobekabinen führten, schienen stärker zu funkeln. Die Vitrinen mit den Designertaschen in Haustiergröße, den anderen Accessoires und dem Schmuck wirkten eleganter. Und die Ständer mit der Hundemode an allen Wänden der Boutique kamen ihr zehnmal schicker vor.

»Willkommen bei Bark Jacobs!«, zwitscherte eine Stimme, die Massie nicht kannte. Aus den Tiefen des Geschäfts war eine ganz in Schwarz gekleidete Blondine mit einem Hundenapf voller Leckerli aufgetaucht. Ein knochiger junger Greyhound in einem salbeigrünen Filzcape trippelte hinter ihr her. »Sucht ihr etwas Bestimmtes oder ...«

»Celia Crane?« Auf der Suche nach Landons Mutter ließ Massie den Blick durch die leere und hell erleuchtete Boutique schweifen. Welchen Sinn hatte es, Bark ein Geschenk zu seiner baldigen Genesung zu kaufen, wenn Celia nicht sah, was für ein edler Mensch sie war – zumindest, wenn es um Hunde ging? Und wenn Celia diese Information dann zufällig an Landon weitergab ...

Die Verkäuferin setzte ein bedauerndes Gesicht auf. »Sie ist heute nicht hier«, informierte sie das Schönheitskomitee in gedämpftem Tonfall und drückte sich den Hundenapf an die Brust, als wäre es ein Baby. »Ein Notfall in der Familie. Ihr wundervoller Hund hatte gestern Abend einen beinahe tödlichen Unfall und sie und ihr Sohn sind heute Morgen mit ihm zum Tierarzt gefahren.«

Der Greyhound stieß ein leises Winseln aus und vergrub die Schnauze unter seinen Pfoten. Alicia konnte sich ein Kichern nicht verkneifen.

Massie rammte ihr den Ellbogen in die Rippen. »Das ist ja schrecklich«, sagte sie und riss mitleidig die Augen auf. Hastig trug sie eine neue Schicht Erdbeerjoghurt-Glossip-Girl auf ihre bebenden Lippen auf. Ging es Bark so schlecht? Hatte ihr Stiletto ihn für den Rest seines Lebens verkrüppelt? Vielleicht hatte er eine Infektion bekommen und eine Amputation war die einzige Chance, sein Leben zu retten. Würde Bark womöglich eine elektrisch gesteuerte Kunstpfote brauchen?

»Was ist passiert?« Kristen schlang sich den breiten türkisfarbenen Schal neu um den Hals.

»Wird Ba... ich meine, der Hund wieder gesund?« Claire fuhr sich durch das vom Schlafen platt gedrückte Haar.

»Es ist noch zu früh, etwas zu sagen.« Die Verkäuferin stellte den Hundenapf auf eine der Vitrinen und blinzelte in Richtung Decke, die Augen voller Tränen.

Massie würgte einen Schwall Schuld-Übelkeit herunter.

Wiff! Wiff! Die Türglocke meldete einen weiteren Kunden.

»Lasst mich wissen, wenn ich helfen kann.« Die Verkäuferin betupfte ihre Augen mit dem Ärmel. »Und bedient euch an den Lebkuchenpfoten«, fügte sie noch hinzu und tippte mit einem manikürten Fingernagel an den Hundenapf. »Sie sind von PureBread, Celias neuem Sortiment von Bio-Snacks für Hund und Herrchen.« Sie eilte am Schönheitskomitee vorbei zum Eingangsbereich des Geschäfts.

»Igitt.« Alicia kräuselte die Nase.

»Lecker«, sagte Dylan zur gleichen Zeit und hatte die Finger bereits im Napf.

»Cam liebt Lebkuchen«, seufzte Claire trübsinnig.

»Tödlich?«, murmelte Massie und lehnte sich gegen die kühle Glasvitrine.

»Sie übertreibt ganz sicher.« Alicia begutachtete ein winziges Hermès-Halstuch auf einer mit Samt bezogenen Unterlage. »Haben Landons männliche Single-Freunde auch Hunde? Vielleicht sollte ich das hier kaufen.«

»Ich muss beweisen, wie tierlieb ich bin.« Massie nahm sich eine Lebkuchenpfote und begann, am Rand zu knabbern. Doch statt sie zu beruhigen, drehte ihr die würzige Süße beinahe den Magen um. »Wisst ihr noch, wie Hayden verhaftet wurde, weil er versucht hat, die Robben zu retten?«

»Waren das nicht Delfine?«, verbesserte Kristen sie.

Massie ging nicht darauf ein. »Und habe ich nicht am nächsten Tag mein ROBBENFELL – NEIN DANKE-T-Shirt beim Sport getragen, um ihn zu unterstützen?«

»Und am nächsten Tag hatten schon vier Mädchen aus der Sechsten dasselbe T-Shirt an. Du hast damit gewissermaßen eine Bewegung ins Rollen gebracht.«

»Stimmt.« Massie nickte. »Aber das weiß Landon nicht.«

»Also musst du es ihm zeigen.« Kristen klatschte in die

Hände. Sie steuerte die Wand mit den Hundeschuhen am anderen Ende des Geschäfts an und ihre Absätze klackten energisch. »Wie wäre es mit einem Satz Hunde-Pumas?«, rief sie und hielt ein winziges Paar metallisch glänzende Schühchen über ihren Kopf.

Alicia verdrehte die Augen. »Er kann nicht laufen, schon ver-ges-sen?«

Dylan schnappte sich noch eine Handvoll Lebkuchenpfoten und folgte Kristen. »Aber so kriegen seine Pfoten wenigstens etwas Stil«, erklärte sie grinsend.

Massie schüttelte den Kopf und ihre kastanienbraunen Locken breiteten sich über ihre Schultern aus wie ein Seidentuch. »Nicht gut genug.«

»Äh ... wie wäre ein neues Hundekörbchen?« Claire sank auf einen Stapel riesiger seidener Hundekissen zu Massies Füßen. »Du könntest doch ein Monogramm einarbeiten lassen oder so etwas. Und da Bark Bettruhe halten muss ...«

»Schon besser«, verkündete Massie. »Aber immer noch nicht perfekt.« Sie tippte mit dem Zeigefinger gegen eine Vitrine und ließ den Blick von den juwelenbesetzten Katzengeschirren zu den Hundesonnenbrillen wandern. *Nein, nein und nein.*

»Ich hab's!«, schrillte Dylan von irgendwo weit hinten im Laden. Sie stürmte an den Schuhen vorbei und ihre zerzausten Locken wehten wild hinter ihr her. Im Arm hielt sie einen kleinen Karton, als wäre er eine seltene Nancy-Gonzalez-Origami-Handtasche. »Es heißt MuttMonitor. Es ist wie eine Babykamera, nur für Haustiere. So kann Landon Bark rund um die Uhr beobachten, während er wieder gesund wird.« Atemlos hielt sie Massie die Schachtel entgegen.

Die Idee war perfekt genug, dass Massie wünschte, es wäre ihre eigene gewesen. Es gab nur ein Problem.

»Er kann den Monitor nicht mit in die Schule nehmen«, sagte sie.

»Wir brauchen etwas, mit dem er nach seinem Hund sehen kann, ohne erwischt zu werden.«

»Wie wäre es mit dem SnoopDawg 2000?« Die Verkäuferin war aus dem Nichts aufgetaucht, glitt hinter die Vitrine und zückte einen kleinen silbernen Schlüssel. Sie steckte ihn ins Schloss und schob die Glastür auf. »Das ist die neueste Ausgabe unseres SnoopDawg-Halsbandanhängers.« Ihre Finger flogen über die verschiedenen Anhänger, bis sie den kleinen silbernen in Form eines Hundeknochens gefunden hatte, und hielt ihn hoch, damit Massie ihn betrachten konnte. »Er erlaubt dem technisch versierten Tierliebhaber, seinen Liebling im LiveStream auf der SnoopDawg-Webseite zu beobachten. Außerdem ist das System iPhone-kompatibel.«

»Perfekt!« Massie klatschte in die Hände.

Die Verkäuferin nickte. »Und die Kamera in dem Anhänger hat eine drehbare Linse, was einen Aufnahmewinkel von 360 Grad bedeutet.«

Massie warf einen kurzen Blick auf Bean, deren SnoopDawg-Anhänger sich mal wieder gedreht hatte und nur ihre pelzige Brust filmte.

»Das ist der einzige seiner Art auf dem Markt.« Der Anhänger funkelte in der goldfarbenen Beleuchtung der Boutique.

»Aufstieg!«, verkündete Alicia glücklich.

Kristen hüpfte hinter Massie und schlug ihr spielerisch auf die Schulter. »Hat Landon irgendwelche Freunde, die in der Auswahlmannschaft fürs College spielen?«, fragte sie leise und mit einem teuflischen Grinsen. »Ich habe diesen Kinderfußball wirklich satt.«

Claire seufzte und stemmte sich aus dem Hundekissenstapel hoch. »Ist es nicht etwas zu früh, den Talentscout für Fußballer zu machen?«, fragte sie gereizt.

»Natürlich ist dieser etwas teurer als das Original . . .«, fuhr die Verkäuferin fort.

»Ich nehme es.« Massie griff nach ihrer Handtasche und die Erleichterung fühlte sich so frisch an wie ein dreifacher Stoß kühlenden Evian-Gesichtssprays. Der SnoopDawg 2000 war die perfekte Methode, Landon zu zeigen, wie sehr ihr Bark am Herzen lag. Sie strahlte ihre Freundinnen an.

Ihrem Aufstieg stand nichts mehr im Weg.

BEI DEN ABELEYS
LAYNES ZIMMER

Samstag, 1. November
16 Uhr 56

Das ist genauso, als wenn ...« Claire lehnte sich in Laynes gemütlichem Kordsessel nach vorn und wickelte sich in die regenbogenbunte Kuscheldecke. Sie suchte nach dem perfekten Vergleich, um Layne zu erklären, wie wenig die Vorstellung, ihre Freunde abzuschießen, ihre Freundinnen belastete. »Das ist so, als wären die Jungs die ganz normalen Prada-Taschen, die sie sich im letzten Jahr bei Saks bestellt haben. Und dann sind dieses Jahr die total angesagten Proenza-Schouler-Taschen erschienen und sie haben sich gesagt: › Hey! Diese Taschen sind viiiiiiieeeel reifer.‹ Und jetzt tauschen sie ihre Pradas gegen die Schoulers, was total verrückt ist, weil die Pradas süß und witzig sind und einfach zu allem passen!« Claire schnappte nach Luft und richtete den Blick wieder auf Layne, die im Schneidersitz auf ihrer nachtleuchtenden Bettdecke saß.

Laynes Unterkiefer klappte herunter. »Klartext bitte.«

Claire ließ sich wieder in die Kissen zurückfallen und starrte die Plastiksterne an, die Layne an ihre Zimmerdecke geklebt hatte. Ihr dröhnte der Kopf, aber diesmal war nicht der Trockenfleisch-Mottenkugel-Vanille-Mief in Laynes Zimmer schuld. »Es ist, als wären ihre alten Freunde tolle

Heilsarmee-Fundstücke und jetzt wollen sie auf einmal schicke, nagelneue Neunte-Klasse-Freunde von Macy's.«

»Ohhhhhhhhh.« Layne nickte. »Kapiert.«

Verzweifelt schleuderte Claire die Kuscheldecke auf den Boden. Sie landete knisternd auf einer übergroßen leeren Zwiebelchipstüte. Laynes Fußboden war mit Ausschnitten aus *National Geographic*, *Entertainment Weekly* und *Martha Stewart Living* übersät. Drei bunte Rollen Stoff quollen aus der Ecke des Zimmers und aus einer Heißklebepistole war etwas auf Laynes cremefarbenen Teppich ausgelaufen, das aussah wie ein blau glitzernder Popel. Aber verglichen mit dem absoluten Chaos, das in Claires Kopf herrschte, war Laynes Zimmer geradezu ordentlich.

»Macht Kristen da auch mit?« Layne trommelte ihre Fingerspitzen gegeneinander und ihre Brauen hoben sich über dem verschmierten purpurnen Lidschatten. Im Neonlicht der roten Lavalampe auf ihrem Nachttisch sah sie aus wie eine Austauschschülerin aus der Hölle. »Denn wenn Dempsey wieder frei ist . . .«

Claire brachte sie mit einem bösen Blick zum Schweigen. »Layne.«

»Entschuldige. Zurück zum Thema. Was sagt Cam dazu?«

»Nichts. Ich habe es ihm noch nicht erzählt.« Claire seufzte abgrundtief. Cam schickte ihr schon den ganzen Tag Berichte, wie viel Spaß er und die anderen nach der SoS-Runde bei Josh gehabt hatten. Dass er so viele Candy-Corn-Bonbons gegessen hatte, bis sich seine Haut orange gefärbt hatte, und wie ihn Dempsey und Josh Derrington in

Klopapier eingewickelt hatten, nachdem er eingeschlafen war. Aber was sollte Claire darauf antworten? *Sagt das nicht Alicia oder Dylan – sie finden Mumien kindisch?*

»Das haben die Jungs nicht verdient!«, sagte sie und die Panik in ihrem Magen verhärtete sich zu Wut.

»Stimmt genau!« Layne nickte und riss die Faust hoch. Jeder ihrer Fingernägel war in einer anderen Neonfarbe lackiert. »Was hat Dempsey Kristen je getan?«

»Nichts!« Die Energie ihrer Empörung stieg Claire zu Kopf wie die Luftbläschen in einem Champagnerglas. »Dann wackelt Derrington eben mit dem Hintern und Josh zieht gern Frauenkleider an. Das ist doch witzig, oder nicht?«

»Richtig!« Layne sprang auf und fing an, auf ihrem Bett herumzuhüpfen. »Also, eigentlich ist das ja nicht so mein Ding, aber was soll's!«

»Wir müssen etwas unternehmen!«, entschied Claire und sprang aus dem Sessel. Sie landete auf einem Haufen von Laynes schmutzigen Klamotten und stieg über die Stoffrollen, die Heißklebepistole und einen offenen Schmuckkasten voller winziger Edelsteine aus Plastik, um zum Bett zu kommen.

»Wir müssen das Richtige tun!«, verkündete Layne und beugte sich vor, um Claire hochzuziehen. Die Mädchen hielten sich an den Händen und hopsten wie wild auf dem Bett herum.

»Weil die Jungs aus allen achten Klassen unsere Hilfe brauchen!«, jubelte Claire und ihr blonder Pony wehte bei jedem Hopser hoch.

»Wir sind dazu bestimmt, sie zu retten!«, triumphierte Layne.

»Genauuuuuu!«, schnaufte Claire, die endlich das Gefühl hatte, dass die wilde Hüpferei die Anspannung löste, die sich seit dem vergangenen Abend in ihr angestaut hatte. Laynes schief angeklebte Plakate von Broadway-Shows verschwammen bei dem dauernden Auf und Ab vor ihren Augen. »Was ist unsere erste Mission?«

»Das hier!« Layne streckte ihren nackten Fuß aus, brachte Claire zu Fall und beide Mädchen landeten in einem kichernden Haufen auf der Bettdecke.

Vollkommen außer Atem drehte Claire sich auf den Rücken. »Wir brauchen ... wirklich ... einen Plan«, japste sie. »Irgendwas, das den anderen klarmacht, dass Freunde aus der Neunten ein Riesenfehler sind.«

Layne winkte ab. »Mir wird etwas einfallen. Gib mir nur eine Sekunde zum Nachdenken.«

Schweigend starrten beide das grünliche, im Dunkeln leuchtende Universum an der Decke an. Claire, deren Kopf jetzt wieder ein bisschen klarer war, versuchte, sich lauter gute Gründe zu überlegen, wie sie Massie davon überzeugen konnte, dass die Jungs aus der Achten zehnmal besser waren als die aus der Neunten. Aber statt eines Plans kamen ihr nur Bilder von Cam in den Kopf. Cam auf seinem Rad, wie er Massies Auffahrt hinunterfuhr. Sein blaues Auge, das blauer als der Himmel war, während das grüne den gepflegten Rasen farblos und grau wirken ließ. Cam in seinem Schiedsrichter-Vampir-Kostüm, das er extra zu ihrem Trampir-Outfit ausgesucht hatte, damit jeder sehen konnte, dass sie zusammengehörten. Cam auf dem Fußballplatz, wie er den Fußball lässig ins Tor beförderte. Cam mit einer Riesentüte Gummibärchen, die er in Claires Tasche ...

»Ich hab's!« Layne schlug mit der flachen Hand auf die Bettdecke und riss Claire damit aus ihrem Tagtraum. »Das ist total genial.«

»Was?« Claire drehte sich auf den Bauch und schüttelte ihre Giraffenmuster-Turnschuhe ab. Sie fielen mit einem dumpfen Plopp auf den Boden.

Layne schüttelte den Kopf. »Ist total geheim.«

»Layne!« Claire schlug sie mit einem der mit Gummifarbe bemalten Kissen, die überall auf Laynes Bett herumlagen. »Es kann nicht total geheim sein! Schließlich war die ganze Sache meine Idee!«

»Je weniger du weißt, desto besser.« Layne grinste. Anscheinend machte ihr das auch noch Spaß. »Wir treffen uns am Dienstag um zwölf null null in der Cafeteria. Und sei pünktlich.«

Claire verdrehte die Augen. »Bist du sicher, dass dein Plan funktioniert?«

»Na hör mal! Habe ich dich jemals enttäuscht?« Layne sah Claire an und das braune Kraushaar fiel ihr in die Augen. »Vertrau mir.« Sie wackelte einladend mit dem kleinen Finger.

Claire hakte ihren kleinen Finger ein und sie besiegelten den Plan. Zumindest wollte Claire gern glauben, dass Layne den perfekten, idiotensicheren Plan ausgebrütet hatte. Und dass Massie und die anderen am Dienstagmittag ihre Freunde neu entdecken und sich ganz neu in sie verlieben würden, als wären es seltene alte Handtaschen, die beim zweiten Tragen noch besser waren als beim ersten.

Die Jungen aus der Achten mochten zwar bedroht sein – wie der Blauwal oder der Afrikanische Wildesel –, aber wenn es nach Claire ging, würden sie ganz sicher nicht aussterben.

RANGE ROVER
ABNER DOUBLEDAY DAY SCHOOL

Montag, 3. November
15 Uhr 37

Die zweite Einfahrt rechts, Isaac«, wies Massie den Fahrer ihrer Familie vom Rücksitz des Range Rovers aus an. Bean saß auf ihrem Schoß und spähte missmutig durch das getönte Seitenfenster auf das rissige ADD-Schild am rostigen Metalltor der Schule.

»Schon gesehen.« Isaac strahlte sie aus dem Rückspiegel an und sah stolzer aus als Massie an dem Tag, an dem Bean die Abschlussprüfung in der Welpenschule bestanden hatte. Der Range Rover wurde langsamer und bog in eine gepflasterte Seitenstraße ein, an deren Rändern vergilbtes Gras wucherte. »Wisst ihr, ich bin froh, dass ihr Mädchen überlegt, im nächsten Jahr auf eine öffentliche Schule zu gehen. Es zeugt von echter Reife, auf diese Weise seinen Horizont zu erweitern.«

Gegenüber von Massie krallten Alicia, Kristen, Claire und Dylan schon bei diesem vollkommen abwegigen Gedanken die Nägel in die schwarzen Lederarmlehnen.

Massie musste sich ein Lachen verkneifen. Eine öffentliche Schule zu besuchen, war genauso, als würde man Touristenklasse fliegen – für einen kurzen Flug tolerierbar, aber für vier Jahre Highschool? Ganz sicher nicht. Aber Isaac hätte sie niemals gefahren, wenn er ihre wahren Motive gekannt hätte. Aber Massie hatte nicht nur Isaac den wahren Grund ihres Ausflugs verschwiegen. Die Mädchen glaubten, sie würden mitfahren, um sich neue Freunde auszusuchen. Zuzugeben, dass sie nur darauf aus war, Landon auszuspionieren, bedeutete für Massie dasselbe, wie wenn Demi Moore eingestehen würde, dass ihr Coverfoto auf der Zeitschrift *W* mit Airbrush verschönert worden war. Das wäre total peinlich, auch wenn es ohnehin schon jeder wusste.

»Wie sitzen meine Haare?« Dylan fuhr sich blitzschnell durch die Locken. »Ich will perfekt aussehen, für die coolen Jungs aus der Neun. . .«

Alicia kniff ihr in den Oberschenkel.

»FÜR UNSER GESPRÄCH MIT DEM SCHULLEITER«, tönte Dylan lautstark. »IHR KENNT DOCH DAS SPRICHWORT: MAN KRIEGT NIE EINE ZWEITE CHANCE FÜR EINEN ERSTEN EINDRUCK.«

Massie presste den Finger auf den silbernen Knopf auf der Armlehne, der die getönte Scheibe zwischen den vorderen und hinteren Sitzen hochfahren ließ, und sorgte damit für eine schalldichte Trennung zwischen Isaac und dem Schönheitskomitee.

»Tut mir leid.« Dylans Wangen färbten sich rosa.

Nur zu gern hätte Massie eine eigene Trennscheibe für ihren Sitz gehabt, mit der sie sich vom Rest des Range Rovers abschotten konnte, um all das zu tun, bei dem sie sich auf keinen Fall erwischen lassen durfte. Zum Beispiel checken, ob auf ihrem iPhone eine SMS, ein Twitterposting oder eine Voicemail von Landon angekommen war, mit der er sich für den SnoopDawg2000 bedankte, den sie ihm per Bote hatte liefern lassen. Oder auf ihre neue Facebook-Gruppe AFEUT (Alphas für ethischen Umgang mit Tieren) zu klicken, um zu sehen, ob Landon sich ihr in den letzten sieben Minuten angeschlossen hatte.

Warum meldete er sich nicht? Stand er wirklich auf überbräunte Neuntklässlerinnen, die in superkurzen Minis zum Fernsehabend auftauchten und seit Jahren keine SoS-Runde mehr gemacht hatten? Massie hatte ihm am Wochenende geschrieben und klargestellt, dass sie die Süßes-oder-Saures-Runde nur wegen der Mode machte, nicht wegen der Süßigkeiten. Aber was, wenn er sie trotzdem für unreif hielt? Zugegeben, in jeder halbwegs bedeutenden Zeitschrift hieß es, dass Männer jüngere Frauen bevorzugen, aber was, wenn *Cosmo* ihr all die Jahre einen Bären aufgebunden hatte?

Massie presste die Hände gegen den weichen Ledersitz. Ihr ganzer Körper vibrierte vor nervöser Spannung. Oder war das der Range Rover, der über den rissigen, bröckelnden Beton der ADD-Einfahrt rumpelte?

»Ooooohh meeiiiin Goootttt.« Alicias Stimme bebte, als Isaac in den Allradantrieb umschaltete. Der Lipliner, den sie in der Hand hielt, ruckte heftig und verpasste ihr einen gezackten pflaumenfarbenen Schnurrbart.

»Hahaaaaaaaa«, prustete Kristen.

Claire verschränkte die Arme über ihrem weißen Inhabitat-Shirt und starrte aus dem Fenster. »So schlimm ist es nun auch wieder nicht.«

Massie ignorierte sie und legte den Mix, den sie am Vorabend gebrannt hatte, in den CD-Player im Rücksitz. Sofort dröhnte »I Can Do Better« von Avril Lavigne aus den Lautsprechern. Alles, was Claire brauchte, war eine kleine Kostprobe vom Aufstieg, dann würde sie ihre Meinung schnell ändern. Das tat sie doch immer. Genau genommen hatte Massie an ihrem Aufstieg gearbeitet, seit sie von Orlandoof nach Westchester gekommen war. Wenn Massie nicht wäre, wäre Claires Schrank immer noch voll mit selbst bemalten Turnschuhen und peinlichen T-Shirts mit Aufschriften wie HAU MICH, ICH BIN DOOF oder DUMMIES FOREVER.

»Plätze einnehmen«, befahl Massie, als Isaac im Bogen vor den Haupteingang fuhr. Sie zog die Schärpe ihres Tarnkleids fester.

Alle bis auf Claire griffen in ihre Handtaschen und holten die schicken silbernen Ferngläser heraus, die Massie für ihre Mission gekauft hatte.

»Wie lange wird das dauern?«, seufzte Claire und sah demonstrativ auf die Uhr. »Ich will nachher mit Cam Fahrrad fahren und muss vorher noch meine Hausaufgaben machen.«

»Das hier sind deine Hausaufgaben.« Massie presste sich das kühle Metall an die Augen und musterte eine Gruppe Jungen in sackartigen Jeans, die vor dem fahnenlosen Flaggenmast mit einem winzigen Ball herumkickten. Ihre Jeans waren am Saum heruntergerissen und schmutzig und sie trugen Ökoschuhe. *Igitt.* »Aber hier kriegst du sogar noch etwas Besseres als eine Eins.«

»Ach, und was soll das sein?«

»Einen neuen Freund«, sagte Massie, als würde sie es schon zum hundertsten Mal sagen.

»Ich sagte doch«, fauchte Claire gereizt. »Ich will keinen neu...«

»Oh mein Graus!« Dylan zeigte aus dem Fenster.

»Wo?« Kristen schwenkte ihr Fernglas zur anderen Seite des Range Rovers. Ein Mädchen mit Pippi-Langstrumpf-Zöpfen und einem Kapuzenshirt über einer knallpinken Stretchhose bewegte sich in einer Art Hüpfschritt auf einen wartenden blauen Honda zu.

»Dylan!«, zischte Alicia. »Zeig nicht drauf. Du verscheuchst es noch.«

Dylan streckte Alicia die Zunge raus und griff in die verknitterte Tüte M&Ms, die sie auf dem Schoß liegen hatte. »Das da draußen ist eine ganz andere Welt.«

»Ich komme mir vor wie auf einer Safari.« Alicia zupfte die Ärmel ihres armeegrünen Blazers zurecht. »Wir beobachten die Armen und modemäßig Benachteiligten in ihrem natürlichen Lebensraum.«

Kristen ließ sich gegen das weiche Leder der Rücksitzbank fallen. »Sag bloß nicht ›Safari‹«, stöhnte sie. »Wenn ich noch einmal ›Als wir in Afrika waren‹ hören muss, werde ich einen total hungrigen Löwen einfliegen lassen, der Dempsey frisst.«

Massie beugte sich vor und ließ die Trennscheibe wieder herunterfahren. »Bitte parken Sie hier«, überschrie sie die

Musik. »Wir möchten noch einen Moment sitzen bleiben und uns alles ansehen.«

Isaac nickte und hielt am Bordstein vor der frei stehenden Cafeteria der Schule.

»Wenigstens verliert Dempsey nicht dauernd Wetten«, knurrte Dylan. »Josh hat mit Derrington gewettet, dass er ihn nicht dreimal hintereinander bei Soccer FIFA 2009 schlagen kann.«

»Und?«, fragte Kristen grinsend.

Dylans Kinn fiel bis auf ihre grüne Strickjacke. »Jetzt muss er bis Weihnachten seine Klamotten verkehrt herum tragen.«

Massie musste sich ein Grinsen verkneifen. Landon hatte zwar noch nicht auf ihre Mails geantwortet, aber wenigstens trug er seine Sachen richtig herum.

Endlich hörte das Gerüttel auf, als Isaac die Automatik des Range Rovers auf Parken stellte, aber Massies Innenleben beruhigte sich trotzdem nicht. Sie steckte unauffällig die Hand in ihre Tasche und ertastete die Dose mit dem Bronzepuder. Als die anderen Mädchen nicht hinsahen, fuhr sie sich damit hastig über die Wangen.

Das blecherne Scheppern der Schulglocke hallte über das Gelände und die Eingangstüren flogen auf.

»Zeit für den Aufstieg«, verkündete Massie, als Horden von ADD-Kids über den Rasen vor dem Gebäude strömten.

Die Mädchen fuhren einsatzbereit in ihren Sitzen hoch.

»Achtet darauf, ob die Schüler viele Bücher bei sich haben«, sagte Massie laut genug, dass Isaac es hören konnte.

Die Mädchen holten unterdessen ihre Handys heraus. »Wir wollen schließlich, dass die Highschool uns genügend fordert, damit wir unser volles Potenzial entfalten können.«

MASSIE:	KLARTEXT: WENN IHR IRGENDWELCHE SÜSSEN JUNGS SEHT, MACHT FOTOS. ICH WERDE LANDON HINTERHER RAUSSUCHEN. ☺
ALICIA:	GEHT KLAR.
KRISTEN:	TOTAL KLAR.
DYLAN:	SO WAS VON KLAR.

Claire holte ihr Mathebuch aus dem Roxy-Rucksack.

Massie wollte ihr gerade Vorwürfe machen, als die Türen der Schule wieder aufgingen und ein Junge erschien. Er trug perfekt verblichene Jeans und ein graues T-Shirt. Seine lackschwarzen Locken glänzten in der hellen Novembersonne, seine blauen Augen leuchteten und die Messenger-Tasche, die an seiner Schulter hing, war eindeutig ein Designerstück – Prada? Dolce? Bean leckte an der Scheibe.

»Ziel erkannt und im Visier«, sagte Massie, als sich Miles, Ace und ein Haufen anderer Jungen um Landon scharten, redeten, lachten und einander knufften.

»Oh mein Gott!«, quietschten Dylan und Alicia.

»Wer ist *das?*« Kristen zeigte auf ein Mädchen, das auf Landon zuging. Ihre hüftlangen Dreadlocks waren halb rot und halb gelb gefärbt und sie trug eine graue Levi's-Jeansjacke, schwarze Radlerhosen und rote Converse-Turnschuhe.

»Meine Augen!« Alicia schob sich angesichts dieses grausigen Outfits hastig die Sonnenbrille auf die Nase.

»Psst!« Massie presste die Nase gegen die Scheibe und beobachtete, wie die weibliche Ausgabe von Ronald McDonald Landon etwas gab. Er lächelte sie genauso an, wie er erst in der letzten Woche Massie angelächelt hatte. Sie ließ das silberne Fernglas in ihren Schoß sinken.

»Wer ist das?« Sogar Claire klappte ihr Schulbuch zu und starrte nach draußen.

»Wahrscheinlich nur jemand aus seiner Klasse«, sagte Massie, deren Mund plötzlich staubtrocken war. Sie musste gegen den Drang kämpfen, McDread an den Haaren zu packen und über den pockennarbigen Schulhof zu schleudern. »Ältere Jungs haben immer viele Freundinnen, aber natürlich bedeutet das nicht, dass sie mit allen zusammen sind.«

Landon holte sein Handy heraus und fragte das Mädchen etwas. Oh mein Gott. Bestimmt wollte er ihre Nummer haben.

Das Schönheitskomitee schwieg, Mitleid im Gesicht. Die ohnehin schon enge Schärpe von Massies Tarnkleid fühlte sich jetzt an wie eine Boa Constrictor, die ihr alles Selbstvertrauen aus dem Körper quetschte. Sie hätte wissen müssen, dass Landon sie genauso abservieren würde wie alle anderen Jungen, mit denen sie jemals ausgeg. . .

Ping.

LANDON: HABE GERADE DEN SNOOPDAWG 2000 BEKOMMEN. SUPER! 1000 DANK!

Und wie durch ein Wunder fühlte sich die Schärpe plötzlich an wie eine warme Umarmung, die sie daran erinnerte, dass Wunder jeden Tag geschehen.

MASSIE: KEIN PROBL. DACHTE, DU KÖNNTEST ES BRAUCHEN, UM NACH BARK ZU SEHEN, WÄHREND ER WIEDER GESUND WIRD ...

Den besten Teil dieses Geschenks erwähnte sie lieber nicht: Sie konnte den SnoopDawg 2000 benutzen, um Landon im Auge zu behalten.

LANDON: GENIAL. WO BIST DU? WOLLEN WIR DIE HUNDE ZUSAMMEN SPIELEN LASSEN?

»Isaac!« Massie umklammerte ihr Handy, als hinge ihr Leben davon ab. »Wir müssen nach Hause! Sofort.«

Isaac drehte sich verwundert zu ihr um. »Aber was ist mit eurer Schulführung?«

»Abgesagt!« Die Panik verknotete sich in ihrem Magen wie eine von diesen kalorienschweren übersalzenen Brezeln, die es im Einkaufszentrum gab. Mit jeder Sekunde, die der Range Rover länger auf dem ADD-Parkplatz stand, wuchs das Risiko, dass sie als Schwarm-Stalker entlarvt wurde.

Das Schönheitskomitee wurde in den Sitz gedrückt, als Isaac vom Parkplatz rauschte und dabei etwas Unverständliches vor sich hin murmelte.

Als der Range Rover endlich außer Landons Sichtweite

war, beantwortete Massie die SMS und erlaubte sich auch ein kaum merkliches erleichtertes Aufseufzen.

MASSIE: HUNDE SPIELEN LASSEN KLINGT GUT. KANN ABER HEUTE NICHT. FREITAG?
LANDON: OK. WO?
MASSIE: BEI UNS. IM SPA. BARK KANN IN DEN WHIRLPOOL. DIE WÄRME IST GUT GEGEN SCHMERZEN.
LANDON: SUPER. BARK WIRD BEGEISTERT SEIN. ICH BIN'S AUCH. ☺

»Sag schon!«, bettelte Alicia und beugte sich neugierig nach vorn.

Sogar Claire sah interessiert aus.

»Er kommt Freitag nach der Schule ins Spa!« Das Adrenalin rauschte schneller durch Massies Adern, als sie tippen konnte. Sie hatte gerade einen Jungen. Aus der Neunten. In ihren Whirlpool. Eingeladen.

»Sag ihm, dass er seine Freunde mitbringen soll!« Dylan hopste wie verrückt auf ihrem Sitz herum.

»Okay!« Massie hopste mit.

MASSIE: UPS, GANZ VERGESSEN, DASS DAS SCHÖNHEITSKOMITEE AUCH IN DEN POOL WILL. BRING DEINE FREUNDE MIT!
LANDON: BIST DU SICHER?
MASSIE: SO SICHER, DASS ICH DIE ARME HEBE!
LANDON: ???

»Erledigt.« Massie warf das Handy wieder in die Tasche. Sie war zu aufgeregt, ihm jetzt noch den Deo-Witz zu erklären. Ihre Stirn war schweißnass und sie sank in den Sitz zurück und schloss die Augen. Ihr eigenes Liebesleben per SMS zu regeln – und auch noch das ihrer Freundinnen – machte sie total fertig.

»Jaaahhh!«, jubelten Dylan, Alicia und Kristen. Dylan griff nach der Fernbedienung und startete Massies Musikmix. Aus den Lautsprechern hämmerte Lady Gagas »Love Game«.

Als Massie die Augen wieder aufmachte, funkelte Claire sie an. Ihr Gesicht war zu einer Art Kristin-Stewart-Grimasse erstarrt. Aber Massie hatte nicht vor, sich von Claire den Spaß verderben zu lassen. Das Schönheitskomitee würde aufsteigen.

Und sie würden sich von Claire bestimmt nicht wieder runterziehen lassen.

OCTAVIAN COUNTRY DAY SCHOOL
NEUE CAFETERIA

Dienstag, 4. November
12 Uhr 04

Claires mit Jeansstoff bedeckte Knie zitterten unter Tisch 18 so unkontrolliert, dass die Stapel von *Seventeen, Vogue* (die normale und die spanische Ausgabe) und *In Style* auf dem Tisch vibrierten, als würde in der neuen Öko-Cafeteria ein Mini-Erdbeben wüten.

»Claire.« Massie klatschte die Handfläche auf den Stapel vor sich und nagelte damit eine spärlich gekleidete Sienna Miller auf den Bambustisch. »Bist du eine Pappel?«

»Nein.« Claire griff nach ihrem Gummitier-Vorrat, um ihre Nerven zu beruhigen, aber die zuckerverklebte Tüte auf ihrem Schoß war leer.

»Dann hör auf zu zittern.« Der Rest des Schönheitskomitees prustete in die Seiten seiner Style-Bibeln und Massie zog die aktuelle *Vogue* von Alicias Haufen. Sie schlug sie in der Mitte auf. »Wenn ich mir von Jakob einen kurzen Pony schneiden lasse, sehe ich dann aus wie fünfzehn?«, fragte sie die Hochglanzfotos. »Oder eher wie elf?«

»Könnte beides sein«, sagte Alicia mit einem Seitenblick auf Claires Ponyfrisur.

Dylan nickte und nahm einen langen Zug von ihrem blauen Bubble-Gum-Energydrink. »Ist ein Risiko.«

»Denke ich auch«, bestätigte Massie und strich ihren langen Pony hinter die deutlich gebräunten Wangenknochen.

Claires Blick huschte nervös von den Mini-Gemüsegärtchen links zu der Getränketheke in Form einer Postkutsche rechts. Olivia Ryan kicherte an Tisch 4 mit Kori, Strawberry und Meena. Siebtklässlerinnen balancierten Tabletts mit Teriyaki-Tofu, dampfenden Tellern mit schwarzem Bohnenchili und Sojakäse und knusprigen vegetarischen Samosas zwischen den Tischen hindurch. Doch statt sie zu beruhigen, brachten Claire die warmen, würzigen Düfte der Cafeteria eher noch mehr ins Schwitzen. Wo blieb Layne? Nach der Uhr über der Glastür hatte sie schon vier Minuten Verspätung. Und das bedeutete, dass ihre Mission zur Rettung der Jungen nicht gut anlief.

Nach dem gestrigen Ausflug zur ADD musste Claire der Wahrheit ins Auge sehen: Wenn sie nicht sofort etwas unternahm, würde das Schönheitskomitee am Freitag eine Spa-Party mit einem Haufen älterer Jungs feiern. Heißes Wasser, dramatische Trennungen, fremde neue Freunde ... Aus dem Spa der Blocks würde so etwas werden wie die Kulisse für eine Dokusoap mit dem Titel *Westchester – Das wahre Leben*.

Claire sah wieder auf die Uhr.

»Drei Tage und sechs Stunden.« Massie schlug ihre Zeitschrift zu und gab den anderen damit das Zeichen, dasselbe zu tun. »So viel Zeit bleibt uns noch, bis Landon und eure neuen Freunde im Spa auftauchen.«

Alicia frischte ihren Gloss auf.

Dylan saugte ihre Wangen ein.

Kristen reckte ihre Arme nach oben.

Und Claire schluckte.

»Was bedeutet, dass uns die Zeit wegläuft. Und wir müssen unbedingt unseren Stil der Neunten anpassen.« Massie zupfte am Saum ihres auberginenfarbenen Pullis. »Was bedeutet, dass alle Veränderungen nach dem Mittagessen abgesegnet sein müssen.«

»Mittagessen?«, jammerte Dylan und suchte den Tisch verzweifelt nach etwas Essbarem ab. Aber die Tischplatte war komplett mit Modezeitschriften bedeckt.

»Das ist nur eine Redewendung«, erklärte Massie.

»Ach so.« Dylan lehnte sich in ihrem Stuhl zurück und sah ganz schwach aus.

»Denkt daran«, instruierte Massie das Schönheitskomitee. »Nichts Drastisches. Wir wollen einen Look, der uns so zeigt, wie wir sind – nur besser. Und ein Jahr älter.« Sie zögerte und warf einen Blick auf Claires schwarzen Rollkragenpullover von Gap. »Oder auch drei.«

Claire verdrehte die Augen und warf einen weiteren Blick auf die Uhr. Jetzt hatte Layne schon sieben Minuten Verspätung.

»Ich fange an.« Alicia nahm eine Ausgabe von *People* von ihrem Stapel und schlug eine mit Eselsohr markierte Doppelseite mit den Darstellern von *Gossip Girl* auf. »Ich übernehme den Look von Jessica Szohr«, verkündete sie und warf ihr Haar zurück. »Glänzendes Haar, Boho-Stil und ein Hauch von Upper East Side.« Sie verstummte, als wartete sie auf Beifall.

»Ist das nicht jetzt schon dein Look?« Kristen schaute von der *Sports Illustrated* auf.

»Stimmt«, grinste Alicia. »Nur jetzt wird es entschieden sexier.«

»Und was macht dich sexy?« Dylan schlürfte die letzten Tropfen ihres Energydrinks.

»Ein Bikini.«

»Jetzt ich«, sagte Kristen und zurrte zum Zeichen, wie ernst es ihr war, ihren Pferdeschwanz fester. Sie musste sich auf die Knie hocken, um über den Haufen *Sports Illustrated* und *Harper's Bazaar* hinwegsehen zu können, der sich vor ihr auftürmte. »Bei mir dreht sich alles um Hayden.« Sie hielt eine herausgerissene Werbeseite für die Serie *Heroes* hoch. »Ich werde einen coolen Surferanzug tragen, natürliches Make-up und einen Mittelscheitel.« Sie zog das Gummiband aus ihren Haaren und ließ die glatten blonden Strähnen auf ihre Schultern fallen. »Damit sieht man viel reifer aus.«

Verunsichert strichen die Mädchen über ihre Seitenscheitel.

Massie nickte. »Dylan?«

Dylan rutschte auf ihrem Stuhl nach vorn. »Alsooo ... ich glaube, ich nehme Nicole Kidman?« Sie blätterte hektisch in den zerknitterten Zeitschriften herum, die sich vor ihr auftürmten. »Ihre Haare sehen in letzter Zeit ziemlich rot aus.«

Das Schönheitskomitee starrte sie an.

»Der Sinn des Ganzen ist, dass wir nicht aussehen wie von der Mittelstufe.« Massie knuffte sie mit dem Ellbogen. »Oder im Mittelalter.«

Dylan verdrehte die Augen. »Gut. Dann Taylor Swift?«

»Einverstanden.« Massie setzte sich auf und sah plötzlich ernst aus. »Jetzt ich.« Sie legte ihr iPhone auf den Tisch und deutete mit einem Nicken auf die ordentlichen Reihen aufgeschlagener Zeitschriften, die vor ihr auf dem Tisch lagen. Das durch die großen Fenster der Cafeteria fallende Sonnenlicht strahlte eine Reihe Hochglanzfotos von Jessica (Biel, nicht Simpson) bis Angelina an. Verschiedene Körperteile, Accessoires und Kleidungsstücke waren mit Massies Lipliner eingekreist und an den Rändern standen Bemerkungen wie DIE LÄNGE! und VERWISCHTER LIDSCHATTEN LÄSST JUNG AUSSEHENDE AUGEN SECHS MONATE ÄLTER WIRKEN! »Ich habe darüber nachgedacht und in die engere Wahl kommen Leighton Meester, Camilla Belle oder Natalie Portman.«

»Und?« Dylan wippte auf ihrem Stuhl herum. »Wen nimmst du?«

»Keine von denen«, sagte Massie und schob die Zeitschriften zur Seite, als wäre ihr mit Armbändern bestückter, nach Chanel duftender Arm ein gigantischer Scheibenwischer. »Der Look, den ich mir aussuche, ist der von ... Massie Block«, erklärte sie bescheiden. »Warum soll man etwas ändern, das prima funktioniert?«

Claire wollte gerade die Augen verdrehen, als sie Layne entdeckte, die am anderen Ende der Cafeteria zur Tür hereingestürmt kam. Sie trug einen schwarzen Jogginganzug aus Frottee, eine weiße Daunenjacke und zwei armeegrüne Schals. Ihr Gesicht war knallrot. Sie zwinkerte Claire verschwörerisch zu, hielt eine Evian-Flasche hoch und tränkte sich großzügig mit »Schweiß«.

Claire musste sich von innen auf die Wange beißen, um nicht laut loszuprusten.

Dann brüllte Layne: »Aus dem Weg!«, und stürmte auf das Schönheitskomitee zu, als wäre sie eine Marathonläuferin und Tisch 18 die Ziellinie.

Massies bronzefarbenes Gesicht verzog sich angewidert.

»Das. Glaubt. Ihr. Nicht«, japste Layne vornübergebeugt.

Massie rümpfte die Nase, als zwei Tropfen Evian-Schweiß auf den Oberschenkel von Charlize Theron tropften. »Layne, brennt es hier irgendwo?«, fragte sie und rückte ihren Stuhl ein Stückchen nach links.

»Nein«, schnaufte Layne und ließ ihre nasse Stirn auf einen Packen Modezeitschriften sinken.

»Dann stell die Sprinkleranlage ab«, verlangte Massie.

»Punktgenau!« Alicia wuschelte sich in den Haaren herum, um ihnen mehr Volumen zu geben.

Layne zog ein dickes schwarzes Notizbuch unter ihrer Dauenjacke hervor und warf es mitten auf den Tisch. Es war mit Sport- und Technikaufklebern übersät.

Claire drückte unter dem Tisch beide Daumen, als Massie das abgewetzte Buch beäugte und sich alle Mühe gab, nicht neugierig zu wirken.

»Das ist das Tagebuch meines Bruders«, schnaufte Layne, die aussah, als könnte sie jeden Augenblick einen Herzinfarkt erleiden.

»Chris Abeley führt Tagebuch?« Massie sah beeindruckt aus.

Layne nickte. »Und ich habe es heute Morgen geklaut. Es geht darin ausschließlich darum, was für Ferkel die Jungs aus der Highschool sind und wie sie die Mädchen aus der Mittelstufe ausnutzen. Vor allem die, die auf eine Privatschule gehen.«

Dylans Unterkiefer klappte herunter. »Wofür ausnutzen?«

»Du weißt schon«, sagte Layne vage. »Schmutzige Sachen eben.«

»Iiiiihhhh.« Alicia wirkte halb angeekelt und halb neugierig.

»Bist du sicher?« Kristen biss sich auf die Unterlippe.

Claire kniff sich in den Oberschenkel, um nicht loszulachen.

Layne nickte. »Und ich bin ziemlich sicher, dass jemand gemerkt hat, dass ich das Tagebuch habe, denn auf dem Weg hierher ist mir ganz sicher einer gefolgt. Aber ich musste es euch unbedingt sagen, weil ich ja weiß, dass ihr mit Landon und seinen Freunden abhängt.« Sie sah Massie bedeutungsvoll an.

»Landon ist nicht schmutzig«, behauptete Massie, aber ein bisschen verunsichert sah sie doch aus. Sie griff in ihre Handtasche, holte einen frischen Glossip Girl heraus und umklammerte ihn, als wäre er eine Waffe.

»Ach ja?«, fragte Layne herausfordernd. »Und wieso hat er Bean dann dieses Halsband mit der Minikamera geschenkt?« Sie hatte ihre Rolle wirklich perfekt einstudiert. »Wahrscheinlich, damit er dich beobachten kann, wenn du dich umziehst oder unter der Dusche stehst oder so.«

Alicia schnaufte entsetzt auf und verschränkte die Arme über ihren C-Körbchen. »Das kann nicht sein.«

Layne zuckte mit den Achseln. »Wie du meinst«, sagte sie und fuhr sich über die tropfende Stirn.

Ein beunruhigtes Schweigen breitete sich an Tisch 18 aus und plötzlich klangen das Klappern von Besteck, das Plappern der Mitschüler und das Scharren der Bambusstühle zehnmal lauter als vorher. Claire warf einen unauffälligen Blick auf Massie, die mit der Geschwindigkeit eines zuschnappenden Hais ihre Lippen blitz-glosste.

Claire lehnte sich entspannt zurück. Anscheinend waren die Dreharbeiten zur Dokusoap *Westchester – Das wahre Leben* abgesagt, bevor sie überhaupt begonnen hatten. Sie musste sich zurückhalten, um nicht über den Tisch zu hechten und Layne fest zu drücken. Das Mädchen verdiente einen Oscar.

Plötzlich griff Massie über den Tisch und schnappte sich das Tagebuch.

»Hey!« Layne versuchte, es ihr wieder zu entreißen, aber Massie hielt es außerhalb ihrer Reichweite. »Das gehört mi... meinem Bruder!«

Massie schlug das Tagebuch auf der letzten Seite auf und ihre bernsteinfarbenen Augen zuckten beim Überfliegen der Einträge hin und her. Sekunden später klatschte sie das Tagebuch auf den Tisch.

»›31. Oktober. Liebes Tagebuch. Halloween ist mit Abstand der beste Feiertag. Meine Freunde aus der Neunten und ich können es gar nicht mehr erwarten, alle möglichen schmutzigen Dinge mit den OCD-Mädchen aus der Achten zu machen. Vor allem mit denen, die die Vampirkostüme anhatten.‹«

Alicia japste nach Luft.

»›Aber nicht mit meiner supertollen Schwester Layne‹«, fuhr Massie trocken fort.

Claires Magen machte einen Salto. Das warme Sonnenlicht, das durch die Oberlichter in die Cafeteria fiel, fühlte sich plötzlich an wie einer dieser Verhör-Scheinwerfer in einer *CSI*-Folge. Kleine Schweißtropfen bildeten sich unter ihrem Pony und drohten, blasse Streifen in ihr leicht bronzefarbenes Gesicht zu waschen.

»›Sie hat überhaupt nichts von einer Schlampe und ist sogar die coolste, einfallsreichste . . .‹« Massie hörte auf zu lesen und hielt das Tagebuch hoch. Die Einträge waren mit Glitzerstift geschrieben. »Viel deutlicher ging es wohl nicht?« Sie verdrehte die Augen. »Dieses Tagebuch ist die totale Fälschung!«

»Layyyyne!« Kristen schlug Layne mit einer gerollten Modezeitschrift auf den Daunenärmel.

Massies glühende Bernsteinaugen richteten sich auf Claire, als könnte sie ihre geheimsten Gedanken lesen. »Nimm dein Machwerk und verschwinde, Layne«, fauchte sie, ohne den Blick von Claire abzuwenden.

»Schön.« Layne schnappte das Tagebuch aus Massies Fingern, schob ihren Stuhl zurück und bedachte Claire mit einem entschuldigenden Schulterzucken, bevor sie in ihrer Daunenjacke davonrauschte.

Claire biss die Zähne zusammen. Erster Versuch fehlgeschlagen. Und jetzt, wo Massie vorgewarnt war, würden sie zur Rettung der Jungen viel mehr brauchen als nur ein gefaktes Tagebuch.

Jetzt brauchten sie ein Wunder.

BEI DEN BLOCKS
AUFSTIEGS-HAUPTQUARTIER/IM SPA

Mittwoch, 5. November
20 Uhr 59

Normalerweise war der Zen-inspirierte trockene Bereich des Spa der Himmel für gestresste Alphas. Die glatte Ledercouch einladend, die Kalksteinfontäne beruhigend und der knisternde Kamin gemütlich. Hätte diese Feng-Shui-Umgebung sprechen können, würde sie jedem Besucher, der durch die hölzerne Schiebetür kam, *Entspaaaaaaaaaann dich* zuraunen.

Aber heute war das anders. Heute kreischte das Spa *OhmeinGottinZWEITAGENkommenJungsausderNeunten undichbinnichtmalANNÄHERNDfertig!*

Mit den unzähligen aussortierten Badeanzügen, die über alle Möbel und den halben Fußboden verteilt waren, den »Bloß nicht«-Listen aus der *Glamour*, die an den Wänden klebten, und den drei Sephora-Tüten mit wasserfesten Make-up-Proben auf dem Kaffeetisch war das Spa alles andere als entspannend. Dagegen konnten selbst Massies *Geräusche-des-Regenwalds*-CD und die Grüner-Tee-Birnen-Kerzen nichts ausrichten.

Massie lag lang ausgestreckt auf dem Rücken und ihre verkrampften Schultern schrien nach einer Tiefenmassage. Sie und das Schönheitskomitee hatten für neun Uhr eine Telefonkonferenz vereinbart. Sie wählte Dylans Nummer auf ihrem iPhone und drückte auf Lautsprecher.

»Lasst uns anfangen«, bellte sie und legte sich frische Gurkenscheiben auf die Augen. »Sind alle da?«

»Anwesend«, murmelte Dylan durch einen Mundvoll von etwas Knusprigem.

»Tankinis sind total sechste Klasse, oder?«, fragte Alicia.

»Neunundneunzig, hunnnndert!«, schnaufte Kristen. »Hoffentlich stehen diese Jungs auf trainierte Bauchmuskeln.«

Dann herrschte Schweigen.

»Kuh-laire?«, fragte Massie und strich mit ihren nackten Füßen über die Liege mit dem Zebramuster. Das stachlige Kalbsfell kitzelte an ihren Sohlen und sie musste kichern.

»Sie ist bei Cam und lernt«, sagte Kristen nervös. »Hat sie gerade über Skype verkündet.«

»Wen wundert's.« In letzter Zeit interessierte sich Claire für gar nichts, sofern es nicht mit Cam, Layne, der Achten oder Gummibärchen zu tun hatte. »Zur Sache. Als Erstes will ich die Ergebnisse unserer Umfrage hören.«

Massie setzte sich auf und griff nach dem lavendelfarbenen Notizblock auf dem Kaffeetisch. Die lauwarmen Gurkenscheiben fielen auf den Boden und sie schnippte sie mit dem großen Zeh unter die Couch. Dann schlug sie die Seite mit dem Fragebogen auf, den sie sich ausgedacht hatte und den ihre Freundinnen mindestens drei älteren Jungen vorlegen sollten.

Anweisung

Bitte füll diesen total geheimen anonymen Regierungsfragebogen aus und maile ihn NICHT SPÄTER als Freitagmittag zurück an den Absender. Teilnehmer müssen männlich sein und die achte Klasse abgeschlossen haben. Jeder, der diese Qualifikation nicht erfüllt, wird sofort disqualifiziert. (Damit ist Cam gemeint, Kuh-laire.)

1. Wenn ich zu einer heißen Spa-Party von noch heißeren Alphas eingeladen wäre, würde ich am liebsten …

a) naschen ______________________________
(trag hier ein, was du am liebsten magst)

b) hören ________________________________
(trag hier deine Lieblingslieder/-gruppen ein)

c) reden über ____________________________
(trag hier deine Lieblingsthemen ein)

d) spielen ________________________________
(trag hier deine bevorzugten Party-/Videospiele ein)

2. Bademäntel: cool wie bei Marisa Miller oder scheußlich wie bei Alles Betty?

3. Einteilige Badeanzüge: sexy oder Omalook?

4. Wellnessbehandlungen für Jungen sind …

a) ein Muss. Was glaubst du, wieso Clooney so faltenfrei ist?

b) nicht unbedingt schlecht. Aber bitte keine mädchenhaft riechenden Feuchtigkeitscremes.

c) ein Grund, sofort mit NIE IM LEBEN zu antworten.

»Also teilt mir eure Ergebnisse mit«, sagte Massie. Hoffentlich hatten die anderen genügend Daten für ihre Partyplanung zusammengetragen, denn sie selbst hatte keine Zeit gehabt, passende ältere Jungen zur Befragung ausfindig zu machen. Es war nicht so, dass sie keine kannte. Allerdings waren die beiden, die sie kannte, Landon Crane und Chris Abeley. Und da die beiden bereits ihre Telefonnummer gespeichert hatten, konnte man wohl nicht mehr von anonym sprechen. »Resultate? Dylan, du zuerst.«

Wieder herrschte Stille in der Leitung. Die einzigen Geräusche im Spa waren das Quaken eines Regenwald-Baumfroschs und Dylans Kauen.

»Ich waaaarte.« Massie tauchte ihre Hand in den nächstbesten Sephora-Beutel und holte eine Probe wasserfester Wimperntusche heraus. Sollte sie verdicken oder verlängern? Blauschwarz oder Kohlschwarz? Wasserfest oder nur wasserbeständig? Sie musste bis Freitag noch so viele Entscheidungen treffen, dass es sie zu überfordern drohte.

»Äh . . . meineMutterhatmirdasHandyweggenommenweilichmeinSMSLimitüberschrittenhabe.«

»Sie hat dir das Handy weggenommen.« Mit den Zehen packte Massie ein schimmerndes smaragdgrünes Bikinioberteil und schleuderte es quer durch das Spa. Es segelte über den Kaffeetisch und landete auf einem der Ledersessel. »Das Handy, mit dem du gerade telefonierst.«

»Was?« Das Knistern von Stoff an der Sprechmuschel raschelte Massie ins Ohr. Wenn sie raten müsste, würde sie sagen, dass es ein Regenmantel war, vermutlich ein Burberry vom letzten Jahr. »Die Verbindung bricht ab!«, schrie Dylan.

Massie wählte ein Fläschchen dunkelblauer Mascara aus und bestrich jede ihrer Wimpern zwei Mal. »Kristen?«

Kristen schluckte. »Tut mir leid. Aber meine Mutter hat mich schwören lassen, dass ich keine Texte verschicke, solange ich noch Hausaufgaben zu erledigen habe, und so ...«

»Bin ich die Einzige hier, die unseren Aufstieg ernst nimmt?«, fauchte Massie und trug noch eine Schicht Tusche auf. Ihr Körper fühlte sich mittlerweile genauso schwer an wie ihre Wimpern. Wie sollte sie eine Spa-Party durchziehen, die Verehrern aus der Highschool würdig war, wenn sie keine Speisekarte, Musikliste, Partyspiele oder Gesprächsthemen hatte? »Darf ich euch daran erinnern, dass ich bereits einen älteren Freund habe?«

»Ich habe einen ausgefüllten Fragebogen«, meldete sich Alicia zu Wort.

Das war klar. Massie hätte sich eigentlich denken können, dass Alicia sie unterstützte, sobald es um Jungen ging. Sie stand auf, lehnte sich gegen das Fußende der Ledercouch und entspannte sich ein wenig. »Schieß los.«

Alicia räusperte sich, wie sie es immer tat, bevor sie ihre beste Nachrichtensprecherinnen-Stimme benutzte. »Wenn ich zu einer heißen Spa-Party von noch heißeren Alphas eingeladen wäre«, flötete sie, »würde ich ...«

»Was essen wollen?«, hakte Massie eifrig nach.

»Beluga-Kaviar und ein Glas Côte du Rhône.«

Häh?

»Hören?«

»Mozarts Concerto Nr. 13 in f-Moll.«

Massies Schultern verspannten sich sofort wieder. Hatten etwa alle Jungs in der Neunten einen so grausigen Musikgeschmack? Musste sie jetzt so tun, als wüsste sie das längst? Warum sagten Dylan und Kristen nichts?

»Reden?«, fragte sie und hoffte, dass ihre Stimme nicht zitterte.

»Die aktuelle Entwicklung der internationalen Rechtsprechung.«

Massie ließ die Wimperntusche fallen. »ALICIA!«, kreischte sie. »Du hast doch wohl nicht deinen Dad befragt?«

»Er ist ein älterer Mann«, verteidigte sich Alicia.

»Er ist FÜNFZIG!«, stöhnte Massie.

Dylan und Kristen kicherten in ihre Telefone.

»Wisst ihr, was?« Massie stampfte mit ihrem nackten Fuß auf den Teppich. »Gebt euch keine Mühe. Ich mache die Planung ohne euch.«

»Massie!«, protestierte Alicia. »Das sollte doch nur ein Witz sein.«

»Eben«, fauchte Massie. »Und unser Aufstieg ist kein Witz. Oder willst du den Rest deines Lebens mit unreifen Verehrern vergeuden?«

Schweigen.

»Das dachte ich mir. Also kommt Freitag um sechs. Und lass Mozart zu Hause.« Bevor ihre Freundinnen noch etwas sagen konnten, tippte Massie auf das Display ihres iPhone und beendete das Gespräch. Dann rollte sie sich am Fußende der Couch zu einer Kugel zusammen und fragte sich, ob sie nicht besser den Rest der Woche schlechtes Sushi vortäuschen sollte.

OCTAVIAN COUNTRY DAY SCHOOL
TOILETTENKABINE

Donnerstag, 6. November
14 Uhr 19

Bis Donnerstagmittag hatte Claire nur ein einziges Wunder erlebt: Ihr Bruder Todd hatte zum Frühstück den Rest seiner Halloween-Ausbeute verschlungen und sich danach nicht übergeben. Deswegen hatte sie zugestimmt, als Layne sie per SMS in den Waschraum im Erdgeschoss bestellt hatte, damit sie Phase zwei ihrer Mission zur Rettung der Jungen in Angriff nehmen konnten. Was hätte sie auch anderes tun sollen? Sie war verzweifelter als alle *Desperate Housewives* von Orange County, New York und Atlanta zusammen.

Als sie an der Toilette im Erdgeschoss ankam, die abgesperrt war und an der ein von Layne gemaltes Warnschild mit der Aufschrift AUSSER BETRIEB – HIER DRINNEN IST ES ECHT EKLIG hing, war Layne schon da. Sie trug einen langen schwarzen Trenchcoat, einen schwarzen Männerhut und eine riesige Sonnenbrille mit vorgewölbten Gläsern.

»Danke, dass Sie zum Treffpunkt gekommen sind, Agent C«, sagte sie mit leiser, ernster Stimme. »Wurden Sie verfolgt?« Sie führte Claire durch den Vorraum, stieß die Tür des Behinderten-WCs auf und gab Claire ein Zeichen hineinzugehen.

Claire verdrehte kichernd die Augen. »Layne, hör auf, das hier ist kein Spaß«, sagte sie, betrat die Kabine und setzte sich auf den geschlossenen Toilettendeckel.

»Ich weiß.« Layne schlug die Tür zu und schob den Riegel vor. »Aber was sagst du zu meinem Mantel? Ich habe ihn aus der Kleiderkammer der Heilsarmee und er hat überall Haken, an die man seinen Kram hängen kann.« Layne zog am ausgefransten Kragen ihres Mantels und klappte ihn hoch. An der Innenseite hingen Schokoriegel, Mini-Salamis und Mini-Lakritztüten dicht an dicht, was Layne aussehen ließ wie einen von diesen Straßenhändlern in Manhattan, die den Leuten nachgemachte Rolexuhren andrehen wollen.

»Sieht super aus«, sagte Claire hastig. »Können wir jetzt anfangen?«

Layne nahm die Sonnenbrille ab und holte ihr MacBook aus dem Rucksack. Sie hockte sich in eine Ecke, nahm ihren Rucksack als Kissen und ließ den Laptop hochfahren. »Alles klar. Hast du deine Liste?«

Claire griff in ihre Mossimo-Dreihenkeltasche und holte ihr Geschichtsheft heraus. Statt sich in der letzten Stunde Notizen zum Untergang des Römischen Reiches zu machen, hatte sie Ideen notiert, um Massie beizubringen, dass dieser Aufstieg etwas viel Schlimmeres war als Cäsars Ermordung durch Brutus: Es bedeutete den totalen und nicht wiedergutzumachenden Untergang des Schönheitskomitees.

OPERATION RETTET DIE JUNGEN
PHASE ZWEI

Was an der Achten toll ist	Was ist doof an der Neunten
Die Alphas der Achten = Anführer der ganzen Schule = ultimative Alpha-Erfahrung.	Neu an der Schule = niedrigste Lebensform = AUTOMATISCH HLs.
Freunde aus Briarwood! Jeder kennt sie.	Landon . . . wer?
Normales Make-up in Hauttönen.	Bronzefarbene Schminke verursacht Krebs. Doch, ehrlich!
Cam Fisher. Cam Fishers eines blaues Auge. Cam Fishers eines grünes Auge. Cam Fishers Drakkar-Noir-Duft. Cam Fishers umwerfendes Lächeln.	KEIN CAM FISHER!

Der letzte Punkt diente mehr dazu, Claire zu überzeugen, nicht Massie. Aber sie hoffte, die anderen Argumente würden ausreichen.

Claire malte ein weiteres Herzchen neben *grünes Auge*. »Fertig?« Laynes Idee war es, falsche E-Mails über die Vorzüge der Achten zu schreiben und sie dann »aus Versehen« an Massie zu schicken. Das musste funktionieren. Denn Phase drei war . . . nun, Phase drei gab es nicht.

»Nenn mich Hemingway.« Laynes neongrün lackierte

Fingernägel schwebten über der leuchtenden Tastatur. »Schieß los.«

»Ähhhmmm . . . ›Liebe Layne‹.« Claire tippte sich nachdenklich mit dem Radiergummiende ihres Bleistifts gegen die Zähne.

»Falsch.« Layne schüttelte den Kopf. Ihre Finger hingen immer noch in der Luft. »So fangen deine Mails nie an. Du schreibst immer nur . . . L.«

»Also gut«, seufzte Claire und schlang die Arme um ihre Knie. »›L‹.«

Laynes rechter Zeigefinger senkte sich auf die Taste. »Weiter?«

»›Wie geht's dir? Ich musste gerade daran denken, wie toll es ist, in der Achten zu sein . . .‹«

»Falsch«, sagte Layne wieder. »Das klingt unecht.«

»Layne! Es *ist* unecht!«, schnaufte Claire gereizt. Sie hätte gern tief eingeatmet, um sich zu beruhigen, aber der scharfe Geruch nach Desinfektionsmittel kombiniert mit dem zuckrigen Duft von Laynes Lippenpflegestift mit Schoko-Kaugummigeschmack brachte sie so schon fast zum Würgen.

Layne hob abwehrend die Hände. »Reiß mir nicht gleich den Kopf ab – ich bin nur der Schreiber«, sagte sie, nahm ihren Hut ab und kratzte sich am Kopf. »Ich will doch nur, dass es möglichst natürlich klingt.«

»Sehr witzig«, fauchte Claire. »So natürlich wie das Tagebuch deines Bruders?« Bei *Tagebuch deines Bruders* machte sie Anführungszeichen in der Luft, was ihr aber sofort leidtat. Es war ja nicht Laynes Schuld, dass Massie einen unechten Tagebucheintrag schneller erkannte als eine nachgemachte Handtasche.

Layne schnaubte. »Okay, okay.«

Claire stützte das Kinn auf die Knie. »Also. ›L. Habe ein paar Fotos von uns aus der Siebten wiedergefunden. Zum Totlachen. Kannst du es fassen, dass wir schon mehr als die Hälfte der Achten hinter uns haben?‹«

»Besser«, sagte Layne und tippte Claires Worte, während sie sprach.

»›In der Achten zu sein, ist viiiiiel cooler als in der Siebten.‹« Claire sah auf ihre Liste. »›In der Achten ist man der Alpha der gesamten Schule.‹«

Layne grinste. »Ho, Brauner, nicht so schnell.«

Aber Claire war nicht mehr zu bremsen. »›Und wenn man dann noch mit den Alpha-Jungs aus der Achten zusammen ist, ist das wie Alpha im Quadrat. Und als Alphas der Alpha-Klasse mit Alpha-Freunden hat man das ultimative Alpha-Erlebnis.‹«

»Sag doch noch mal ›Alpha‹«, murmelte Layne ihrem Laptop zu, ohne eine Miene zu verziehen.

»Das ist kein Problem. Massie spricht fließend Alpha«, sagte Claire. Dann diktierte sie weiter: »›Das nervt mich so daran, irgendwann in die Neunte zu müssen.‹« Jetzt kamen die Worte ganz wie von selbst. »›In der Neunten bist du wieder ganz unten. Du bist die Neue, und das ist das absolute Gegenteil von Alpha.‹«

»Yeaaahh!« Laynes Anfeuerungsruf hallte durch die leere Toilette. »Weiter so, Schwester!«

»›Ich meine, es ist ja toll, dass Massie einen süßen Typen

aus der Highschool zum Freund hat, aber wenn ich ehrlich bin, mache ich mir Sorgen um sie. Wenn sie ihre ganze Zeit mit den Jungs aus der Neunten verbringt, wird sie das beste Alpha-Jahr ihres Lebens verpassen! Und das wäre total deprimierend.‹«

»A-men!« Laynes Finger flogen über die Tasten.

»Und unterschreib wie gewohnt nur mit ›C‹ und dann schick es ab.« Claire atmete Laynes Aufregung ein, als wäre es der Duft eine Aromatherapiekerze. Die Mail war mehr als gelungen. Vielleicht, ganz vielleicht würde ihr Plan sogar klappen. Und es wäre wieder einmal Claire zu verdanken, dass das Schönheitskomitee nicht auseinanderbrach.

Aber in ihrem Hinterkopf machte sich ein kleiner bohrender Gedanke breit und störte ihren Triumph. Wieso musste eigentlich immer sie dafür sorgen, dass ihre Freundschaft nicht auseinanderging? Wenn sie die Freundinnen nicht gerade vor den Gefahren des Aufstiegs bewahrte, erinnerte sie sie daran, wie gern sie einander hatten. Sie kam sich vor wie eine Alpha-Kupplerin, nur dass sie keine eigene Fernsehshow hatte.

»Alles klar, die Mail ist raus.« Layne nickte. »Und jetzt meine Antwort«, murmelte sie und ihr Gesicht leuchtete blau im Schein des Laptop-Bildschirms. Sie öffnete eine neue Mail und begann zu tippen. »›C‹«, las sie laut mit. »›Ganz meine Meinung. Aber ich schätze, Massie weiß, was Sache ist. Mit einem aus der Neunten gehen = gesellschaftlicher Tod. L.‹«

Claire prustete los. »Perfekt.«

»Fast fertig . . .« Die Tasten klickten unter Laynes Fingern. Plötzlich erstarrte sie und sah Claire mit gespieltem Entsetzen an.

»Ohhhhhhhhhh neiiiiiiiiin!« Mit dramatischer Geste presste sich Layne den Handrücken gegen die Stirn und ließ sich gegen die beigefarbene Kachelwand sinken, als könnte sie sich ohne diese Stütze nicht länger aufrecht halten. »Ich habe die Mail aus Versehen an Massie geschickt statt an dich!«, klagte sie.

»Ohhhhhhhh neiiiiiiiiiiin!«, machte Claire sie kichernd nach und hob die Hand, um ihrer Freundin einen Highfive zu geben. Dieser Plan war ein kleines bisschen genial und ein großes bisschen idiotensicher. Massie würde die Mails lesen, erkennen, was für eine dumme Idee der Aufstieg war, und es irgendwie schaffen, das Schönheitskomitee davon zu überzeugen, dass die Jungs aus der Neunten mehr als out waren.

»Äää-hem!« In der Nebenkabine hüstelte jemand.

Claire starrte Layne ungläubig an. Layne starrte zurück, die lila geschminkten Augen weit aufgerissen. Aber bevor Claire etwas sagen konnte, wurde nebenan gespült und die Tür neben ihrer flog auf.

»Komm raus, Kuh-laire.« Massies Stimme erklang auf der anderen Seite der Tür.

»Massie?« Claire schlug sich gegen die Stirn. Der nächste Reinfall. »Was machst du auf dem Klo im Erdgeschoss?« Dann sah sie Agent L an. »Layne!«, zischte sie. »Hast du vorher etwa nicht die Kabinen überprüft?«

Layne stieß sich von der Wand ab und machte ein verlegenes Gesicht. »Tut mir leid«, hauchte sie.

Claire griff nach ihrer Tasche und verließ zögernd die Kabine.

»Netter Versuch, Mädels.« Massie stand an einem der Waschbecken, das iPhone in der Jeanstasche.

»Häh?« Claire zog die Nase kraus, in der Hoffnung, sich dumm stellen zu können, obwohl ihre Verzweiflung von Sekunde zu Sekunde wuchs. »Ich weiß gar nicht, was du . . .«

Wiff! Wiff! Wiff!

»Ist das die SnoopDawg-Webseite?«, fragte Claire streng.

Massie presste blitzschnell den Daumen auf ihr iPhone, um das Bellen abzuwürgen, aber es war zu spät. Ihr Gesicht wurde blasser als ihr cremefarbener Pulli.

Die Mädchen starrten einander an und ihre kleinen Tricks hingen schwer in der desinfizierten Luft. Nach einem kurzen Augenblick des Schweigens schnaubte Layne. Massie warf Claire einen kurzen Blick zu und ihre geglossten Lippen zuckten. Da prusteten alle drei los. Aber obwohl sie lachte, wollte ein Teil von Claire in die Kabine zurückrennen, sich einschließen und losheulen.

BEI DEN BLOCKS AUFSTIEGS-HAUPTQUARTIER/IM SPA

Freitag, 7. November
18 Uhr 04

»Achhhh-tunnng!« Massie drehte den Dimmschalter an der gekachelten Wand neben der Sauna herunter und tauchte damit den Nassbereich des Spa in vollkommene Dunkelheit. Sie ließ die Finger ein paar Augenblicke auf dem Schalter liegen. In der feuchten Dunkelheit konnte keiner sehen, wie sie versuchte, den neun Karat schweren Klumpen Panik herunterzuwürgen, der in ihrer Kehle steckte. »Seid ihr bereit für euren Aufstieg?«

»Jaaaa!«, antwortete das Schönheitskomitee. Als Massie das Licht wieder einschaltete, strahlten die Deckenspots Kristen, Dylan und Alicia an, die auf der Marmorkante des blubbernden Whirlpools hockten. Sie hatten die Knie an die Brust gezogen und wippten auf ihren Plätzen herum wie bibbernde Vögel auf einer Hochspannungsleitung.

»Ich auch«, log Massie und fragte sich, ob es zu spät war, schlechtes Sushi vorzutäuschen. Oder vielleicht schlechtes Bronze-Make-up? Toxische Wimperntusche? Gloss-Vergiftung? Sie sicherte das Oberteil ihres kanariengelben Bikinis über ihren A-Körbchen mit einem Dreifachknoten. Was hatte sie sich nur dabei gedacht, ihren Schwarm und all seine

Freunde einzuladen, um sie im Bikini zu sehen? Das war ein schlimmerer Fehler als Kim Kardashians blond gefärbte Haare.

»Wir brauchen Musik.« Kristen sprang auf und ihre nackten Füße patschten über die Fliesen, als sie den iPod-Anschluss neben der Dusche ansteuerte. »Layne hat mir alle Songs von der Festplatte ihres Bruders gemailt und ich habe einen Neunte-Klasse-Mix daraus gemacht.« Sie startete die Musik und die frisch gefönten, in der Mitte gescheitelten Haare fielen ihr in weichen Wellen über die Augen. Ein paar Sekunden später erfüllten die knirschigen Töne der Kings of Leon das Spa.

»Gut mitgedacht.« Massie spannte ihre Bauchmuskeln im Takt der blubbernden Düsen des Pools, in der Hoffnung, sie in den letzten Minuten, bevor Landon kam, noch blitztrainieren zu können.

»Ziehst du das Ding da noch aus?« Dylan rümpfte die Nase über Kristens schwarz-rosa Roxy-Taucheranzug. »Ich glaube kaum, dass die Jungs aus der Neunten auf Mädchen in Vollgummianzügen stehen.«

»Zum einen«, verteidigte sich Kristen und strich sich das aufgeplusterte Haar hinters Ohr, »ist dieser Anzug genau derselbe, den Hayden bei der Rettung der Delfine getragen hat.« Mit einer dramatischen Handbewegung zog sie den Reißverschluss an der Vorderseite des Anzugs hinunter und es kam ein sportlicher roter Bikini zum Vorschein. »Und zum anderen hätte meine Mutter mich damit niemals aus dem Haus gelassen«, fügte sie grinsend hinzu und drehte die Musik lauter.

»Wow, cool!«, überschrie Dylan das Schlagzeugsolo. »Viel heißer, Baby!«

»Und ziehst du *das* Ding noch aus?« Alicia tauchte die Zehen in den Whirlpool und schnippte ein paar Wassertropfen auf Dylans durchschimmernden bodenlangen schwarzen Kaftan. »Weil ich nämlich weiß, dass Jungs aus der Neunten nicht auf Mädchen in Walle-Gewändern stehen.« Sie band die Schleifen an den Seiten ihres überaus knappen karierten Burberry-Bikinis neu.

»Aber ihr habt doch gesagt, dass das Ding sexy, aber nicht zu offensichtlich ist.« Dylan zog ihren hohen Pferdeschwanz straffer und sah aus, als wäre sie einer Panik nahe.

»Damit meinten wir offensichtlich kein bisschen sexy«, stichelte Alicia. Die Feuchtigkeit im Spa ließ die üppigen Wellen ihrer Frisur mit jeder Sekunde noch größer werden. Wuchs ihre Oberweite im gleichen Tempo mit? Massie hätte schwören können, dass Alicia in der letzten Woche noch Körbchengröße C gehabt hatte.

»Konzentration!« Massie klatschte in die Hände. Sie kontrollierte unauffällig ihr Aussehen in der grünlichen Glastür der Dusche. Jakobs legendärer Meisterleistung mit dem Fön hatte sie es zu verdanken, dass die mit Feuchtigkeit gesättigte Luft ihren perfekt glatten Haaren nichts anhaben konnte. Der leuchtend gelbe Bikini hob die Goldflecken in ihren Augen hervor und ihre Pilates-gestählten Oberarme waren definiert, sahen aber nicht so gruselig aus wie die von Madonna. Im Prinzip war sie eine 10, auch wenn ihre Nerven gerade auf den Nullpunkt jeder Skala sanken.

Auch das Spa war eine 10. In weniger als einer Woche hatten Massie, Alicia, Dylan und Kristen sowohl sich selbst als auch das Spa in den Traum eines jeden Highschool-Jungen verwandelt. Nur schmerzten jetzt Massies Beine, weil sie ganz Manhattan nach dem perfekten Bikini abgesucht hatte. Und ihr Daumen und ihr Zeigefinger waren schon beinahe in der Ich-zücke-meine-Kreditkarte-Position erstarrt. Aber wenn sie sich nun umsah, erkannte sie, dass es das wert gewesen war.

Würziges Sandelholz drang aus den Duftdüsen des Spa und ersetzte den Hauch von Lavendel, der normalerweise vorherrschte. Das üppige, kräftige Aroma machte das Spa hundertmal Jungs-freundlicher. Auf dem Flachbildschirm im trockenen Bereich war Guitar Hero: Smash Hits startbereit. Und in der Ecke standen zwei flauschige Hundebetten für Bark und Bean, die Massie bei Bark Jacobs extra hatte anfertigen lassen. Sie hatte sogar zwei Geschenketüten für die Hunde zusammengestellt, mit Schwimmflügeln, kleinen Badehandtüchern und zwei Mini-Liegestühlen, falls die beiden am Whirlpool entspannen wollten.

»Lass uns das Programm noch mal durchgehen.« Alicia drehte hektisch an ihrem Diamant-Ohrstecker.

»Landon bringt vier Freunde mit«, sagte Massie und spielte mit dem Dimmschalter herum, um die passende Beleuchtung zu finden. »Auch einen für Claire, falls sie in den nächsten paar Stunden wieder zu Verstand kommen sollte.«

Die Mädchen tauschten Blicke, die nur eines aussagten: *Wohl kaum.*

Massie warf sich das Haar über die Schulter. »Der erste ist Scott. Er ist der, der auf der Wohltätigkeitsveranstaltung für die Obdachlosen den DJ gemacht hat. Supergroß, blond, blaue Augen.«

»Meiner!« Kristen klatschte sich auf den gummibespannten Oberschenkel.

»Das ist nicht fair!«, beschwerte sich Alicia und verpasste Kristen einen Rippenstoß. »Ich mag Musik.«

Kristen boxte zurück. »Und ich mag Blonde.«

»Es kommen noch mehr«, sagte Massie, um den Streit im Keim zu ersticken. »Er bringt auch Aidan mit, der auf Fotografie steht, Luke, der ein Genie am Schlagzeug sein soll, und Jackson.«

»Und was macht der?« Dylan zupfte an ihrem Kaftan.

Massie zuckte mit den Achseln. »Ich glaube, er ist Vegetarier.«

Dylan rümpfte die Nase. »Nein, danke.«

»Den kann Claire haben«, entschied Massie. »Seine Augen haben dieselbe Farbe wie ihre, aber anscheinend sind seine Haare auf einer Seite geschoren und auf der anderen Seite reichen sie bis übers Ohr.«

»Claires Frisur ist auch nicht besser«, erklärte Dylan.

Draußen ertönte Barks schrilles *Wiff*. Wie auf ein Stichwort kam Bean aus dem Nebenraum in das Spa geflitzt. Sie trug einen kleinen purpurroten Bikini und metallicfarbene Schühchen.

»Sie sind da!«, flüsterkreischten die Mädchen.

»Wie sehen meine Haare aus?«, zischte Alicia und betastete die enormen, von der Feuchtigkeit maximierten Wellen.

»Super«, sagte Massie, ohne hinzusehen. Obwohl das Spa wärmer war als ihr Lieblings-Poncho von Theory, hatte sie plötzlich eine Gänsehaut. »Denkt daran, ihnen nicht tausend Fragen darüber zu stellen, wie es ist, wenn man auf die Highschool geht.«

»Oh mein Gott, gut, dass du das sagst.« Kristen fummelte am Reißverschluss ihres Neoprenanzugs herum und zog ihn immer wieder auf und zu.

»Und sagt nicht ›Oh mein Gott‹ oder benutzt irgendwelche Abkürzungen wie BF oder so. In der Neunten finden sie so was total kindisch.«

Dylan nagte an ihrer Unterlippe. »Aber ich spreche kein Neuntisch. Was, wenn ich irgendetwas Blödes sage?«

»Tu es einfach nicht.« Massie richtete sich auf und sprühte sich eine letzte Schicht Superglanz-Bronzespray ins Gesicht. Dann richtete sie ihr Lächeln wie einen Megawattstrahler auf die Tür. Der Aufstieg des Schönheitskomitees konnte beginnen. Dies hier war aufregender als der Eröffnungsabend der Pariser Fashion Week.

»Ich sag dir, das war total daneben.« Landons Freund Scott kam als Erster durch die Tür. Er trug rote Surfershorts und ein graues Jimi-Hendrix-T-Shirt.

»Echt?« Landon kam als Nächster. Er hatte Bark auf dem Arm, dessen Vorderpfote in einer modischen olivgrünen Nylonschlinge hing.

»Oh, heyyyy«, sagte Massie betont beiläufig, als hätte sie vollkommen vergessen, dass die Jungen kommen wollten. Sie machte ein paar zögernde Schritte auf Bark zu, doch er wich zurück und drückte sich eng an Landons mit einem weißen Baumwollshirt verhüllte Brust.

»Was geht?« Landon warf sich das dunkle, gewellte Haar

aus den Augen. Er setzte Bark auf den Boden, der sofort aufgeregt zu Bean humpelte, die ihm mit ihrer feuchten Schnauze kleine Küsschen auf die Nase drückte.

»Gut. Ich meine, nichts.« Massie zwang sich ein Lächeln ins Gesicht, obwohl Barks Zurückweisung brannte wie Meerwasser auf frisch rasierten Beinen. Sie hatte Bark eine persönliche Einladung zu ihrer hundefreundlichen Facebook-Seite geschickt und außerdem die letzten drei Tage jeden Morgen eine Werd-schnell-gesund-SMS. Was wollte er denn noch?

Hinter ihrem Schwarm drängten sich drei weitere Jungen zur Tür hinein.

»Das sind Aidan, Luke und Jackson«, stellte Landon sie vor.

»Holla.« Aidan hob eine gebräunte Hand und schleuderte sich den dicken schwarzen Pony aus den Augen.

Alicia schluckte. »Hey.« Sie klimperte mit ihren massiven, dreifach getuschten Wimpern.

»Cooles . . . Kleid?« Luke, ein großer Blonder in einer braunen Cargohose und einem Kapuzenshirt nickte Dylan zu.

»Oh . . . danke.« Dylans Wangen wurden roter als Kristens Bikini.

»Kings of Leon!« Scott begrüßte Massie mit einem Lächeln und steuerte sofort den iPod-Anschluss an. »Das Album hat mein Leben total verändert.«

»Oh mein Gott, meins auch!« Kristen wand sich aus ihrem Neoprenanzug und schnippte ihn mit dem Fuß zur Seite. »Ich meine . . . yeah. Geht mir genauso.«

Jackson, ein dürrer Junge in grauen Jeans und einem Flanellhemd, strich sich die schulterlange Seite seiner Haare hinters Ohr. »Danke für die Einladung«, sagte er und bedachte die Mädchen mit einem Lächeln, das den halb geschorenen Kopf fast wettmachte.

Massie nickte und konzentrierte sich wieder auf Landon. »Und wie geht es Bark?«, fragte sie, verschränkte die Arme vor der Brust und zog den Bauch ein. Sie war nur froh, dass die Düsen des Whirlpools auf Hochtouren liefen. Hoffentlich übertönten sie ihr hämmerndes Herz.

»Besser.« Landons eines Grübchen sah in der spärlichen Beleuchtung noch süßer aus als sonst. »Aber er braucht unbedingt ein Bad im Whirlpool.«

»Da ist er nicht der Einzige.« Luke zog sich das Kapuzenshirt über den Kopf.

Dylan holte tief Luft, packte ihren Kaftan und streifte ihn in weniger als zwei Sekunden ab. Dann glitt sie in Rekordzeit in den Pool. Alicia und Kristen folgten ihr. Massie blieb noch bei Landon, der am Boden hockte und die Schlinge von Barks Schulter nahm.

»Noch mal danke für den SnoopDawg«, sagte Landon und richtete sich wieder auf. Sein Arm streifte Massies bronzierte Haut und schickte seismische Liebeswellen durch ihren Körper. »Damit konnte ich zwischen den Schulstunden nach Bark sehen. Man fühlt sich viel besser, wenn man immer sehen kann, wie es ihm geht und was er macht, verstehst du?«

»Na klar.« Massie nickte. »Bean hat zwei Paar davon, wenn du willst«, sagte sie und hielt Landon die Schwimmflügel aus Barks Geschenketüte hin.

»Super.« Landon hob Bark hoch, trug ihn zum Whirlpool, streifte ihm die Schwimmflügel über die Pfoten und setzte ihn neben Bean ins Wasser. Beide Hunde schlossen die Augen und trieben schwerelos in dem nach Sandelholz duftenden Wasser.

»Mann, das ist total cool hier.« Aidan streckte sich und legte Alicia dabei beinahe den Arm um die Schultern. Sie wurde rot und sank noch tiefer ins Wasser, damit die blubbernden Blasen ihre Oberweite versteckten.

»Das kannst du laut sagen«, bestätigte Landon, der neben Scott ins Wasser stieg.

»Warst du mal bei einem ihrer Konzerte?«, fragte Scott Kristen mit einer Kopfbewegung in Richtung iPod, wobei ihm seine sandfarbenen Haare vor ein Auge fielen. »Das ist wie eine spirituelle Erfahrung.«

»Im Ernst?« Kristen sah aus wie hypnotisiert. »Cool.«

Massie strahlte ihre Mädchen an und schwang die Beine über den Rand des Whirlpools. Weswegen war sie so nervös gewesen? Der Aufstieg lief glatter als ...

»Oh mein ... Guck mal!« Claires Stimme hallte zwischen den Kacheln in der Farbe von Meeresschaum. »Cam! Da sind Massie und Landon. Und ... ein paar Jungs.«

Massie fuhr so hektisch herum, dass sie beinahe vom Rand des Pools gefallen wäre. Da stand Claire, die Arme über dem grauen Old-Navy-Kapuzenshirt verschränkt, und hob selbstgefällig die weißblonden Brauen. Hinter ihr standen Cam, Dempsey, Derrington und Josh.

Massie spürte, wie ein kleiner bronzefarbener Schweißtropfen von ihrer Nasenspitze auf ihren linken Busen fiel und dort einen Fleck auf ihrem gelben Bikini hinterließ. Und dann noch einer. Und noch einer. Ihr Selbstbewusstsein – und ihr Make-up – lösten sich schneller in Luft auf als Dylans Halloween-Süßigkeitenvorrat.

»Entschuldigt mich«, japste Massie, schwang die Beine aus dem Pool und stellte ihre tropfenden Füße auf den kalten Marmorboden. Sie schlang sich ein Handtuch um und rutschte und schlitterte durch das Spa, wobei sie eine Reihe bräunlicher Fußspuren hinterließ. Zu schade, dass Claire kein besseres Outfit gewählt hatte, denn es würde das Letzte sein, was sie jemals tragen würde.

»Wir waren gerade in der Gegend und dachten, wir kommen mal vorbei.« Claire packte Cams Arm, schleppte ihn auf den Whirlpool zu und verschmierte auf dem Weg Massies Fußabdrücke mit ihren Turnschuhen. Die anderen Jungen folgten ihnen und ließen Massie vor Wut kochend an der Tür zurück.

»Hey, Mädels«, flötete Claire. »Seht nur, wer hier ist!«

Alicia starrte auf die Blasen, die vor ihrer Nase blubberten.

Kristen zog Bean an ihre Brust und tat so, als müsste sie ihre Schwimmflügel zurechtrücken.

Und Dylans Lächeln erlosch, als sie Derrington sah, der sein Fußballtrikot verkehrt herum anhatte.

»Hey.« Luke, Aidan, Scott und Jackson nickten den Jungen zu.

Aber die Exfreunde des Schönheitskomitees standen nur da. Massie überlegte, ins Haus zu flüchten und die Mädchen ihrem Schicksal zu überlassen. Aber sie würde es niemals barfuß bis dorthin schaffen, ohne ihre Pediküre zu ruinieren. Außerdem hätte Claire gewonnen, wenn sie jetzt aufgab. Also schlitterte sie in ihrem fleckigen Bikini zurück zum Whirlpool. Warum hatte sie nicht daran gedacht, einen Ersatz-Bikini mitzubringen?

»Hast du dich heute vor dem Spiegel angezogen oder so?« Luke musterte Derrington grinsend.

Aidan prustete und schlug Luke anerkennend auf die Schulter.

Dylan versank noch tiefer im Wasser. Es stieg ihr bis über die Lippen und kitzelte sie an der Nase. Sie sah aus, als würde sie am liebsten bis auf den Grund des Pools sinken und für immer unten bleiben.

»Hab eine Wette verloren«, sagte Derrington schließlich, ohne den Blick von Dylan abzuwenden. Er zuckte mit den Achseln. »Was kann man da machen?«

»Oh, Mann, das kenne ich nur zu gut.« Luke nickte mitfühlend. »Einmal habe ich eine Wette verloren und musste meinen ganzen Körper rasieren.«

»Igitt!«, quietschte Alicia und schlug sich dann schnell die Hand vor den Mund.

»Echt?« Derringtons Augen leuchteten auf. »Du meinst«, er senkte die Stimme, »überall?«

Luke nickte ernsthaft.

»Ist ja der Hammer!«, rief Derrington aus. Er wackelte auf den Whirlpool zu, denn er trug seine Fußballschuhe am falschen Fuß. Massie atmete scharf ein und widerstand der Versuchung, ihm ein Bein zu stellen. Obwohl er es verdient hätte, nachdem er uneingeladen aufgetaucht war.

»Geht ihr in Briarwood zur Schule?«, fragte Aidan.

»Jep.« Cam nickte.

»Ich habe gehört, dass das neue Gebäude spitzenmäßig sein soll«, sagte Jackson und lehnte sich zurück, weil Bark und Bean vorbeigepaddelt kamen.

»Ist das die neue Kings of Leon?« Dempsey betrachtete den iPod-Anschluss an der Wand. »Song Nummer acht ist irgendwie ... spirituell.« Er drehte die Lautstärke auf und begann, auf ein Luft-Schlagzeug einzuhämmern. Die Vibrationen des Basses ließen Massies ganzen Körper beben. Vielleicht war es aber auch die Wut.

»Ist nicht wahr!« Scott sprang auf und begoss dabei Kristens Haare. Ihre flauschigen Wellen fielen sofort in sich zusammen. »Genau das habe ich auch gerade gesagt.« Er sah hinab auf Kristen. »Hab ich das nicht gerade gesagt?«

Oh mein – RAUS! hätte Massie am liebsten gekreischt. Und danach hätte sie Claire nur zu gern mit den Schnürsenkeln von Derringtons Fußballschuhen erwürgt. Vermutlich hätte sie es sogar getan, wenn sie nicht so überzeugt gewesen wäre, dass Landon diese Art der Konfliktbewältigung für »unreif« halten würde.

Dylan, Kristen und Alicia machten vor lauter Panik große Augen und flehten Massie wortlos an, etwas zu unternehmen. Aber sie war zu geschockt, um klar denken zu können. Ihre Exfreunde durften sich nicht mit den Neuen anfreunden! Das war doch total unnatürlich! Die einzigen Leute im ganzen Universum, bei denen so etwas funktionierte, waren Demi, Ashton und Bruce. Und daran glaubte ohnehin niemand.

»Guitar Hero! Smash Hits«, jubelte Josh im trockenen Bereich des Spa.

»Klasse!« Derrington rannte ungeschickt auf die Glastür zu, die beide Bereiche trennte. Dempsey folgte ihm, als hätte Josh gerade verkündet, dass er Hundert-Dollar-Noten verschenken und dazu noch eine Portion Käsepommes servieren würde.

Endlich. Massie schob die Glastür hinter ihnen zu, verschloss sie mit einem befriedigenden Klicken und trennte so die Männer von den Jungen.

»Claire? Cam?«, flötete sie dann und kehrte zum Pool zurück. »Whirlpool?« Sie nahm ein flauschiges Handtuch vom Stapel und schleuderte es Claire extra kräftig entgegen.

Claire ging in Deckung und das Handtuch segelte über ihren Kopf hinweg. »Nein, danke. Ich habe meinen Badeanzug vergessen«, murmelte sie.

»So ein Pech.« Massie setzte sich auf die kühle Marmorkante des Pools und glitt neben Landon ins dampfende Wasser. »Bitte entschuldige den kleinen Zwischenfall«, sagte sie und rutschte kichernd ein wenig dichter an ihn heran, atmete seinen CK-Eternity-Summer-Duft tief ein und entspannte sich zum ersten Mal an diesem Abend. Sollten Dempsey und Derrington doch sehen, wo sie blieben. Nicht, dass es sie interessieren würde, was die Mädchen gerade taten. Aber trotzdem. »Du kennst ja die Jungs von der Mittelstufe. Die sind totaaal unreif.« Sie tauschte bedeutsame Blicke mit dem Rest des Schönheitskomitees.

Bean streckte voller Zustimmung die Zunge heraus und schlabberte etwas von dem duftenden Poolwasser auf.

Dann paddelte sie im Eiltempo auf Landon und Massie zu. Bark zwickte ihr in den kleinen purpurnen Bikini und ließ sich von ihr mitziehen.

»Kein Problem«, versicherte Landon.

Massie zog Bean an sich und warf einen Blick auf Claire und Cam. Claire war rot, hatte die Arme vor der Brust verschränkt und war offensichtlich stocksauer. Aber das war Massie, die auf Wolke Sieben schwebte, vollkommen egal.

Lagebericht

In	Out
ADD	BOCD
Whirlpool mit Neunern	Abhängen mit Achtern
Aufstieg	Stillstand

BEI DEN BLOCKS
GÄSTEHAUS

Freitag, 7. November
20 Uhr 02

Und dann sagt sie: ›Kuh-laire? Ist das hier das OCD-Frühlingsfest?‹«, wütete Claire und marschierte aufgebracht zwischen dem Bett mit der verknitterten schokobraunen Steppdecke und dem Fenster hin und her, von dem aus man das Haupthaus der Blocks sehen konnte. »›Wir brauchen nämlich keine Aufpasser.‹«

»Ha!« Laynes empörtes Schnaufen dröhnte aus dem Dell-Laptop auf Claires weißem Schreibtisch. Der Computer kippelte gefährlich auf einem Haufen Zeug herum, darunter ein paar alte Ausgaben von *CosmoGirl,* ein Spielplan der Briarwood Tomahawks, auf dem die Heimspiele in Pink markiert waren, und ein aufgeschlagenes Französischbuch.

Claire setzte ihre Skype-Hasstirade fort. »Also habe ich ihr gesagt, dass ich nicht die Absicht habe, bei ihrer Übernachtungsparty den Aufpasser zu spielen, und dann sind wir gegangen.« Claire schob das Rollo zur Seite. Massies Fenster waren dunkel, was bedeutete, dass das Schönheitskomitee im Spa übernachtete. Sehr gut. Das Letzte, was Claire jetzt brauchen konnte, war, ihren Freundinnen dabei zuzusehen, wie sie über ihre neuen Freunde kicherten. »Kannst du es fassen, dass sie das gesagt hat?«

»Allerdings.« Ein scharfes, knirschendes Geräusch erfüllte das Zimmer. In Claires Ohren fühlte es sich an wie Sandpapier, das über ihren letzten Nerv schmirgelte. Sie ging zu den Lautsprechern und drehte die Lautstärke herunter.

»Immerhin sprechen wir hier von Massie Block, schon vergessen?«

»Ich weiß.« Claire schob die Ärmel ihres Powerpuff-Girls-Schlafanzuges hoch und zog dann mit einem Ruck ihren Schreibtischstuhl zu sich heran. Seit dem Umzug nach Westchester hatte sie diesen Schlafanzug nicht mehr angehabt und eigentlich war sie dafür längst zu alt. Aber heute hatte der weiche, abgetragene Stoff etwas Beruhigendes an sich. Er erinnerte sie an einfachere Zeiten.

»Die Massie Block, die Lachs nach dir geworfen und dir Gazpacho über den Kopf gekippt hat, nachdem du hierher gezogen warst?« Layne saß im Schneidersitz auf ihrem eigenen Bett, auf dem Schoß eine Riesenschüssel voll Brezeln gemischt mit Süßigkeiten von Halloween. Auf dem T-Shirt, das sie selbst mit Glitzersteinchen beklebt hatte, stand RETTET DIE JUNGS – GEBT 8 AUF SIE. Die Steinchen funkelten im flackernden Schein ihrer Lavalampe. »Die Massie Block, die dich letztes Jahr mit einem Trick davon abgebracht hat, das Dirty-Devil-Kostüm zu Halloween zu tragen, nur um dann selbst darin aufzutauchen? Die Massie ...«

»Ich hab's kapiert, Layne.« Claire ließ sich auf ihren Stuhl fallen und landete auf einer von Massie geerbten Designer-Jeans. Der Knopf bohrte sich in ihren Oberschenkel. Sie riss die Jeans unter sich heraus und schleuderte sie durchs Zimmer. Sie landete als Häufchen Elend auf dem Teppich. »Aber das war letztes Jahr. Da waren wir noch keine Freundinnen.«

Layne zuckte mit den Achseln und grub eine Handvoll Brezel-Mix aus der grünen Plastikschüssel auf ihrem Schoß. »Ich mein ja nur«, murmelte sie mit vollem Mund. »Dass ich nicht verstehe, wieso es dich immer wieder überrascht, wenn Massie etwas Gemeines tut.«

»Claaaaaaaiiiiiireeeee!« Die Stimme von Judi Lyons kam aus der Küche und übertönte das schwerfällige Rumpeln der Spülmaschine. »Bist du beim Familien-Spieleabend dabei?«

»In einer Minute, Mom!«, brüllte Claire zurück.

»Muss das sein?«, beschwerte sich Layne und hielt sich hastig die Ohren zu.

»Tut mir leid«, sagte Claire. Geistesabwesend nahm sie einen roten Filzstift aus der Schublade und kritzelte ein kleines Herz auf die ramponierte weiße Schreibtischplatte, wobei sie härter aufdrückte als sonst. Ihr Schreibtisch war übersät mit diesen Kritzeleien in verschiedenen Farben, Symbolen und Notizen, von denen mehr als die Hälfte mit Cam zu tun hatten. »Es geht nicht nur um Massie«, sagte sie. »Auch um die anderen. Ich meine, wie können die so oberflächlich sein? Wieso stört es sie nicht einmal, dass sie ihre Freunde für diese neuen Jungs abservieren, die sie noch nicht mal kennen?« Sie frischte ein altes CL ♥ CF aus der Siebten auf.

Layne schluckte. »Und wie sah Dempsey aus?« Sie strich sich über die widerspenstigen braunen Haare und leckte sich die Brezelkrümel von den schrill pink geglossten Lippen.

Claire ignorierte sie und starrte die große Pinnwand über ihrem Schreibtisch an. Sie war übersät mit Fotos von ihr und Massie beim Luftküsschen geben im Range Rover ... sie und Dylan, wie sie bei Pinkberry mit ihren Plastiklöffeln anstießen ... sie, Kristen und Alicia in ihren Trampir-Kostümen, wie sie in Massies Eingangshalle sexy-gruselige Gesichter machten. Das Mädchen auf den Fotos sah aus wie Claire. Sie sah sogar glücklich aus. Als gehörte sie zu den perfekt geglossten Mädchen auf den Fotos. »Es ist, als wären ihnen an Halloween die Seelen ausgesaugt worden, und dadurch haben sie sich in diese Mädchen verwandelt, die sich für niemanden interessieren außer für sich selbst.«

Layne schnaubte und prustete eine Ladung halb gekaute Schokobrezeln in die Webcam. Sie leckte ihren Finger an und wischte die Stücke damit weg, wodurch auf Claires Bild braune Schmierstreifen entstanden. »Claire. Diese Mädchen haben sich schon immer nur für sich selbst interessiert. Die waren schon immer so oberflächlich.« Sie verzog das Gesicht, als hätte sie Bauchschmerzen. »Vielleicht sind nicht sie es, die sich verändert haben. Vielleicht bist du diejenige, der man die Seele ausgesaugt hat.«

Laynes harte Worte fühlten sich an wie ein Schlag in den Magen. Aber vielleicht taten sie nur so weh, weil sie wahr waren? Claire hatte ihre alte Levis 501 gegen Sevens und ihren kurzen zerzausten Pony gegen einen messerscharf geschnittenen eingetauscht, der genau über den Brauen enden musste. Äußerlich hatte sie sich also eindeutig verändert ... aber sah sie innen dadurch auch anders aus?

»Vielleicht hast du recht.« Plötzlich fühlten sich Claires Arme und Beine so schwer an, als wären sie mit Blei gefüllt. »Vielleicht habe ich mich verändert.« Sie kniff die brennenden Augen zu und dachte an den Augenblick zurück, an dem ihre Turnschuhe zum ersten Mal Massies Welt betreten hatten. Sie hatte in einem Jeans-Overall und mit selbst gebasteltem Schmuck in Massies Zimmer gestanden und sich gefühlt wie eine billige Kaufhaustasche, die jemand in einem unbemerkten Augenblick auf einen Haufen edler Designerstücke geworfen hatte. Sie war der Süßstoff zu Massies Zucker oder die Flipflops zu ihren Ferragamos.

Wie würde ihr Leben aussehen, wenn ihre Familie nach dem Umzug nach Westchester nicht in das Gästehaus der Blocks gezogen wäre? Wie würde sie sein? Würde sie immer noch Freundschaftsarmbänder tragen statt geerbter Goldreifen? Würde sie Freundinnen haben wie die in Orlando, denen Markenklamotten genauso egal waren wie ältere Jungen?

Claire versuchte, sich ein Leben ohne den ständigen Stress der Streitereien und Schminkereien des Schönheitskomitees vorzustellen. Ohne den Druck, jeden Tag in der Schule ihr Outfit bewertet zu bekommen und dauernd das Gefühl zu haben, Massie oder Alicia nacheifern zu müssen. Aber es gelang ihr nicht, dieses Bild heraufzubeschwören. Das Schönheitskomitee war ihr Leben.

Aber was, wenn sie das nicht mehr wollte?

»Vielleicht habt ihr euch auseinandergelebt.« Layne hob

die Plastikschüssel an die Lippen und kippte sich die letzten Brezelkrümel in den Mund, bevor sie die Schüssel durchs Zimmer schleuderte wie eine Frisbeescheibe. Das Brezelsalz klebte an ihren Lippen wie Elfenstaub. »Da ist doch nichts dabei. So was passiert dauernd.« Sie ließ sich in ihre handbemalten Kissen fallen und Claire konnte plötzlich nur noch ihren Hals, ihr Kinn und ihre Nase sehen.

»Ehrlich?«, murmelte Claire und versuchte, nicht in Laynes höhlenartige Nasenlöcher zu starren.

»Jep.« Laynes Hals schwabbelte beim Reden, was Claire daran denken ließ, wie die Oberarme ihrer Mutter immer wabbelten, wenn sie ihr nachwinkte. »Mit Meena und Heather ist mir das auch passiert. Was glaubst du, wieso ich in letzter Zeit so oft mit euch abhänge?«

»CLAAAAAAAAIIIIIIIIRRREEE!«, rief Judi wieder. »Willst du die Roten oder die Blauen?«

»DIE BLAUEN!«, brüllte Claire zurück.

»Die kriegst du nicht! Das sind meine!«, schrie Todd aus dem Wohnzimmer.

»VON MIR AUS!« Claire verdrehte die Augen. »DIE ROTEN!« Als sie wieder auf den Bildschirm sah, musste sie feststellen, dass Layne sich zwei Kissen auf die Ohren gepresst hatte, mit denen sie aussah wie der Osterhase. »Ups. Tut mir leid.«

»Claire.« Layne ließ ihre mit Daunen gefüllten Ohrenschützer sinken. »Ernsthaft.«

»Ich glaube . . .« Claire nagte an ihrer Unterlippe und starrte auf die Schreibtischplatte. »Ich glaube, ich bin so weit, mir ein paar neue Freunde zu suchen.« In der Sekunde, in der die Worte ihren Mund verließen, fiel ihr Blick auf eine leuchtende purpurne Kritzelei, die Massie am Ende der Sommerferien auf ihrem Schreibtisch hinterlassen hatte. Unter eine grobe Zeichnung von einem Glücksbringer-Armband hatte Massie geschrieben: SK4EVER. Und daneben war ein knallroter Pfötchenabdruck für Bean.

Plötzlich fuhr Claire zum Fenster herum, als fürchtete sie, dass Massie trotz der Entfernung zum Spa jedes Wort belauscht haben könnte. Ihr Pulsschlag beschleunigte sich. Wenn sie sich nach neuen Freunden umsah, war sie dann genauso treulos und oberflächlich wie der Rest des SK? Schnell schob sie diesen Gedanken wieder zur Seite. Das war schließlich etwas anderes. Es war ja nicht so, als wollte sie ihre alten Freundinnen abservieren. Sie wollte nur ein paar neue finden, mit denen sie ebenfalls zusammen sein konnte. Freunde, die Süßigkeiten zu Halloween ebenso in Ordnung fanden wie Jungen aus der Achten.

»Ist das dein Ernst?« Layne klang ein wenig erschöpft. »Weil ich nämlich ein weiteres SK-Zerwürfnis nicht überlebe. Ihr habt mich fix und fertig gemacht.«

»Das wird nicht wieder passieren.« Claire kratzte mit dem Fingernagel auf ihrer Schreibtischplatte herum und versuchte, das purpurne Armband wegzurubbeln. »Ich werde das Schönheitskomitee ja nicht ganz verlassen. Ich schwöre.«

»Ich weiß nicht.« Layne runzelte die Stirn. »Das wird Massie gar nicht gefallen.«

»Sie ist so verrückt nach Landon und diesen neuen Jungs, dass sie gar nicht merken wird, wenn ich nicht da bin.«

Claire drückte die Daumen und setzte sich auf ihre Hände, bis sie ganz taub waren. Vielleicht hatte sie das Ganze nicht richtig zu Ende gedacht.

»Wo willst du denn überhaupt neue Freunde hernehmen?« Layne hatte einen Lockenstab neben ihrem Bett eingestöpselt und fing an, ihre ausgedörrten Haare in krisselige Locken zu verwandeln.

»Ähhh ... weiß nicht.« Also gut, sie hatte es wirklich nicht zu Ende gedacht. Wieso gab es beim Skype eigentlich keinen Rückspulknopf? Moment mal. Claire kniff die Augen zu und versuchte, die Zweifel aus ihrem Hirn zu verbannen. Was war schon dabei, wenn es Massie nicht gefiel, dass sie auch andere Freundinnen hatte? Lebten sie nicht in einem freien Land? Hatte sie es nicht verdient, glücklich zu sein? »Wo findest du denn neue Freunde?«

»Äh ...« Layne hielt den Kopf schief.

»CLAAAAAIIIIIRRREEE!«, brüllten Judi, Jay und Todd gleichzeitig aus dem Wohnzimmer zu ihr hinauf. »Du bist dran!«

Claire schob den Stuhl zurück, ging zur Tür und riss sie auf.

»Ich mach nicht mit!«, schrie sie nach unten. »Ich hab zu tun!« Dann knallte sie die Tür wieder zu und kehrte an ihren Laptop zurück.

Layne hatte sich wieder aufgesetzt und schrieb hektisch etwas auf einen Hello-Kitty-Notizblock. »Ich hab ein paar Ideen«, murmelte sie und neigte die linke, gekräuselte Kopfseite Richtung Schulter. »Warte mal kurz ...«

Claire schluckte den vagen Geschmack von Kupfermünzen hinunter, der sich in ihrem Rachen gebildet hatte. Ihr Blick wanderte wieder über die Fotos an der Pinnwand, über die Erinnerungen, die sie sich mit dem SK geschaffen hatte. Nur diesmal kamen ihr die Bilder verblichen vor. Irgendwie gestellt. Vielleicht war es wirklich Zeit für ein paar neue Erfahrungen. Vielleicht war sie jetzt bereit, die Welt durch eine neue Linse zu betrachten.

»Okay.« Sie beugte sich zu ihrem Laptop und sah Layne direkt in die Augen. »Ich bin bereit.« Jetzt war es Zeit für ihren eigenen Aufstieg.

BEI DEN BLOCKS
MASSIES ZIMMER

Sonntag, 9. November
17 Uhr 01

Eingehüllt in ihren kuscheligen weißen Spa-Bademantel versuchte Massie, sich auf die Matheaufgabe in dem aufgeschlagenen Schulbuch auf ihren Knien zu konzentrieren. Aber nicht einmal der dampfende Becher Granatapfeltee mit dem Schuss Gingko Biloba half ihr bei der Lösung der Gleichung. Nicht, solange der süße Duft von Landon Crane noch an ihrem Bademantel hing. Sie vergrub die Nase an ihrer Schulter und atmete tief ein. Die weichen Baumwollfasern rochen wie wahre Liebe. Die seltene Form von Liebe wie zwischen Ellen und Portia. Penn und Blake. Kanye und ihm selbst.

Und jetzt auch zwischen Landon und Massie.

Bean, die auf einem Kissen am Fußende des Bettes lag, stieß einen zufriedenen Seufzer aus und die kleine rosa Zunge hing ihr aus dem Maul. Massie fragte sich, ob sie wohl auch von ihrem neuen Freund träumte.

Konzentration. Sie starrte wieder in ihr Mathebuch und las die erste Aufgabe: *Finde die Gleichung der Geraden mit der Neigung m = 4, die durch die Punkte –1 und –6 führt.*

Aus dem Augenwinkel sah Massie ihr schlafendes MacBook blinken. Es lud sie zu einem schnellen Landon-Check auf die SnoopDawg-Webseite ein. Der gleißende weiße Lichtstrahl des blinkenden Batterielichts schien ihr zuzurufen:

Lan-don. Lan-don. Lan-don.

Und Beans rhythmisches Schnarchen schien zu flüstern: *C-rane. C-rane. C-rane.*

Und auf dem Nachttisch neben ihr tickte der Sekundenzeiger ihres runden weißen Weckers:

SnoopDawg. SnoopDawg. SnoopDawg.

Damit war es amtlich: Das Universum bestand darauf, dass sie einen Blick auf ihren Schwarm warf. Wahrscheinlich wusste das Universum ganz genau, wie grausam ein Landon-freies Wochenende war. Die Spa-Party schien schon Lichtjahre zurückzuliegen und es war eine Ewigkeit her, seit sie zugesehen hatte, wie sein Grübchen tiefer wurde, wenn er über ihre Witze lachte. Und obwohl er am Samstagmorgen einen total süßen Danke-Text »von Bark« geschickt hatte, fühlten sich achtundvierzig Stunden ohne ihn nicht richtig an. Das war wie Sushi ohne Wasabi. Fernsehen ohne Festplattenrekorder. Dolce ohne Gabbana.

Genug! Sie musste sich unbedingt ablenken. Also schlug sie in ihrem Matheheft eine neue Seite auf und griff nach ihrem Lieblings-Purpur-Glitzer-Filzstift.

10 Gründe, warum ich Landon Crane ♥

10. Die Art, wie sein Grübchen tiefer wird, wenn er über meine Witze lacht. Bonuspunkt für seinen Sinn für Humor.

9. Er ist in der Neunten, was bedeutet, dass er neunmal reifer ist als Ex-Dempsey und Ex-Derrington.

8. Seine um-wer-fen-den blauen Augen, die passend zu meinen Outfits die Farbe wechseln, sodass wir auch farblich immer harmonieren.

7. Er würde im Winter niemals Shorts tragen wie Derrington. Oder mit dem Hintern wackeln, wenn er sich freut. Oder mich sitzen lassen, weil er »zum Fußballtraining« muss, weil er sonst »aus dem Team fliegt«. Also bit-te.

6. Er ist nicht vom Theater besessen wie Dempsey. Oder von Afrika. Oder guten Taten.

5. Bark Jacobs, die schicke Haustierboutique seiner Mutter. Perfekt, um Bean ganz neu einzukleiden.

4. Bark Obama, sein ent-zü-cken-der Mops. Automatisch ein Verehrer für Bean!!!

3. Seine Outfits sind fast so gut wie meine. Außerdem sah er bei meiner Obdachlosen-Benefizgala auf dem Laufsteg fantastisch aus, ohne sich in den Vordergrund zu drängen. Er ist ganz offensichtlich selbstbewusst genug, seiner Freundin im Rampenlicht den Vortritt zu lassen.

2. Die Art, wie sein Name klingt, wenn ich ihn laut ausspreche. Landon Crane. Landon Crane. Landon Crane.

1. *ER IST IN DER NEUNTEN!! Einen älteren Freund zu haben = ALPHA HOCH ZEHN.*

Massie legte den Stift weg und seufzte. All diese Fakten entsprachen der Wahrheit, aber sie verrieten ihr nicht, was Landon gerade *jetzt* machte. Und das Schlaflicht ihres Mac blinkte mittlerweile fast hypnotisierend.

Lan-don. Lan-don. Lan-don.

Schließlich ertrug sie die Folter nicht länger. Sie schnappte sich ihren Laptop, klappte ihn auf und tippte die Snoop-Dawg-URL in den Webbrowser. Sofort schnüffelte ein Hündchen in einem Sherlock-Holmes-Outfit mit einem Vergrößerungsglas in der Pfote über ihren Bildschirm und zeigte ihr an, dass die Seite lud. Die Vorfreude ließ ihren Magen brodeln wie die Düsen des Whirlpools und sie war plötzlich aufgeregter als Claire vor einer Verabredung zum gemeinsamen Lernen bei Cam.

In die Gedanken an ihren Freund drängten sich auf einmal Gedanken an Claire, die sie bei der Übernachtungsparty sitzen gelassen hatte, um wer weiß was zu tun. Sie hatte zwar schlechte Gummibärchen vorgeschoben, aber das war offensichtlich ein Code für *ich habe was Besseres zu tun* gewesen. Aber was für Pläne konnte Claire schon ohne das Schönheitskomitee haben? Nicht genau zu wissen, was Claire im Schilde führte, verwirrte Massie noch mehr als das eine Mal im Einkaufszentrum, als sie, abgelenkt durch ihr Handy, versehentlich im Dress Barn gelandet war statt bei BCBG. Das war ein vollkommen fremdes und unbekanntes Gebiet gewesen und außerdem ein Laden, in den ein Alpha-Girl, das etwas auf sich hielt, ganz sicher nicht gehörte.

Als die Seite geladen war, tauchte ein Rudel Cartoon-Welpen auf und lud Massie mit einem *Wiff* ein, Barks Geheimnummer in die Hundehütten-Grafik in der Mitte des Bildschirms einzugeben. Beans Augen gingen auf, sie stapfte über die Steppdecke und rollte sich schnell in Massies Armbeuge zusammen.

»Bean, es ist nicht so, dass Claire nicht mehr mit uns abhängen will.« Mit der rechten Hand tippte Massie die Geheimnummer und das Passwort ein, das beim Kauf des Anhängers dabei gewesen war, und kraulte mit der linken Hand Beans Ohren. Hätte sie noch einen Satz Finger gehabt, hätte sie auch die Daumen gedrückt, dass Landon das Passwort noch nicht geändert hatte. »Es ist nur so, dass sie offenbar noch nicht bereit für einen Aufstieg ist. Sie ist halt für dreizehn doch noch ziemlich jung.«

Bean runzelte zustimmend ihre Mopsnase.

»Ich weiß. Es ist mehr als frustrierend.« Massie nickte und fühlte sich etwas besser, weil sie nicht mehr die Einzige war, der Claires Unreife aufgefallen war. »Aber wenn wir wirklich ihre Freundinnen sind, sollten wir nicht kontrollieren, was sie tut. Wir müssen ihr einfach Zeit geben, etwas erwachsener zu werden und zu erkennen, dass . . .«

Sie klickte auf ENTER und kniff die Augen zu. Langsam öffnete sie wieder das linke Auge.

Die Cartoon-Welpen verschwanden in der Hundehütte und der Bildschirm wurde schwarz. Dann tauchte ein grobkörniges dunkles Bild von einer Hundepfote auf.

Sie war drin.

»Jaaaa!« Massie beugte sich vor und starrte mit gerunzelter Stirn auf den Bildschirm. Dasselbe Gesicht machte Kendra immer, wenn sie die *Vogue* las und ihre Lesebrille nicht finden konnte. Eine unscharfe Pfote kratzte an der Kameralinse herum und versperrte Massie den Blick auf alles, was mit Landon zu tun hatte.

»Baaaark«, stöhnte Massie. »Hör auf, an deinem Halsband herumzukratzen!«

Bean leckte über den Bildschirm und hinterließ eine Schleimspur.

»Iiih-gitt«, schalt Massie ihren Hund kichernd und wischte den Hundesabber mit dem Ärmel ihres Bademantels weg.

Sekunden später plumpste die Kamera auf den Boden und verschaffte Massie denselben Blick auf Landons Zimmer, den sie auch in der Nach-unten-sehender-Hund-Position in ihrem Yogakurs gehabt hätte. Sie beugte sich noch weiter nach vorn, bis ihre Nase fast den Laptop berührte. Verblüffenderweise durchströmte sie sofort eine neue Welle der Bewunderung für Landon. Sein Zimmer bestätigte etwas, das sie bereits wusste: Er war für sie bestimmt. Das John-Mayer-Trio-Poster über seinem Bett bewies, dass er Sinn für Poesie hatte. Die olivgrüne Bettdecke und die hochwertigen Laken verrieten, dass er modebewusst genug war, um sich auch für Inneneinrichtung zu interessieren, aber die wahllos auf dem Bett verstreuten schokoladenbraunen Kissen betonten, dass er in dieser Beziehung kein Fanatiker war. Und die

Prada-Turnschuhe, die unter seinem Bett herauslugten, schrien *Stil, Stil, Stil.*

Dann wurde der Bildschirm schwarz.

»Oh mein Gott!« Massie packte den Bildschirm ihres Laptops an beiden Seiten und schüttelte ihn, als würde das etwas nutzen. Eine feuchte rosa Zunge und eine Reihe zahnsteinverkrusteter Zähne tauchten auf und Massie wurde ganz anders.

»Bark!«, schrie sie den Bildschirm an. Bean schoss ans Fußende des Bettes und begann, hektisch ihren eigenen Stummelschwanz zu jagen. »NICHT den SnoopDawg fressen! Böser Hund!«

Bark ließ die Kamera los, als könnte er ihre Verzweiflung hören, und das besabberte Teil rollte in die Mitte von Landons Zimmer. Vollkommen erledigt ließ sich Massie in ihre Kissen fallen. Eine kühle Brise wehte durch das gekippte Schlafzimmerfenster, an den lavendelfarbenen Vorhängen vorbei und über ihr Bett.

Sie kuschelte sich tiefer unter die Decke und ließ den Bildschirm nicht aus den Augen.

Ein Paar Puma Black Labels und mit schwarzen Jeans bekleidete Beine gingen an der Kamera vorbei. Massie schoss hoch.

»Landon!«, kreischte sie und ihr Herz fing sofort an zu rasen, als die Kamera sie mit einem winzigen Ausschnitt von ihrem Schatz folterte. An den fachmännisch verwaschenen Säumen seiner Jeans konnte sie erkennen, dass er Paper Denim & Cloth trug. Die perfekte Wahl für einen frischen Herbstsonntag.

Dann tauchte neben Landons Knöcheln noch ein zweites Paar Beine auf. Aber diese gehörten keinem Jungen. Sie waren bronzefarben, frisch rasiert und schlank.

Massie schluckte schwer. Das waren Mädchenbeine. Vielleicht sogar die von einem Alpha-Girl.

Sie griff nach der Riesentasse auf ihrem Nachttisch und nahm einen großen Schluck. Der heiße Tee verbrannte ihr die Zunge, aber dieser kleine Schmerz war nichts im Vergleich zu der Woge von Eifersucht, die gerade über sie hereinbrach.

Über den Knöcheln war eine Jeans bis zur Mitte der Waden hochgekrempelt. Darunter befanden sich graue Wildlederstiefeletten. Das war modemäßig gewagter als Fergies Haremshosen. Aber irgendwie funktionierte es, genau wie die Haremshosen.

Massie beugte sich dicht über den Bildschirm und konnte knapp über dem Knöchel einen kleinen Kolibri erkennen, der über einem Gänseblümchen flatterte. Ihr Unterkiefer klappte nach unten. Eine Tätowierung? Machte sie das mysteriöse Mädchen besonders cool, besonders proletenhaft oder einfach nur besonders? Massie hatte keine Ahnung.

Die grauen Stiefeletten traten von der Kamera zurück. Bean knurrte, als Bark in Vogelbeins Arme sprang. Sie trug einen maßgeschneiderten Blazer über einem weißen Ripp-Top und an ihrem Hals baumelte ein Gewirr aus langen Ketten. Ihre Hände waren frisch manikürt und am linken Mittelfinger trug sie einen funkelnden und offensichtlich alten Cocktailring.

»Zeig. Dein. Gesicht!«, verlangte Massie, auf deren Schläfen sich kleine Schweißperlen gebildet hatten. Wie sollte sie feststellen, ob das Mädchen eine Bedrohung darstellte, wenn sie die Frisur nicht beurteilen konnte?

Bean bleckte die Zähne, als Bark anfing, zufrieden Vogelbeins Hand zu lecken. Massie hätte ihr Hündchen gern beruhigt, aber wie sollte sie das tun, wo sie doch selbst gerade jemanden brauchte, der *sie* beruhigte? Sie schloss die Augen und versuchte verzweifelt, die Situation wieder unter Kontrolle zu bekommen.

»Du bist stark. Du bist selbstbewusst«, sagte sie und wiederholte damit ihr Selbstbewusstseins-Mantra. »Und niemand kann dir deine Stärke nehmen . . .«

Sie machte die Augen wieder auf und riskierte einen weiteren Blick. Landon mit einem anderen Mädchen zu beobachten, war, wie *Die größten Versager* im Fernsehen zu sehen: Es tat weh, aber sie konnte trotzdem nicht wegsehen.

Vogelbein holte jetzt einen Umschlag aus der grünen Diesel-Messengertasche, die sie über der Schulter hängen hatte. Sie gab ihn Landon.

War es eine Rechnung? Eine Mahnung? Ein Liebesbrief?

Landon riss den Umschlag auf, offensichtlich neugierig. Oben auf der Seite war ein Pfotenabdruck, gefolgt von einem Datum und einer Uhrzeit, die aber zu verschwommen waren, um sie zu erkennen.

Eine Einladung zu einer Highschoolparty.

Massie wollte langsam und tief Luft holen, doch es wurde ein hektisches Keuchen daraus.

Denn statt Vogelbein eine Notiz zu überreichen, auf der

stand ICH ♥ MASSIE BLOCK UND WÜRDE EHER KAUFHAUSJEANS TRAGEN, ALS OHNE SIE AUF EINE PARTY ZU GEHEN, faltete Landon die Einladung sorgfältig und steckte sie in seine hintere Hosentasche.

Er hätte Massie ebenso gut Vogelbeins grauen Wildlederabsatz mitten ins Herz stoßen können.

Vogelbein setzte Bark auf dem Boden ab und richtete sich wieder auf. Einen Moment später war alles, was Massie sehen konnte, nur noch ein leeres Zimmer. Plötzlich fand sie das John-Mayer-Poster kitschig und die Pradas waren unmodern. Bis jetzt war es Massie nicht aufgefallen, aber sie waren ganz sicher zwei Jahre alt. Mindestens.

Hastig holte sie ihr Notfall-Probefläschchen Chanel No. 19 unter dem Kopfkissen hervor, verspritzte etwas davon und atmete den blumigen Duft von Jasmin und Ylang-Ylang tief ein, als wäre das Fläschchen ein Inhaliergerät und sie kurz vor einem potenziell tödlichen Asthmaanfall. Der vertraute Duft verlangsamte ihre Atmung ein wenig.

Was war das Problem? Landon passte immer noch perfekt zu ihr und John Mayer und die uralten Pradas hatten nichts zu bedeuten.

Massie kniff wieder die Augen zu und sagte ihr Selbstbewusstseins-Mantra auf.

»Du bist stark. Du bist selbstbewusst. Und niemand kann dir deine Stärke nehmen.«

Sie wollte das nur zu gern glauben. Aber die Worte fühlten sich noch unechter an als die Sprühbräune der Mädchen aus der Neunten am Halloween-Abend. Massie klappte den Laptop zu, rollte sich zu einem weißen Frottee-Ball zusammen und wartete darauf, dass ihr die Tränen kamen. Doch anstelle von Trauer fühlte sie nur Ärger.

Sie würde sich ganz sicher nicht noch einen Schwarm vor der Nase wegschnappen lassen. Nicht schon wieder. Landon Crane war der beste Alpha-Freund aus der Neunten, den sich ein Mädchen wünschen konnte, und sie gehörte definitiv an seine Seite. Zusammen waren sie eine 10. Und wenn Massie darum kämpfen musste, Vogelbein aus dieser Gleichung herauszuhalten, dann würde sie eben kämpfen. Aber zuerst musste sie diesen tätowierten Schwarm-Dieb identifizieren.

Diese grauen Stiefeletten konnten zwar versuchen zu rennen, aber vor ihr verstecken konnten sie sich nicht.

OCTAVIAN COUNTRY DAY SCHOOL
VOR DER NEUEN ÖKO-CAFETERIA

Montag, 10. November
12 Uhr 25

Den Weg von ihrem Schließfach zur Cafeteria hatte Claire schon so oft zurückgelegt, dass sie ihn auch mit verbundenen Augen gefunden hätte. Aber heute fühlte sich auf der gewohnten Strecke alles ganz anders an. Die Truppe des Schultheaters, die in jeder freien Minute probte, egal wo sie gerade ging oder stand, kam ihr interessant und geistreich vor und nicht mehr schräg. Der Tierschutzklub, der die Schließfächer mit so vielen LIEBER-WÄRE-ICH-NACKT-Flugblättern tapezierte, dass allein das zur Zerstörung des Regenwaldes reichte, war plötzlich weitsichtig und vernünftig und nicht mehr penetrant und rechthaberisch. Sogar das Mädchen aus der Siebten, das in jeder Pause auf einer Picknickdecke vor seinem Schließfach hockte und *Herr der Ringe* las, erschien ihr jetzt als geheimnisvolle Intellektuelle und war nicht länger nur ein Hindernis, das den Verkehr auf dem Flur behinderte.

Claire hatte das Gefühl, dass sie bisher mit Scheuklappen durch ihre Schule gelaufen war und jetzt alles, was die OCD zu bieten hatte, so scharf sah wie nach einer Laser-OP. Wieso hatte sie sich solche Sorgen darum gemacht, neue Freunde zu finden? Die Möglichkeiten waren doch unbegrenzt. Sie brauchte nur zu wählen.

Auf dem Gang herrschte der übliche Mittagsstau und so brauchte Claire volle drei Minuten von ihrem Schließfach zum Mädchenklo auf halber Strecke. Die Mattglastüren der Cafeteria im Blick, drängte sie sich durch eine Hindernisstrecke aus Umhängetaschen, aus denen nervige Klingeltöne piepsten, und wurde mit jeder Sekunde ungeduldiger.

Sie huschte an einer Schulter im Burberry-Karomuster vorbei und seufzte über das lästige Piepen, das sie auf dem ganzen Weg zur Cafeteria zu verfolgen schien. Das war genau das, was sie an Westchester störte. Zu Hause in Orlando hatte kaum jemand ein Handy gehabt. Aber hier waren die Dinger unverzichtbar – so selbstverständlich wie Unterwäsche. Das konnte einem wirklich . . .

»Hey.« Ein Mädchen, mit dem Claire ein paar Kurse zusammen hatte, warf einen bedeutsamen Blick auf Claires Patchwork-Ledertasche. »Kannst du mal rangehen? Ich kriege Migräne von deinem Handy.«

»Oh. Danke.« *Ups.* Claire grub ihr Telefon aus den Tiefen der Tasche aus.

LAYNE:	WO BLEIBST DU, C? ÜBERRASCHUNG FÜR DICH IN DER CAFETERIA. KOMM HER, ABER PRONTO.
LAYNE:	PS: GEFÄLLT DIR DER NEUE KLINGELTON? HAB IHN PROGRAMMIERT, ALS DU NICHT HINGEGUCKT HAST.

Claire steckte ihr Handy wieder in die Tasche und hastete in Richtung Cafeteria, so schnell es ihre Uggs und der verstopfte Gang erlaubten. Wie gewöhnlich machte Layne wieder ein Riesengeheimnis um ihre Pläne. Aber dadurch wurde Claires Suche nach neuen Freunden fast noch spannender als ein Treffen mit Cam, wenn seine Eltern nicht da waren.

Als Claire endlich in der Cafeteria ankam, wartete Layne beim Wasserspender auf sie und balancierte eine mit Glitter überzogene samtene Schmuckschachtel auf der Nase wie ein trainierter Seehund.

»Hey! Schon zehn Sekunden«, prahlte sie und wankte vor und zurück, ohne die geringste Rücksicht auf die Schlange zu nehmen, die sich hinter ihr gebildet hatte. Die Blechmedaillen an der Brust ihrer sechs Nummern zu großen Tarnjacke schlugen jedes Mal scheppernd aneinander, wenn sie sich bewegte. »Elf. Zwöl. . .«

»Meine Überraschung?« Claire schnappte ihr die Schachtel von der Nase und klappte sie auf. Darin war ein versilberter Ring mit einem großen schwarzen Stein in der Mitte.

»Meine bisher beste Erfindung«, verkündete Layne stolz und rupfte den Ring aus seinem Samt-Nest. »Ich nenne ihn den BF-Finder. Du steckst ihn an, und wenn du jemanden triffst, der cool ist, verfärbt sich der Stein rot. Schwarz wird er, wenn du von Leuten umgeben bist, die nicht kompatibel sind. Zum Patent angemeldet ist er auch schon.«

»Aha.« Claire schniefte und sog versehentlich etwas von dem Glitter der Schachtel ein. Beim Niesen schossen ihr die silbernen Teilchen wieder aus der Nase und fielen zu Boden. Das war wie ein Zeichen. Von diesem Augenblick an war Claire Lyons total frei von allem Glitzer- und Angeberkram – frei von all den oberflächlichen Dingen, die sie seit ihrer Ankunft in Westchester angehäuft hatte. Sie würde einen ganz neuen Anfang machen. Und dagegen war nichts einzuwenden . . . oder? Sie widerstand der Versuchung, einen Blick auf Tisch 18 zu werfen.

»Ich werde es dir demonstrieren.« Layne rammte sich den Ring auf den Finger und zerrte Claire durch das Labyrinth aus Bambustischen. An einem Tisch voller Mädchen aus der sechsten Klasse blieb sie stehen und knuffte das nächstbeste von ihnen mit dem Ring.

»Au!« Das Mädchen rieb sich durch sein World-of-Warcraft-T-Shirt die Schulter.

»Siehst du?« Layne hob den Finger. Der Stein war immer noch schwarz.

»Nicht kompatibel.« Sie klopfte der Sechstklässlerin auf den Rücken und steuerte ihren gewohnten Tisch an.

»Sorry«, hauchte Claire dem Mädchen zu, bevor sie über einen getrockneten Klecks Sojakäse stieg, um ihrer Freundin zu folgen. Der gestreifte Schlips, den Layne als Gürtelersatz um ihre Jeans geschlungen hatte, flatterte hinter ihr her wie die bunten Bänder an Claires altem Fahrrad. Bei dem Gedanken an ihr Fahrrad musste sie an Cam denken, was sie zu der Spa-Party der vergangenen Woche führte und ihr Verlangen verstärkte, sich nach Massie umzusehen. War sie sauer, weil Claire den Tisch gewechselt hatte? Oder noch schlimmer – war sie verletzt? Bei der Vorstellung krampfte sich Claires Magen zusammen.

»Willst du ihn ausprobieren?« Layne rammte die Kante von Tisch 23 und ließ sich auf einen der Stühle fallen. Am Kopfende des Tisches lagen drei sauber gefaltete Ausgaben der *New York Times.* »Versuch, ob er dir passt.« Mit einem Ruck zerrte Layne den Ring über ihren Fingerköchel.

»Danke.« Claires Blick wanderte zu Tisch 18, als bestünde zwischen ihr und dem SK eine magnetische Anziehungskraft, der sie nicht widerstehen konnte. Die Mädchen hingen in einem undurchdringlichen Kreis zusammen, vor sich unberührte Teller mit veganen Käse-Makkaroni und Seitan-Spießen mit Erdnuss-Soße. Redeten sie über ihre neuen Freunde? Oder noch schlimmer, lästerten sie über sie, weil sie dachten, sie hätte sie im Stich gelassen?

Claire verspürte den plötzlichen Drang, eine schnelle Erklärungs-SMS zu schreiben, damit das SK sie verstand. Aber vielleicht interessierte die anderen das alles gar nicht so sehr, wie Claire dachte. Als sie Massie gesagt hatte, dass sie mit Layne Mittag essen würde, um ein paar neue Freunde kennenzulernen, hatte Massie keine Miene verzogen. Sie hatte Claire nicht mit dem Ausschluss aus dem SK gedroht oder ihr für diese Woche die Range-Rover-Privilegien gestrichen. Stattdessen hatte sie geradezu verständnisvoll gewirkt. Claires rotes Angora-Kapuzenshirt juckte auf einmal ganz fürchterlich. Wenn sie nichts anderes tat, als ihren Horizont ein wenig zu erweitern, wieso fühlte sie sich dann so mies?

Der SK-Kreis löste sich auf und Massies Blick traf den von Claire. Claire hob die Hand und winkte ihr zu. Massie blinzelte cool, aber dann kam doch der Anflug eines Lächelns.

Offensichtlich gab sie sich alle Mühe, etwas flexibler zu werden. Nicht mehr alles zu kontrollieren. Und Claire kannte sie gut genug, um zu wissen, dass ihr das schwerer fiel als ihre alljährliche Kohlenhydrat-Diät vor Beginn der Bikinisaison. Hatte sich Massie seit dem großen Krach des Schönheitskomitees wirklich verändert? War Claire diejenige, die unfair war und Massie nicht die Chance gab, ihr wahres Ich zu zeigen?

»Claire.« Layne schnippte den Ring auf dem Tisch in Claires Richtung. »Willst du ihn nun ausprobieren oder was?«

Weil sie Laynes Gefühle nicht verletzen wollte, streifte Claire den Ring über ihren Mittelfinger. Sofort verfärbte sich der Stein kotzgrün.

»Wir essen heute Mittag mit Bill Gates«, verkündete Layne. »Ich habe auch Oprah und Shakespeare eingeladen, aber die konnten so kurzfristig nicht kommen.«

»Häh?« Der Ring fühlte sich schwer an. Claire ließ die Hand unauffällig in ihren Schoß fallen und drehte sie heimlich in Richtung Schönheitskomitee. War sie dicht genug dran, um ein Ergebnis zu kriegen? Fand der BF-Finder, dass sie und das SK kompatibel waren? Sie zwang sich hinzusehen. Aber der Stein war immer noch ekelgrün. Ihr war gar nicht aufgefallen, dass sie die Luft angehalten hatte, und sie atmete aus.

»Du weißt schon«, sagte Layne ungeduldig, »vom Intelligenz-Komitee. Nur um zu sehen, ob ihr zusammenpasst.«

»Oh. Ach so.« Das Intelligenz-Komitee von Layne und Kristen war eine Gruppe superkluger OCDler, die sich trafen, um ... ehrlich gesagt hatte Claire keine Ahnung, was sie machten.

»Aber das ist nur ein Test für den Ring«, erklärte Layne und schlug ihre Ausgabe der *Times* auf. »Dem Intelligenz-Komitee könntest du nämlich nur beitreten, wenn du zufällig auch ein Genie wärst.« Sie lächelte in die Seite mit den Nachrichten aus aller Welt.

Bevor Claire die Gelegenheit hatte, ihre Empörung in Worte zu fassen, tauchte Bill Gates auf.

»Seid gegrüßt.«

Danh Bondok war Technikgenie und Austauschschüler und wegen seiner gelben Zähne hatte Massie ihm den Spitznamen »Maisgebiss« verpasst. Er lächelte und hatte eine fettfleckige braune Papiertüte dabei, die nach Kokoscurry roch.

Claire zwang sich zu einem Lächeln. »Hey, Mai. . .« Sie bremste sich gerade noch rechtzeitig. »Ich meine Danh.«

»Nenn mich Bill.« Danh/Bill/Maisgebiss stellte die Tüte mit seinem Mittagessen auf den Tisch und zog seine ohnehin zu kurzen Hosenbeine hoch, was Claire einen perfekten Blick auf seine haarigen, bleistiftdünnen Knöchel verschaffte. Dann setzte er sich Claire gegenüber und lächelte nervös.

»Klar . . . Bill«, sagte Claire unsicher.

»Sieh auf den Ring«, zischte Layne hektisch.

Claire sah nach. »Was bedeutete Grün doch gleich?«

Layne zuckte mit den Schultern. »An den Feinheiten arbeite ich noch.«

»Claire«, sagte Bill Gates höflich und drückte mit dem Finger gegen den Nasensteg seiner Brille, sodass sie wieder nach oben rutschte. »Layne hat mir erzählt, dass du dich für Fotografie interessierst.« Er öffnete seine Papiertüte, holte einen Plastikbehälter mit Nudeln heraus, ließ ihn aufschnappen und begann, sie in sich hineinzuschaufeln.

»Äh, stimmt.« Claire nickte, obwohl sie der würzig süße Duft seines Currys fast aus den Schuhen kippte.

»Ich bin auch ein kleiner Fan von Ansel Adams«, sagte Danh. »Seine Verwendung von scharfem Fokus und verstärkten Kontrasten ist beinahe genial, findest du nicht auch?«

Layne nickte, als hätte Danh die ganze Zeit vernünftig und klar verständlich geredet. »Total.«

»Ähhh.« Claire kratzte sich den Nacken, der plötzlich schweißnass war. »Klar.«

Danh warf Layne einen Blick zu. War das Mitleid? Oder waren es vom Curry verursachte Verdauungsbeschwerden?

»Also, Bill«, sagte Layne in dem offensichtlichen Versuch, das Thema zu wechseln, »erzähl uns, was es bei dir Neues gibt.«

Danh nickte. »Wie wir alle wissen, hat das neue Vista-Betriebssystem einige gravierende Schwächen.« Seine dunklen Augen richteten sich auf Claire, als wartete er, dass sie etwas zu diesem Thema beitrug.

»Ja. Das ist wirklich . . . zu dumm.« Claire grub die Fingernägel in ihren Oberschenkel und hasste es, wie sie sich anhörte. Wieso konnten sie nicht über ein Thema reden, von dem sie etwas verstand, wie der Trennung von Maksim und Karina oder Serendipitys neuen Gourmet-Gummibärchen?

Danhs dicke schwarze Brauen verzogen sich enttäuscht.

»Na, auf jeden Fall sieht es so aus, als müsste Microsoft ›Hasta la . . . VISTA‹ zur alten Version sagen.« Er verstummte grinsend.

Während Danh und Layne losprusteten, kontrollierte Claire noch einmal den Ring. Immer noch kotzgrün. Vielleicht zeigte dieser Ring ihre Stimmung doch genauer an, als sie gedacht hatte.

OCTAVIAN COUNTRY DAY SCHOOL
CLAIRES SCHLIESSFACH

Montag, 10. November
15 Uhr 13

Am Ende des Schultags kam Claire die Vertrautheit des Schönheitskomitees ebenso verlockend vor wie Cams extra großer Briarwood-Fleecepulli. Die Passform war bei beiden vielleicht nicht perfekt, aber wenigstens war es gemütlich.

Zum Glück hatte Claire die letzte Stunde ohne Layne und damit eine faire Chance, unentdeckt zum Parkplatz zu kommen. Und als Mr Myner sie dann auch noch fünf Minuten früher gehen ließ, riss Claire ihren Rucksack aus dem Schließfach und startete durch, ohne das schuldbewusste Kribbeln in ihrem Nacken zu beachten. Natürlich wollte Layne nur helfen, aber sie am Handgelenk durch die Gänge zu schleifen und jedermann den BF-Finder ins Gesicht zu rammen, war nun wirklich keine Hilfe. Bis jetzt hatte Claire keinen einzigen neuen Freund, stattdessen glühten ihre Handgelenke.

Es musste doch einen einfacheren Weg geben.

Das goldene Licht der Nachmittagssonne fiel durch die offenen Doppeltüren am Ende des Ganges und verhieß Freiheit, eine große Schale Zimties und eine Radtour mit Cam. Nur noch . . . ein paar . . . Schritte . . .

Drei Meter vor dem Ausgang legte sich etwas über ihre Augen.

»Aahhhhh!«, kreischte Claire und spürte kurz darauf, wie an ihrem Hinterkopf ein Knoten zugezogen wurde. Ihre Hände fuhren hoch zum Gesicht und griffen nach der Kunstfaser-Augenbinde, die ihr pochendes Gehirn einschnürte.

»Überraschuuuung!« Laynes heißer Atem roch nach Avocadocreme-Fruchtgummis, ihrem neuesten Lieblingssnack.

Und es war so knapp gewesen. Jetzt wusste Claire, wie Bean sich gefühlt haben musste, nachdem Massie sie einen vollen Tag lang Halloween-Kostüme hatte anprobieren lassen: erschöpft, deprimiert und zu schwach, um sich zu wehren.

»Was kommt jetzt?«, fragte Claire misstrauisch und versuchte, das unüberhörbare Gekicher zu ignorieren, das offensichtlich ihr galt.

Layne packte Claire an den Armen und drehte sie um 180 Grad. »Noch eine weitere Station für heute. Es wird dir gefallen. Kleinfingerschwur.« Sie schob Claire vorwärts.

Claires linke Schulter rammte so heftig gegen jemanden, dass es sie gegen den Uhrzeigersinn drehte.

»Passt auf, ihr beiden«, warnte eine Männerstimme. »Und treibt keinen Unsinn auf den Gängen.« Claire erstarrte und der Geruch nach Kreidestaub und abgestandenem Kaffee überwältigte ihren geschärften Geruchssinn.

»Entschuldigung, Mr Myner.« Claire wich zurück, stieß

gegen Layne und wäre beinahe über ihre quietschenden Gummistiefel gestolpert.

»Ups!«, flüsterte Layne kichernd. »Nicht aufgepasst – der Fehler war Myner.«

»Sehr witzig«, fauchte Claire und rieb sich die pochende Schulter. Um für weitere Kollisionen eine Knautschzone zu haben, streckte sie die Arme aus.

»Wir sind fast da.« Layne dirigierte Claire durch die Gänge, als wären sie eine angehende Eiskunstläuferin bei ihrem ersten Versuch auf Schlittschuhen. Das Knallen der Schließfachtüren, Klicken von Vorhängeschlössern und Platschen von Ballerinas auf dem glatten Linoleumboden drangen in Claires Ohren.

Schließlich brachte Layne sie mit einem Ruck am Knoten der Augenbinde zum Stehen.

Claire riss sich das schwitzige Ding von den Augen und rieb sich nach Avocado riechende Tränen aus den Augen. Sie standen vor dem Kunstraum der OCD.

»Du solltest die Augenbinde erst abnehmen, wenn ich es sage«, beschwerte sich Layne, löste den Knoten in ihrem gestreiften Schlips-Gürtel und band ihn sich wieder um. Dann griff sie nach der fleckigen silberfarbenen Türklinke und knuffte mit der Hüfte die Tür auf. »Komm mit.«

Claire folgte ihr zögernd und lockerte mit den Fingern die Druckstelle auf, die die Augenbinde in ihren Haaren hinterlassen hatte.

»Ta-daaaaaaaa.« Layne trat zur Seite und breitete die Arme aus, als wäre sie eine der Assistentinnen in *Der Preis ist heiß*.

Claire blinzelte hektisch, bis sich ihre Augen an das grelle Licht in dem großen Raum gewöhnt hatten, bei dessen Anblick ihr Herz ein wenig schneller schlug. Seit dem letzten Jahr hatte sie den Kunstraum eisern gemieden, denn damals hatte Alicia ihr den ersten Schultag an der OCD damit ruiniert, dass sie ihr einen roten Fleck wie von ihrer Periode auf ihre weiße Jeans gemalt hatte. Seitdem war Claire nicht mehr im Kunstraum gewesen, weil sie Angst vor einem Panik-Flashback hatte.

Seit diesem verhängnisvollen ersten Tag war der Raum umgestaltet worden. Lange Tische hatten die Reihen mit Hockern und Staffeleien ersetzt und die Wände und die Decken mit den Oberlichtern waren jetzt strahlend weiß gestrichen.

Vorn im Raum stand ein ganz in Schwarz gekleidetes Modell, das sich über seine geballte Faust beugte, starr wie eine Plastik von Rodin, während ein Schüler in Jeans und einem abgetragenen grauen T-Shirt um es herumsprang und Fotos machte.

»Was wollen wir hier?«, murmelte Claire. Ihr Blick fiel auf eine Gruppe Jungen und Mädchen, die im Schneidersitz auf einem Tisch in der hintersten Reihe saßen. Ein paar zeichneten etwas auf Spiralblöcke, andere unterhielten sich und lachten. Ein blondes Mädchen mit rosa gefärbten Haarspitzen – Claire kannte sie vom Sehen – starrte mit strenger Miene in die Kamera ihres iPhone und machte ein Selbstporträt von sich.

Layne deutete mit einem Nicken auf die weiße Kunststofftafel an der Wand, wo ein Junge mit schulterlangen braunen Haaren gerade etwas mit schwarzem Filzstift schrieb.

Wenn ich ein Foto mache, beschränke ich mich auf 10 Prozent von dem, was ich sehe.

»Annie Leibovitz!«, rief Claire aus und hielt dann schnell die Hand vor den Mund.

Der Junge drehte sich um und grinste. »Woher weißt du das?« Er nahm seine schwarz gerahmte Brille im Retrolook ab und putzte die Gläser an seinem T-Shirt mit der Aufschrift SCHNAPP DEINEN BESTEN SCHUSS.

Claire wurde rot. »Das ist einer meiner Lieblingssprüche. Ich habe ihn in meinem Facebook-Profil.«

»Ist nicht wahr! Ich auch.«

»Claire, das ist Iain«, verkündete Layne stolz. »Er ist der Vorsitzende des Briarwood-OCD-SK.«

»Des SK?«, murmelte Claire ihr aus dem Mundwinkel zu.

»Schnappschuss-Klub«, flüsterte Layne zurück.

Die Klubmitglieder auf dem Tisch winkten ihr zu. Sogar das statuengleiche Modell am Eingang lächelte kurz.

Claire hob zur Begrüßung die Hand und fragte sich, was Massie wohl sagen würde, wenn sie wüsste, dass es an der OCD noch ein SK gab. »Hey.« Aus dem Augenwinkel sah sie eine Sammlung Kameras auf dem Tisch an der Tür liegen. Es waren winzige Digitalkameras, Spiegelreflexkameras mit langen Objektiven und sogar eine altmodische Lochkamera. Sie beugte sich über die Sammlung, als wären es in Samt präsentierte Diamanten im Schaufenster von Cartier. War das ... Nein. Das konnte doch nicht ...

»Die Nikon D90«, sagte Iain hinter ihr, als hätte er ihre Gedanken gelesen.

»Oh mein Gott. Die habe ich noch nie in echt gesehen!«, gestand sie.

»Willst du sie ausprobieren?« Iain nahm die Kamera und drückte sie Claire in die Hand. Sie fühlte sich massiv und dennoch leicht an und das kühle silberne Gehäuse schmiegte sich perfekt in ihre Hand. »Wir haben mehrere davon. Die hier ist für alle da.«

»Mehrere?«, würgte Claire hervor und streichelte die Kamera liebevoll. »Kosten die Dinger nicht ein Vermögen?« Sie hatte sich eine zu Weihnachten wünschen wollen, aber nachdem sie den Preis gegoogelt hatte, hatte sie die Hoffnung aufgegeben. Diese Kamera war mehr wert als Todds Leben.

Iain zuckte mit den Schultern. »Wir haben ein paar ziemlich berühmte Ehemalige, die immer mal wieder etwas spenden. Außerdem gehen wir zu deren Galerieeröffnungen und so was.«

»Das Essen ist immer das Letzte, aber die Bilder sind meistens super«, mischte sich das Mädchen mit den rosa gefärbten Spitzen lachend ein. »Ich bin Anya. Coole Jeans.« Sie rutschte vom Tisch und gesellte sich zu ihnen.

Claire warf einen Blick auf ihre verblichene GAP-Jeans. »Findest du?«, fragte sie skeptisch. Massie hatte ihr am Morgen volle zwei Punkte wegen des Lochs im linken Knie abgezogen. Das hatte ihre Wertnote auf miese 7,6 Punkte gedrückt, was laut Massies Definition nur einen Zehntelpunkt von einem Zwangs-Schlechtes-Sushi-Tag entfernt war.

Aber dieser SK war anders als das SK. Hier war nirgendwo eine Designerklamotte zu sehen und niemand hatte über ihre Frisur gelästert oder ihr zu einer Diät geraten, um die Halloween-Sünden wieder wettzumachen.

War es möglich, dass sie hier einfach ... Claire sein konnte – mit Loch in der Jeans, Gummibärchensucht und allem anderen? Allein der Gedanke reichte aus, um den Knoten in ihren Schulterblättern verschwinden zu lassen.

»Ich dachte mir, dass ihr zusammenpassen würdet, wie Schnapp und Schuss«, alberte Layne und sah sehr zufrieden mit sich aus.

Die Klubmitglieder stöhnten auf und Anya warf eine leere Filmdose nach Layne.

Claire kicherte und ein frischer Energiestoß beflügelte sie wie eine dreifache Portion Granatapfeleis bei Pinkberry. Wie hatte sie so lange auf die OCD gehen können, ohne diese coolen Fotofans zu entdecken, denen Klamotten genauso egal waren wie Neuntklässler? Sie fuhr zu Layne herum und hob die Kamera. »Sag Cheeeeese.«

Layne streckte ihr die Zunge heraus.

Claire knipste ihre Grimasse. »Du bist die Beste.«

»Ich weiß.« Layne strahlte. »Ich habe um fünf ein Meeting mit dem Erfinderklub im Hörsaal. Wollen wir uns in einer Stunde auf dem Parkplatz treffen? Meine Mutter kann dich nach Hause br. . .«

Iains iPhone brummte in der hinteren Hosentasche seiner Jeans. Er warf einen Blick aufs Display.

»Kelsey Morgan ist im zweiten Stock unterwegs und sie hat Toilettenpapier am Schuh!«, brüllte er und stopfte das Handy wieder in die Tasche. »Es geht los, Leute!«

Im Raum brach das Chaos aus. Der Rest des SK sprang vom Tisch und stürzte auf die Kameras zu, die neben Claire aufgereiht waren. Sie drückte sich neben Layne an die Wand.

»Was ist denn jetzt los?«, fragte sie in die Runde.

»Ein Foto der Schulsprecherin mit Toilettenpapier am Schuh?« Anya hängte sich die Kamera mit dem Teleobjektiv über die Schulter, als wäre sie eine Fotografin von *National Geographic* auf dem Weg zu einem Shooting in der Serengeti. »Das ist Gold wert.«

»Aber ...« Claire runzelte die Stirn. Mädchen mit Toilettenpapier am Schuh zu knipsen, hatte mit Kunst rein gar nichts zu tun. Das war einfach ... eklig. »Wieso macht ein Fotoklub ...«

»Wir sind nicht nur ein Fotoklub«, stellte Anya richtig. »Wir sind der Paparazzi-Klub! Kommst du?«

»Ähhhh ...« Claire wich einen Schritt zurück. Wo waren die coolen, kreativen Künstler geblieben, die sie gerade kennengelernt hatte? Waren die genauso oberflächlich wie der Rest der OCD? Hatte sie sie völlig falsch eingeschätzt?

»LOS! LOS! LOS!«, brüllte Iain und stürmte mit seiner Truppe zur Tür hinaus, ohne Claire eines weiteren Blicks zu würdigen. Die Schritte des SK verklangen auf dem Flur.

Claire drehte sich geschockt zu Layne um. Noch Minuten zuvor hatte sie ein Bild von einer neuen OCD vor Augen gehabt, einer OCD voller Ideen und Möglichkeiten. Aber dieses Bild war schneller verblichen als ein überbelichtetes Negativ und jetzt fühlte sie sich leerer als eine alte Filmdose.

RANGE ROVER

AUF DEM WEG ZUR ABNER DOUBLEDAY DAY SCHOOL

Dienstag, 11. November
12 Uhr 25

Massie kontrollierte den Tagesplan auf ihrem iPhone zum neunten Mal, seit der Range Rover das Gelände der OCD verlassen hatte. Sofern Isaac nicht in einen Mittagsstau geriet oder irgendwelche nicht genehmigten Zwischenstopps einlegte, war das SK genau im Zeitplan. Aber Massie erlaubte sich trotzdem keinen Moment der Entspannung. Ihr Plan für diesen Tag war straff wie Botox.

Tagesmotto: Vogelbein finden oder dabei draufgehen!

6:30–6:42 Tiefenpflege (12 Minuten Intensivkur). Kein Alpha sollte mit gestresstem Haar in die Schlacht ziehen.

6:42–6:44 Kristen per SMS erinnern, mithilfe von Laynes elektronischem Falsche-Eltern-Unterschrift-Programm Entschuldigungen für ihr Fehlen zu verfassen.

6:42–7:30 Fönen/Make-up von Jakob. Outfit: Alexander-

Wang-Leggings, Elizabeth-&-James-Laurent-Shirt, Marc-Jacobs-Schlangenleder-Slipper. (Notiz für das SK: Keine hohen Absätze, falls wir zu Fuß fliehen müssen.)

7:30–7:34 Range Rover, Fahrt zu Dylan. GLOSSEN!!! (Glossip Girl Süße Rache)

7:34–7:44 SK im Modefriedhof treffen. Tarnklamotten aussuchen, damit die Jungs aus der Neunten uns nicht erkennen. ETWAS GLÄNZENDES, um Vogelbein aus ihrem Versteck zu locken (Vögel ♥ glänzende Dinge).

7:44–7:52 Range Rover, Fahrt zur OCD. Schlachtplan mit dem SK durchgehen. Tarnungen bewerten. Energie tanken (Red Bull Light).

7:52–7:59 Gefälschte Entschuldigungen bei Rektorin Burns abgeben. Wenn sie misstrauisch wird, ein Kompliment machen, wie dreieckig ihre Haare heute sitzen. Dabei NICHT lachen.

8:00–12:20 Schulstunden. Lästig.

12:20–12:28 Range Rover, Fahrt zur ADD wegen »Schulführung«. Glossen nach Bedarf.

12:28–13:02 VOGELBEIN AUFSPÜREN!!!

13:10 Zurück zur OCD. Wenn noch Zeit ist, Sieges-Latte vor der 5. Stunde.

»Vier Minuten noch«, verkündete Alicia pflichtbewusst und griff nach dem maßgeschneiderten grauen Blazer, den sie auf den Ledersitz geworfen hatte.

»Tarnung an«, befahl Massie. Mit der getönten Trennscheibe zwischen den Vorder- und Hintersitzen als behelfsmäßigem Spiegel trug sie in weniger als fünf Sekunden frischen Gloss auf. Wenn ihr Zeitplan nicht so supereng gewesen wäre, hätte sie sich vielleicht die Zeit genommen, darüber nachzudenken, wieso Claire sich in den letzten Tagen so rar machte. Darüber, wie komisch der Fensterplatz neben dem Autokühlschrank ohne den Abdruck von Claires Hintern in den GAP-Jeans aussah. Oder darüber, wie unglaubwürdig ihre »Gummibär-Koliken« mittlerweile waren. Aber dafür hatte sie nun wirklich keine Zeit. Eine kleine Verzögerung konnte schon reichen, dass Vogelbein ihnen entwischte.

»Was war es doch gleich für ein Vogel?« Kristen knotete ihr bedrucktes Pucci-Kopftuch fest und rückte die übergroße Sonnenbrille auf der Nase zurecht.

»Kolibri«, antwortete Massie knapp. Sie richtete die Düsen der Klimaanlage auf sich und drehte das Gebläse voll auf. Der eisige Luftstrom fuhr ihr durch die Haare und versiegelte deren Glanz. Außerdem kühlte die Luft ihre glühenden Wangen, die sich offenbar weigerten, die Herbstkühle vor den Fenstern des Range Rovers zur Kenntnis zu nehmen. Die ganze Planung hatte sie ins Schwitzen gebracht. Oder lag es an ihren Nerven – und dem Gedanken, dass Landon sie dabei erwischen könnte, wie sie außerhalb der Jagdsaison hinter Vogelbeinen her war?

»Stehen die Jungs aus der Neunten auf Tattoos?« Dylan nagte an ihrer Unterlippe. »Weil meine Mutter nämlich gesagt hat, wenn ich mir jemals eins machen lasse, streicht sie mir das Klamottengeld.«

»Meine Mom hat gesagt, dass ich dann Heimunterricht kriege, bis ich aufs College gehe.« Kristen verzog das Gesicht.

»Eine meiner spanischen Cousinen hat Engelsflügel auf dem unteren Rücken«, gab Alicia zum Besten und zog sich einen violetten Patricia-Underwood-Hut über die Ohren. »Das ist irgendwie cool.«

Dylan setzte ihre Dose Red Bull Light an und tippte auf den Boden, um auch die letzten Tropfen herauszuholen. »Aaaaaaaaaarschgeweiiiiiiiiiih«, rülpste sie.

»Iiiihh!« Kichernd wedelte Alicia Dylans Rülpsdünste weg.

»Hier geht es nicht darum, ob ein Tattoo ›cool‹ ist oder nicht«, unterbrach Massie ihr Geplänkel. »Es geht darum, dass ich ganz sicher nicht zulassen werde, dass mir eine tintenfleckige Neuntklässlerin den Freund wegschnappt und damit unseren Aufstieg verhindert.« Um ihre Fönfrisur nicht zu ruinieren, schlang sie sich vorsichtig das silberne Diane-von-Furstenberg-Seidentuch um den Kopf. »Ist das klar?«

»Total klar«, versicherte ihr das Schönheitskomitee.

»Gut.« Der Range Rover fuhr auf die kreisförmige Zufahrt der ADD und Massie holte ihre verspiegelte Gucci-Sonnenbrille aus dem Etui und putzte die Gläser mit dem Saum ihrer Bluse. Plötzlich war das Schönheitskomitee still.

Jetzt wurde es ernst. Und es gab kein Zurück mehr. Massie senkte die Lider und beschwor ein Bild von Landons blaugrünen Augen herauf. Wenn diese Mission fehlschlug, würden die Bilder in ihrem Kopf alles sein, was ihr noch blieb. Aber kampflos aufzugeben, kam nicht infrage.

Ein leises Surren ertönte, als Isaac die Trennscheibe zwischen den Sitzen herunterfahren ließ.

»Viel Spaß bei euren Informationsgesprächen«, sagte er und bremste vor dem Haupteingang. »Ich warte hier auf euch. Und denkt daran, man muss allem Neuen unvoreingenommen entgegentreten.«

»Danke, Isaac«, flöteten die Mädchen und pressten die geglossten Lippen zusammen, um nicht laut loszuprusten.

Massie öffnete die Tür und setzte ihre flachen Schlangenleder-Slipper auf den rissigen Asphalt. Alicia, Dylan und Kristen glitten hinter ihr vom Rücksitz. Auf Zehenspitzen schlichen die vier über den vergilbten knirschenden Rasen. Sie sahen aus wie eine topgestylte Spezialeinheit auf einer hochgeheimen Mission. Massie hob das Gesicht zum Himmel, um sich von den bräunenden Strahlen der Sonne noch schnell einen zusätzlichen Energieschub zu holen.

An der Eingangstür angekommen, fuhr sie auf den Fußballen herum und sah ihre Truppe an.

»Erst die Toiletten«, befahl sie im Flüsterton. »Dann die Mädchenumkleide, die Cafeteria und die Aula. Noch Fragen?«

»Ja, eine.« Dylan hob die Hand wie in der Schulstunde.

Massie verdrehte die Augen. »Was, Dylan?«

»Wann haben wir Zeit zum Mittagessen?«

Oh mein Gott. Dylan konnte doch unmöglich ans Essen denken, während ihr gesamter Aufstieg in Gefahr war?

»Keine Ahnung«, sagte sie ungeduldig. »Hat noch jemand eine Frage zu unserer Mission?«

Das SK schüttelte den Kopf. Dylan krallte zum Zeichen ihres Protestes die Hände in ihren Bauch.

»Gut. Dann lasst uns gehen.« Mit entschlossenem Griff stieß Massie die Tür auf und betrat das Gebäude.

Der Flur der ADD roch wie eine Mischung aus altem Thunfisch und Radiergummis. Um den Gestank abzuwehren, hielt sich Massie das mit Chanel bespritzte Handgelenk vor die Nase. Die abgeblätterte Farbe an den Schließfächern sah aus, als wäre sie vor zwei Jahren das letzte Mal erneuert worden, und das Linoleum auf dem Boden war schmutzig braun. Wenn sie an die OCD zurückkam, würde sie in Zukunft zu würdigen wissen, was sie an ihrer Schule hatte. Falls sie zurückkam.

»Oh mein Gott, diese Beleuchtung ist das Gegenteil von schmeichelhaft.« Alicia hob die Hand, um sich vor den flackernden Neonröhren zu schützen. »Also, ich werde auf keinen Fall hierher wechseln«, verkündete sie, als hätten sie das tatsächlich in Betracht gezogen.

Das SK kicherte hinter seiner Tarnung.

Ein paar Meter von ihnen entfernt schob ein Mädchen in Sporthose und Kapuzenshirt einen Dollarschein in einen Automaten.

Massie starrte auf die Knöchel des Mädchens, aber außer einem billigen goldfarbenen Kettchen gab es dort nichts zu sehen.

»Dieser Laden steht kurz vor dem Zusammenbruch.« Kristen hopste über eine Linoleumfliese, deren Ecken sich hochgebogen hatte. »Keine Ahnung, wie die Jungs hier überleben.«

»Ganz meine Meinung«, bestätigte Massie. Die Tatsache, dass Landon abgehärtet genug war, um unter diesen grauenhaften Bedingungen zu lernen, machte ihn noch begehrenswerter. Sie entdeckte das Mädchenklo am Ende des Ganges und gab ihren Freundinnen ein Zeichen, sich zu beeilen.

»Und dann hab ich gesagt: ›Hey, wenn du eine Pause brauchst, von mir aus gern. Aber erwarte nicht, dass ich noch da bin, wenn du irgendwann keine Lust mehr hast, jeder Blondine hinterherzulaufen.‹« Ein Mädchen mit Hüftjeans und einem karierten Männerhemd beugte sich über eines der Waschbecken und trug dicken schwarzen Liner auf ihre Lider auf. Aus ihrer hinteren Hosentasche ringelte sich die Kette einer Geldbörse wie eine glänzende Schlange. »Mit diesen Highschool-Jungs bin ich so was von fertig.«

»Echt?«, kam eine gedämpfte Stimme aus einer der Kabinen.

Kristens Brauen hoben sich über den Rand ihrer Sonnenbrille.

An jedem anderen Tag hätte Massie den dumpfen, nach Putzmittel miefenden Waschraum ertragen, um sich Notizen über Highschool-Gesprächsthemen zu machen – natürlich nur zu Forschungszwecken. Aber heute hatte sie Wichtigeres zu tun. Mit einem Nicken gab sie das Startzeichen und alle Mitglieder des SK bückten sich tief vor den Kabinen.

Massie überprüfte ihre Kabine: eine zerlöcherte graue Jeans, hochgekrempelt, und dazu abgetragene schwarze Converse-Turnschuhe. Kein Tattoo. Sie stützte die Hände auf die Oberschenkel, stemmte sich wieder hoch und warf den anderen einen fragenden Blick zu.

»Negativ.« Alicia schüttelte den Kopf und richtete sich auf.

Kristen machte dasselbe.

Im selben Augenblick wurde die graue Metalltür von Dylans Kabine aufgestoßen und knallte ihr gegen die Stirn.

»Auuuu!«, heulte Dylan, fiel auf den Hintern und hielt sich den Kopf.

Das Schönheitskomitee kicherte so sehr, dass die Kopftücher verrutschten.

Ein Mädchen in einem formlosen gelben Strickkleid und flachen Schuhen kam aus der Kabine. »Was zum . . .«

»Abbrechen! Abbrechen!«, rief Massie hektisch und warf noch schnell einen Blick auf die Knöchel des Mädchens, bevor sie hinter Alicia und Kristen zur Tür hinausstürmte. Auf dem Flur blieben sie stehen, ganz außer Atem vom Lachen.

»Oh mein Gott«, japste Alicia und nahm die Sonnenbrille ab, um sich die Lachtränen aus den Augen zu wischen. »Habt ihr das Gesicht des Mädchens gesehen?«

Die Tür des Waschraums flog auf. Mit zusammengekniffenen Lippen kam Dylan heraus und verschränkte die Arme vor der Brust. Auf ihrer Stirn wuchs eine dicke rote Beule. »Können wir jetzt gehen?«, fragte sie gereizt und betastete vorsichtig die schnell anschwellende Stirn.

Massie schüttelte den Kopf. »Wir waren noch nicht mal in der Cafeteria.«

Kristen warf einen Blick auf ihre Uhr. »Wenn wir nicht bald von hier verschwinden, kommen wir zu spät.«

»Wenn jede von uns fünf Tische kontrolliert, dauert es nicht lange«, beteuerte Massie. Aber ihre Entschlossenheit ließ ebenso nach wie ihr Gloss. Es war mehr als sieben Stunden her, seit sie ihren Bio-Karamellriegel mit einem Protein-Smoothie heruntergespült hatte, und der Mief nach altem Thunfisch stieg ihr langsam aber sicher zu Kopf.

»Da wir gerade von der Cafeteria sprechen ...« Dylan sah auf ihren Bauch, der wie auf ein Stichwort zu grummeln begann.

»Wenn wir in der Cafeteria nachsehen, werden die Jungs uns ganz sicher entdecken«, gab Alicia zu bedenken.

»Gut. Dann nehmen wir uns nur noch die Umkleideräume vor und verschwinden dann.« Massies Kopf fing unter dem Tuch an zu schwitzen. Panisch fächelte sie sich Luft an den Haaransatz. Ein schwitziger Kopf machte fettige Strähnen. Und das führte zu Pickeln. Und die brachten die soziale Isolation mit sich, was sie automatisch in die HL-Liga katapultierte. Wenn sie Vogelbein nicht bald fand, stand mehr auf dem Spiel als nur ihr Schwarm. Sie riskierte ihren Alpha-Status.

»Also, ich weiß nicht.« Kristen sah wieder auf die Uhr. »Was, wenn wir Ärger kriegen, weil wir zu spät kommen, und ich deswegen mein Stipendium verlie...«

»Das Einzige, was uns zu spät kommen lassen wird, ist euer Geschwätz!«, fuhr Massie sie an. »Und jetzt kommt!« Sie stürmte an einer verblichenen gelben Anschlagtafel vorbei, an der Hinweise für die Schulaufführung, den Französischklub und den Fototermin für das Jahrbuch hingen.

Schweigend hastete das Schönheitskomitee neben ihr her. Die brummenden Neonleuchten ließen sie noch farbloser aussehen als die Olsen-Zwillinge. Kein Wunder, dass die ADD-Mädchen genauso oft Selbstbräuner aufsprühten wie Massie glosste.

»Weiß jemand ein paar gute Vogelrufe?«, murmelte Kristen ihren flachen dunkelblauen Schuhen zu. »Das könnte das Ganze beschleunigen.«

Massie tat so, als hätte sie es nicht gehört. Wenn sie sich ablenken ließ, konnte sie das Überraschungsmoment verpassen und Vogelbein würde die Oberhand gewinnen. Ihre einzige Option war, die braunen Türen am Ende des Ganges, vor der sich Berge von Sporttaschen türmten, nicht aus den Augen zu lassen.

An der Tür angekommen, kickte sie als Erstes die Taschen aus dem Weg. Sobald der Weg frei war, verteilte sie die Aufgaben.

»Alicia, du siehst in den Duschen nach.«

Alicia hob die linke Braue. »Aber das ist nicht erlaubt.«

Massie zuckte mit den Achseln. »Dann nimmst du dir mit Dylan die Bereiche um die Schließfächer vor. Kristen, du übernimmst die Klokabinen und ich überprüfe den Umkleideraum. Wer sie entdeckt, schickt eine SMS mit V-BEIN.« Sie sprühte ihre Hände großzügig mit Desinfektionsspray ein und stieß dann die Türen zum Umkleideraum auf. Sofort schlug ihr der kombinierte Mief aus

Schweiß, überreifen Sportschuhen und fruchtigen Körperlotionen entgegen und sie hatte das Gefühl, als wäre ihr Magen direkt in ihre Kehle gewandert.

»Aaargh.« Dylan schob ihre Sonnenbrille so weit nach unten, dass sie ihr die Nasenflügel zusammendrückte.

Mit schlaff herunterhängenden Kopftüchern und beschlagenen Brillengläsern hastete das Schönheitskomitee in der schweißfeuchten Luft durch den schmalen, braun gestrichenen Vorraum zu den langen Reihen verbeulter Schließfächer. Das einzige Geräusch war das langsame Tropfen eines Wasserhahns irgendwo in der Nähe.

Massies Schultern sanken. »Wo ind i alle?«, murmelte sie und weigerte sich, durch die Nase zu atmen.

»Aus dem Weg.« Eine muskulöse, rotgesichtige Brünette, die nur ein verwaschenes Mini-Handtuch trug, rannte am Schönheitskomitee vorbei auf das Schließfach in der Ecke zu. Massie drückte die Daumen. Wenn das Vogelbein war, konnte sie sich entspannen und die Suche beenden.

Ihr Blick wanderte über die Beine des Mädchens, die es sich ganz offensichtlich vor drei Tagen das letzte Mal rasiert hatte. Am linken Knöchel war eine blauschwarze Weinrebe tätowiert. Aber kein Vogel.

»Hier is doch gah keina«, näselte Dylan und blinzelte über den Rand ihrer Sonnenbrille. »Könn' wia jetz gehn?«

Massie machte den Mund auf, um etwas dazu zu sagen, doch ihre Worte gingen im Donnern von Fußballschuhen unter, die auf sie zutrampelten. Die Augen des Schönheitskomitees wurden so groß wie bei Hirschen im Scheinwerferlicht. Bevor sie in Deckung gehen konnten, walzte eine

Horde identisch gekleideter Fußballspielerinnen mit Pferdeschwänzen auf die Schließfächer zu.

»Aaaaahhhhh!« Unter dem Ansturm der schweißtriefenden Mädchen, die sie mit ihren Fußballstollen in den Boden zu stampfen drohten, stolperte das Schönheitskomitee rückwärts.

»Ent-SCHULDIGT MAL!« Mit kampfbereit ausgefahrenen Ellbogen sprang Massie aus dem Weg und knallte gegen das nächste Schließfach. Ohne auf die grauenhaften Schmerzen zu achten, starrte sie auf die Knöchel der Mädchen. Sie trugen alle Schienbeinschützer und Kniestrümpfe. Was, wenn Vogelbein irgendwo in einem von diesen Kunststoffkäfigen steckte?

Riiiiiiiiiiiiiiing!

Sogar hier in diesem feuchtwarmen Umkleideraum verursachte die Schulglocke der ADD Massie eine Gänsehaut. Benommen von dem Gestank und dem Mangel an zum Atmen geeigneter Luft gab sie dem Schönheitskomitee mit einer Kopfbewegung ein müdes Zeichen, den Raum zu verlassen.

»Können wir jetzt gehen?«, fragte Kristen, als sie in den überfüllten Gang hinausstürzten. Sie massierte sich die linke Schulter und verzog schmerzlich das Gesicht.

»Also ehrlich!«, überschrie Dylan den Lärm auf dem Schulflur. »Ich glaube, ich werde gleich ohnmächtig!« Dann steuerte sie die Automaten in der Nähe des Eingangs an und presste ihre Ellbogen an die Seiten, um sich leichter durch die Massen schieben zu können.

»Dylan!« Massie riss ihre Sonnenbrille herunter und

stopfte sie in ihre Handtasche, die sie eng an sich drückte. »Wir sind hier noch nicht fertig!« Sie marschierte hinter Dylan her, ohne auf die neugierigen Blicke zu achten. Alicia und Kristen folgten ihr.

Dylan stopfte eine Zehn-Dollar-Note in den Automaten und drückte sechs verschiedene Knöpfe. Sekunden später hatte sie eine Flasche Evian und sieben Packungen leuchtend orangefarbener Käsecracker in den Armen. Sie ließ sechs davon in ihre Tasche fallen und riss die siebte auf. Außerdem öffnete sie die Flasche und kippte sich die Hälfte des Inhalts in den Hals. Dann machte sie sich über die Cracker her.

»'tschuldigung«, murmelte sie undeutlich mit vollem Mund. »Blutzucker zu niedrig.«

»Jetzt müssen wir aber wirklich los.« Kristen trat so hektisch von einem Bein aufs andere, als hätte sie seit Jahren nicht mehr gepinkelt.

Massie presste krampfhaft die Kiefer aufeinander. Vielleicht waren die Mädchen einfach noch nicht reif für den Aufstieg. Dies war eben der Preis, den sie dafür zahlen musste, zehnmal reifer zu sein als der Rest des Schö...

»Ups.« Auf dem Weg zu den Automaten stieß Massie mit einem Mädchen in engen Jeans und einem Schrumpflederblazer zusammen. Dem Mädchen fiel ein beigefarbener Umschlag aus der hinteren Tasche. Auf der Klappe des Umschlags war ein Pfotenabdruck.

Massie erstarrte. Das war genau derselbe Pfotenabdruck wie auf der Einladung, die Vogelbein Landon in seinem Zimmer gegeben hatte. Ihr Blick fuhr hinab zu den von

Jeansbeinen verhüllten Knöcheln des Mädchens. Hatte das Schicksal eingegriffen? War dies das Mädchen, nach dem sie schon so lange suchten? Es gab nur einen Weg, es herauszufinden.

Sie warf sich mit einem vorgetäuschten Stolperer gegen Dylan, was die offene Wasserflasche zum Fliegen brachte. Sie knallte auf den Boden und durchweichte die Füße des Mädchens.

»Oh mein Gott, das tut ihr soooo leid«, rief Massie sofort und rupfte Dylan das Tuch vom Kopf.

»Hey!« Dylan klatschte sich die Handfläche auf die Haare.

»Kein Problem. Ist ja nur Wasser.« Das Mädchen sah Massie misstrauisch an.

»Nein, im Ernst.« Massie kniete auf dem Boden und tupfte die Füße des Mädchens trocken. Sie hob auch die Hosenbeine an und checkte die Knöchel. Nichts.

»Äh, das musst du wirklich nicht tun.« Das Mädchen sah jetzt sehr irritiert aus. Es stopfte sein Geld in den Automaten, schnappte sich seinen Snack und ergriff die Flucht.

Deprimiert stand Massie vom Boden auf. »Das war sie nicht.«

»Es muss doch einen einfacheren Weg geben«, seufzte Alicia und kickte den heruntergefallenen Umschlag aus dem Weg. Er rutschte auf den Spalt unter dem Automaten zu.

Massie trat gerade noch rechtzeitig zu. Dann bückte sie sich, hob den Umschlag auf und entfaltete die Einladung so behutsam, als handelte es sich um eine antike Schatzkarte.

Erstes jährliches
PUP-A-PALOOZA
Musikfestival mit einer Versteigerung
für einen guten Zweck veranstaltet vom
Abner-Doubleday-Day-Hundeklub
WER: du und dein Hund!
WO: Westchester-Hundepark
WANN: Samstag, 15. November, 20 Uhr
WARUM: weil wir es ♥, mit unseren Hunden zu feiern!!
ATTRAKTIONEN: Livemusik, kostenlose Fellpflege,
eine Versteigerung zugunsten des Tierheims und
noch viel, viel mehr . . .
** Du kannst nicht kommen? Dann sende:
»Pup-A-Pa-Loser« an 917.555.0817

Die Anspannung, die durch Massies Körper pulsierte, ließ sofort nach. Vielleicht hatte das Schicksal wirklich eingegriffen. Jetzt wusste sie genau, wo sie das Zielobjekt finden würde. Und wenn Vogelbein nicht zu ihr kam, würde sie eben zu Vogelbein gehen.

EINKAUFSZENTRUM WESTCHESTER
BCBG MAX AZRIA

Dienstag, 11. November
15 Uhr 45

Aus dem vierseitigen Spiegel in der geräumigen Umkleidekabine von BCBG lächelten acht Massie Blocks und musterten mit schief gehaltenem Kopf das elfte potenzielle Outfit des Nachmittags: ein Rippen zusammenquetschendes dunkelblaues Minikleid mit paillettenbesetztem, schräg geschnittenem Saum.

Die Original-Massie atmete flach ein und bewunderte ihre gebräunten Schultern, die in der weichen Beleuchtung besonders gut zur Geltung kamen. »Sieht das aus wie ›Neunte Klasse Hundeparty‹ oder ›Achte Klasse Kindergarten‹?« Sie drehte sich zum Schönheitskomitee um, das es sich auf dem goldenen Teppich des Umkleidebereichs gemütlich gemacht hatte und belebende Lattes auf den Knien balancierte. Sie waren von glänzenden Tüten mit fachmännisch zusammengelegten Outfit-Optionen umgeben.

Alicia saß mit dem Rücken an einen Spiegel gelehnt. Sie musterte Massie mit der Konzentration eines *Topmodel*-Gastrichters. Aber bevor sie etwas sagen konnte, vibrierte ihr iPhone mit einer SMS. Sie hob ihren Zeigefinger, wie Kendra es auch immer machte, wenn sie einen Anruf bekam.

»Aidan geht auch zum Pup-A-Palooza!«, verkündete sie und bedachte das Display mit einem verführerischen Augenaufschlag. »Und er will wissen, ob ich mitkomme!«

Massie stemmte eine Hand in die Hüfte. »Was nun? Hundeparty oder Kindergarten?«

»Uuuund er will wissen, ob ich meinen Hund mitbringe!«, kreischte sie und stampfte mit ihren schwarzen Overknee-Stiefeln auf den Teppich.

»Du hast keinen Hund«, erinnerte Dylan sie.

»Na und? Dann kaufe ich eben einen.« Alicia griff in den Haufen aussortierter Klamotten neben sich, zog ein moosgrünes Kleid mit Spaghettiträgern heraus und drapierte es über ihre lackschwarzen Haare. Das helle Grün brachte ihre dunklen Augen zum Strahlen. »Welcher Hund passt am besten zu grüner Seide?«

Kristen schlug ihr aufs Bein.

»Braucht ihr Mädchen da drinnen Hilfe?« Eine Verkäuferin mit rauchig geschminkten Augen, schwarzen Hüfthosen und einem purpurnen Seidentop streckte den Kopf in den Umkleideraum. Empört betrachtete sie den Haufen Kleider auf dem Fußboden. »Ihr wisst, dass man nur sechs Teile zur Anpro. . .«

»Haben Sie das noch eine Nummer kleiner?« Alicia warf das grüne Kleid in Richtung Tür. Es war allen klar, dass es ihr nur darum ging, die lästige Frau schnell wieder loszuwerden.

»Und das hier!« Dylan knüllte ein elfenbeinfarbenes Schlauchkleid zusammen und warf es kichernd auf die Verkäuferin.

»Und das!« Kristen schleuderte ein bronzefarbenes Maxikleid hinter Dylans Geschoss her.

»Ich werde nachsehen«, seufzte die Verkäuferin.

»Hat Landon schon geschrieben, dass er hingeht?« Dylan kippte ihren kostenlosen Latte runter und ließ dann den Pappbecher vor Massies Füße fallen. Ein paar Tropfen rannen heraus und durchtränkten den flauschigen goldenen Teppich. Outfit Nummer Vier, ein cremefarbenes Kleid mit einem Schulterträger, hing über einem Stuhl an der Tür. Dylan rupfte es herunter und benutzte es, um den Fleck im Teppich damit abzutupfen.

Massie sah wieder ihr Spiegelbild an. »Er hat sich noch nicht entschieden«, log sie und warf einen Blick auf ihr stummes dunkles Handy, das für einen leichten Zugriff oben auf ihrer Chloé-Forever-Tasche lag. Ihr Minikleid fühlte sich immer enger an, als hätte sie gerade eine von diesen superfettigen Zimtschnecken gegessen. Warum hatte Landon nicht angerufen oder sie per SMS zur Hundeparty eingeladen? Waren sie kein Paar? Hatte er noch andere Freundinnen?

»Was, wenn er mit Vogelbein hingeht?«, überlegte Alicia laut. Dann schlug sie sich schnell die Hand vor den Mund.

Massie starrte ihre Freundin mit zusammengekniffenen Augen an.

»Wie willst du sie am Samstagabend finden?«, fragte Dylan hastig.

»Ich weiß es nicht«, gab Massie zu und nagte an ihrer Unterlippe. »Ich muss einen Weg finden, alle Knöchel anzusehen und . . .«

»Lukes Band spielt Samstagabend!« Von ihrem Handy abgelenkt, fiel Dylan Massie ins Wort. Dann stupste sie Alicias Oberschenkel mit der runden Spitze ihres Plateauschuhs an und stieß ohne einen weiteren Gedanken an Massies Problem hervor: »Was, wenn er mich einlädt, mit den anderen Rockstars hinter der Bühne abzuhängen?«

»Das ist nicht fair!«, schmollte Alicia.

»Nimm mich mit!«, flehte Kristen.

Am liebsten hätte Massie mit aller Kraft mit dem nackten Fuß aufgestampft und den Mädchen befohlen, sich gefälligst den Rest des Nachmittags um sie zu kümmern. Anscheinend hatten sie total vergessen, dass sie immer noch beim öden Achte-Klasse-Fußballtraining abhängen würden, statt auf eine Hunde-Benefizgala zu gehen, wenn sie nicht gewesen wäre. Massie räusperte sich und startete einen neuen Versuch.

»Wie sieht das aus – ›HUN-DE-PAR-TY‹ oder ›KINDER-GAR-TEN‹?«, brüllte sie.

Endlich wurde das Schönheitskomitee wieder ruhig und alle sahen sie an.

»Weder noch.« Dylan musterte die Pailletten am Saum. »Es sieht aus wie ›LAS VEGAS, BABY!‹«

Alicia und Kristen prusteten los. Dann widmeten sie sich wieder ihren Telefonen und tippten Nachrichten ein, als gäbe es kein Morgen.

Massie fuhr herum und starrte noch einmal in die Spiegel. Voller Entsetzen musste sie feststellen, dass ihre Freundinnen recht hatten. Die Pailletten schrien förmlich »Showgirl«, während die Länge – oder vielmehr Kürze – des Kleides auf eine ganz andere Berufsgruppe hinwies, die in Vegas ebenfalls weit verbreitet war. Sie griff nach ihrem Latte, trank ihn mit einem Schluck halb leer und ertrug tapfer den glühenden Schmerz, als der Kaffee ihr die Kehle verbrühte. Was war los mit ihr? War sie dem Stress, das perfekte Outfit für eine Party zu finden, zu der sie nicht eingeladen war, nicht gewachsen? Oder hatte die Expedition an die ADD jegliches Gespür für Mode in ihr abgetötet?

Während sie die paillettenbesetzte Scheußlichkeit von BCBG anstarrte, stellte sie sich alle möglichen Katastrophen vor, die eintreten konnten, wenn Landon nicht mit ihr zu Pup-A-Palooza ging, sondern mit Vogelbein. Dann wüsste die gesamte neunte Klasse, dass sie abserviert worden war. Und wenn Alicia, Dylan und Kristen Freunde in der Neunten hatten, wo blieb sie dann? Sollte sie dann etwa mit Claire und Cam abhängen?

Massie griff nach ihrem iPhone. Sie würde jetzt Nägel mit Köpfen machen.

MASSIE: SCHON PLÄNE FÜR SAMSTAGABEND? BEI BEAN UND MIR IST FILMABEND, FALLS DU AUCH KOMMEN WILLST.

Sie versuchte, die Enttäuschung zu verdrängen, die jedes Mal in ihr aufstieg, wenn sie daran dachte, dass Landon die Hundeparty nie erwähnt, geschweige denn sie dazu eingeladen hatte. Was versuchte er zu verbergen? Sie starrte aufs Display und beschwor ihr Handy zu brummen. Es funktionierte.

LANDON: KANN NICHT. ☹ ABENDESSEN MIT DEN ELTERN. WÜNSCHTE, ES WÄRE ANDERS . . . WAS IST MIT SONNTAG?

Massie las die letzte Zeile mindestens sechs Mal und die Worte waren eindeutiger als die einer am Umsatz beteiligten Verkäuferin. Derrington und Dempsey hätten nie gesagt, dass sie mit ihr allein sein wollten. Aber Jungen aus der Neunten spielten keine Spielchen. Und das würde sie auch nicht, sobald sie Vogelbein gefunden hatte. Sosehr sie auch den Gedanken hasste, allein auf ihrer ersten Highschool-Party aufzukreuzen, war es so vielleicht besser. Da Landon nicht da sein würde, konnte sie sich zu 100 Prozent auf die Jagd nach Vogelbein konzentrieren . . .

Eine sommersprossige Rothaarige mit geflochtenen Zöpfen tauchte mit einem magentafarbenen Tüllkleid an der Tür auf.

»Besetzt«, verkündete Massie, ohne den Blick von ihrem Handy abzuwenden.

»Aber . . .« Verwirrt ließ das Mädchen den Blick über die leeren Kabinen jenseits der Spiegel schweifen.

»Spar dir die Mühe«, riet Kristen und panzerte ihre Lippen mit ihrem neuen Smashbox-Gloss. »Das ist eh nicht deine Farbe.«

Empört verzog sich das Mädchen in einer Wolke aus rosa Tüll.

»Mädels, ich habe eine Idee«, verkündete Massie.

Kristen, Dylan und Alicia sahen sie an und Massie war wieder da, wo sie hingehörte – im Rampenlicht. Und wenn sie erst mit Vogelbein fertig war, war ihr Aufstieg perfekt. Und genauso wie ihre Betas sie als ihre Anführerin anerkannten, würde Landon begreifen, dass es keine bessere Partnerin – und Tierfreundin – gab als Massie Block.

EINKAUFSZENTRUM WESTCHESTER

BROOKSTONE-ELEKTRONIK-KAUFHAUS

Dienstag, 11. November
16 Uhr 11

Ich zuerst.« Layne drängte sich aufgeregt vor die große verchromte Wahrsage-Maschine neben der Eingangstür des Ladens. Sie presste beide Hände an die Seiten der Kristallkugel und kniff die Augen zu. »Ähhhmm ... werdenDempseyundicheinPaar?«

Claire schüttelte den Kopf und suchte ein grünes Fruchtgummi aus ihrer Tüte. »Du weißt aber schon, dass diese Dinger nicht wirklich funktionieren?«, fragte sie seufzend und ließ sich das Fruchtgummi auf die ausgestreckte Zunge fallen. Allerdings – wenn sie allein gewesen wäre, hätte sie die Kristallkugel gefragt, ob sie wirklich dazu verdammt war, den Rest ihrer Tage in der Mittelstufe allein zu verbringen, als Randfigur des Schönheitskomitees und ohne neue Freunde, für die sich das Opfer gelohnt hätte.

Und genau jetzt hatte sie das sichere Gefühl, dass die Kristallkugel so etwas wie *Allerdings, Claire* geantwortet hätte. Das hatte sie nun von ihrem Versuch, einen eigenen Verein aufzumachen. Hatte sie wirklich geglaubt, bessere Freundinnen als das Schönheitskomitee zu finden? Und das auch noch, ohne Massies Gefühle zu verletzen?

»Psssst.« Layne runzelte das Gesicht und sah beinahe aus wie Bean. Plötzlich musste Claire an Massies kleinen Ausflug an die ADD denken. Und dann tauchte ein schrecklicher Gedanke in ihrem Kopf auf: Was, wenn sich die Freundinnen so in die Highschool verliebt hatten, dass sie sofort wechseln wollten? Plötzlich lag das Fruchtgummi wie Blei auf ihrer Zunge.

»Die Wahrscheinlichkeit ist sehr gering«, quakte die elektronische Roboterstimme des Automaten.

Laynes Augen flogen auf. »Das Ding ist kaputt«, informierte sie einen vorbeikommenden jungen Verkäufer mit Pickelgesicht. »Sie sollten einen neuen aufstellen, äh . . . Darrell«, sagte sie nach einem Blick auf das Namensschild, das der Angestellte an seinem Polohemd trug.

Darrell musterte die neon-orangefarbenen fettigen Paprikachips-Fingerabdrücke an den Seiten der Kristallkugel.

»Komm schon, Layne«, sagte Claire hastig. »Lass uns zu den Karaoke-Geräten gehen.«

Sie zerrte ihre Freundin von der Kristallkugel weg und versuchte, das elende, panische Ein-Felsbrocken-im-Magen-Gefühl loszuwerden, das sie jedes Mal überfiel, wenn sie an das neue Neunte-Klasse-Leben des Schönheitskomitees dachte. Wenn die Freundinnen sich anderen und besseren Dingen zuwenden konnten, konnte sie das genauso gut, redete sie sich ein. Nur dass diese anderen und besseren Dinge für sie definitiv zur achten Klasse gehörten.

»Was meinst du, ob Cam einen Wecker benutzen würde, der ihn mit einer Aufzeichnung meiner Stimme weckt?« Claire blieb vor einer ordentlich aufgestapelten Pyramide stehen und versuchte, die oberste Packung herunterzuangeln. »Oder ist das eher gruselig?«

»Gruuuuuuselig«, hauchte Darth Vaders Stimme aus einem Lautsprecher direkt neben Claire.

»Guck dir das Ding an!«, triumphierte Layne und schwenkte ein drahtloses Mikro über dem Kopf. »Da sind mindestens fünfhundert verschiedene Stimmen schon eingespeichert. Hör dir diese an.« Sie programmierte eine Zahl in die Tastatur an der Seite des Mikros ein und hob es an die Lippen.

»KUH-LAIRE.«

Claire musste bei dieser perfekten Massie-Imitation so sehr lachen, dass sie aus Versehen einen Schritt rückwärts machte und gegen die Pyramide stieß. Die Kartons prasselten zu Boden und das Feedback vom Mikrofon kreischte durch den ganzen Laden.

Quuuuuuuuiiiiiiiiiiiiiiiiiiieeeeeeeeeeeeeeettttttttttsch!

»Aaaaaahh!« Layne warf das Mikrofon hin und hielt sich die Ohren zu.

Eine alte Dame, die in der Nähe die Auslage mit den Digitalkameras betrachtet hatte, drehte hastig ihr Hörgerät leiser und humpelte eilig außer Hörweite.

»Oh mein Gott!« Claire ließ sich in dem Durcheinander auf die Knie fallen und versuchte, die Pyramide wieder aufzubauen. Aber sie lachte so sehr, dass die Tränen in ihren Augen alles verschwimmen ließen. Und je mehr sie lachte, desto mehr schien sich der Knoten in ihrem Magen aufzulösen, und sie fühlte sich ein bisschen leichter. So, als wäre alles wieder so wie immer und sie müsste sich keine Gedanken um einen Aufstieg machen oder die OCD nach Rohdiamanten durchsuchen, die es dort offensichtlich nicht gab.

Als Claire es endlich schaffte, sich die Tränen aus den Augen zu wischen, war das Erste, was sie sah, ein Paar schwarze Schlangenleder-Ballerinas von Marc Jacobs. Claire kannte diese Schuhe. Und diese Schuhe bedeuteten nur eines: Die Stimme, die sie gerade gehört hatte, war nicht nur eine Aufnahme gewesen. Claires Zehen rollten sich unwillkürlich ein und sie wappnete sich gegen das, was jetzt kommen musste.

»Kuh-laire«, hallte Massies Stimme wieder durch den ganzen Laden. Claire legte den Kopf in den Nacken, um einen besseren Überblick zu bekommen. Massie hatte eine Hand auf die vorgeschobene Hüfte gestemmt, in der anderen hielt sie ein Mikrofon. Mit Seidenpapier ausgepolsterte Tüten von BCBG, Sephora, Nordstrom, Club Monaco und Bark Jacobs baumelten an ihrem Ellbogen. Dylan, Kristen und Alicia standen neben ihr, ebenfalls mit Tüten beladen. Inmitten der Wecker und preiswerten Digicams sahen die Mädchen aus wie Schaufensterpuppen, die jemand ins falsche Geschäft geliefert hatte.

»Oh. Hey.« Claire unterdrückte ein nervöses Kichern und stand auf. Aus irgendeinem Grund verspürte sie das dringende Bedürfnis, hinter der Wand aus Globussen am hinteren Ende des Ladens in Deckung zu gehen. Massie wusste, dass sie und Layne befreundet waren und manchmal etwas zusammen unternahmen. Wieso fühlte Claire sich dann, als wäre sie gerade dabei erwischt worden, wie sie ihre Freundinnen hinterging? »Was macht ihr denn hier?«

»Wir sind geschäftlich hier«, informierte Massie Claire knapp. »Wir müssen mit Layne reden.«

Alicia, Dylan und Kristen nickten zustimmend.

Claire musterte die unzähligen Tüten, die an den Armen der Freundinnen hingen. Das einzige Geschäft, von dem die vier etwas verstanden, war das Geldausgeben.

»Geschäftlich?« Layne räusperte sich und trat vor. Sie wirkte ziemlich interessiert. »Folgt mir.« Sie stieg über die am Boden verstreuten Wecker und führte Massie und das Schönheitskomitee weiter in den Laden. Claire beeilte sich, ihnen zu folgen, bevor Darrell, der Verkäufer, sah, was sie angerichtet hatte.

Als sie das hintere Ende des Geschäfts erreicht hatten, nickte Layne Massie zu. »Komm in mein Büro«, sagte sie gelassen und deutete auf zwei Massagesessel aus karamellfarbenem Leder mit Fernbedienungen in den Armlehnen.

»Oh mein Gott, Layne.« Massie sah genervt aus, aber dann stellte sie alle Tüten (außer der von Bark Jacobs) auf den Boden und glitt in den linken Sessel.

Claire runzelte die Stirn. Was konnte Massie so dringend brauchen, dass sie sogar Befehle von Layne befolgte?

»Einen Moment noch.« Layne beugte sich über Massies Armlehne und ihre Finger flogen über das Tastenfeld. Dann machte sie dasselbe bei ihrem Sessel und ließ sich neben Massie hineinplumpsen. Nur Sekunden später bewegten sich rollende Vibrationen vom Kopf der Mädchen zu ihren Füßen und wieder zurück.

»Uunnnd jetzzzzt saaaag miiir, wiiie ichhh diiiiir hellllllfen kannnn«, stöhnte Layne und schloss die Augen.

Alicia seufzte laut und lehnte sich an ein Regal mit sprechenden Thermometern.

Kristens Kopf wippte im Takt des winzigen MP3-Players mit eingebautem Schrittzähler, den sie aus einer Auslage genommen hatte.

Massies Schlangenleder-Ballerinas trommelten unkontrolliert auf der Fußstütze des Sessels herum. »Iiiichhh brauuuche deiiiinnne Hiiillllfffe«, schnurrte sie und das zarte Glücksbringer-Armband an ihrem Handgelenk klimperte passend zu den Vibrationen in ihrer Stimme. Sie griff in die goldene Bark-Jacobs-Tüte auf ihrem Schoß und holte eine winzige Schuhschachtel heraus. Sie nahm den Deckel ab und Layne spähte hinein.

»Baaaaby-Schüüüüüchennn?« An Laynes Gesichtsausdruck war Verwirrung abzulesen.

Massie rollte den Kopf hin und her. »Hunnnnde-Schüüüchennnn.«

»Oh mein Gott, das dauert ja ewig.« Alicia marschierte auf die Sessel zu und presste einen manikürten Fingernagel auf den AUS-Schalter beider Fernbedienungen. »Das Einkaufszentrum schließt schon in fünf Stunden oder so und ich brauche immer noch ein Kleid und einen Hund.«

»Hunde-Schühchen«, wiederholte Massie und setzte sich aufrecht hin. Sie nahm ein braunes Wildleder-Schühchen aus der Schachtel und ließ es vor Laynes Nase baumeln. »Ich brauche jeweils eine Kamera in jedem dieser Schuhe.«

Layne sah sich den Hundeschuh genau an. »Pfotenkameras? Kein Problem«, sagte sie schließlich. »Aber das kostet dich was.«

»Logisch«, sagte Massie glücklich. »Du nimmst nicht zufällig Kreditkarte, oder?«

Sie wühlte in ihrer Handtasche.

Layne schnaubte. »Ich will nicht dein Geld«, sagte sie. »Ich will Dempsey.«

Claires Augen wurden groß.

Massies Unterkiefer klappte nach unten.

Und Kristen wurde rot. »Layne. Das ist total unfair«, protestierte sie und stampfte mit ihrem Absatz in den grauen Teppich.

»Wo ist das Problem?« Layne zuckte mit den Achseln. »Ihr beide wollt ihn doch nicht mehr, oder?«

»Natürlich nicht.« Massie und Kristen schüttelten ein wenig zu schnell den Kopf.

»Dann will ich einen Kleinfingerschwur von euch, dass ihr euch nie wieder in ihn verknallt UND dass ihr mir nicht in die Quere kommt, wenn ich es tue.« Layne stützte ihren Ellbogen auf die lederne Armlehne und streckte Massie ihren kleinen Finger entgegen.

Massie tat dasselbe. »Abgemacht«, sagte sie schnell und krümmte ihren kleinen Finger um den von Layne, die dort einen silbernen Ring trug.

Damit war es amtlich: Claire war gerade in einem Paralleluniversum gelandet. Ein Universum, in dem Massie Layne um einen Gefallen bat und Layne eine Bezahlung in Form von Exfreunden verlangte. Ein Universum, in dem man automatisch zum Außenseiter wurde, wenn man die Jungen aus der Achten mochte. Das Problem war nur, dass sich Claire nicht entscheiden konnte, was schlimmer war: ihr altes Universum, in dem sie manchmal das Gefühl gehabt hatte, dem Schönheitskomitee gehöre ihre Seele, oder das neue, in dem sie zu niemandem gehörte.

Als sie aus den Massagesesseln glitten, strahlten Massie und Layne um die Wette. Claire war nicht klar, ob das an der Massage lag oder daran, dass beide glaubten, den besseren Handel abgeschlossen zu haben.

»Und was macht ihr wirklich hier?«, fragte sie Massie mit einer Kopfbewegung auf den kleinen Berg bunter Einkaufstüten, die sich am Fuß der Sessel auftürmten. Der Fußboden von Brookstone sah aus wie das Wohnzimmer der Lyons zu Weihnachten.

»Wir shoppen für eine Party am Samstagabend«, sagte Massie gleichgültig. Aber einen Moment lang blitzte etwas in ihren bernsteinfarbenen Augen auf. War es Hoffnung? Sorge? Verärgerung?

Claire hakte vorsichtig nach. »Was für eine Party?«

»Eine Neuuunte-Klasssse-Paaaarty«, mischte sich Alicia ein und verlieh den Worten so viel Gewicht, wie sie nur konnte.

»Interessiert?« Massie zückte einen Umschlag aus ihrer hinteren Hosentasche und reichte ihn Claire.

Das dicke, teure Papier lag schwer in Claires Hand. Sie öffnete den Umschlag, zog die Einladung heraus und überflog sie. »Pup-A-Palooza?«

»Das ist eine Versteigerung für einen guten Zweck«, erklärte Dylan und riss eine Packung Erdnussbutter-Cracker auf. »Man kann auf Wellnesspakete für Haustiere bieten und Hundeklamotten und so was.«

»Man kann sogar ein paar Hunde aus dem Tierheim ersteigern«, fügte Kristen hinzu. »Der gesamte Erlös kommt dem Tierschutzverein zugute.«

»Und da ich mich total für Wohltätigkeit und Tierrechte einsetze ...« Massie machte sich nicht die Mühe, den Satz zu beenden. »Ihr könnt beide kommen, wenn ihr wollt«, sagte sie großzügig mit einem Seitenblick auf Layne. »Schließlich ist es für einen guten Zweck.«

Massie, Alicia, Dylan und Kristen warteten mit schräg gelegtem Kopf darauf, dass Claire und Layne zusagten.

Claire zögerte und musste der Versuchung widerstehen, sich den ganzen Rest aus ihrer Fruchtgummitüte auf einmal in den Mund zu kippen. Sie brauchte einen Energieschub für das, was sie jetzt tun würde.

»Nein danke. Ich steh mehr auf Achte-Klasse-Partys«, sagte sie gelassen, obwohl es in ihrem Innern alles andere als gelassen aussah. Die frisch aus Orlando eingetroffene Claire hätte sich auf jede Gelegenheit gestürzt, das zu tun, was Massie wollte – was immer es auch war. Aber das war jetzt anders. Claire wusste zurzeit zwar nicht, wohin sie gehörte, aber sie wusste zumindest, wohin sie nicht gehörte: auf eine Neunte-Klasse-Party.

Massie beugte sich ein wenig vor, als hätte sie Claire nicht richtig verstanden. »Aber ich habe schon einen Jungen für dich ausgesucht«, sagte sie und hörte sich ziemlich überrascht an.

»Und er hat zwei verschiedene Haarlängen!«, fügte Dylan hinzu.

»Häh?« Layne kapierte gar nichts.

Claire machte sich nicht die Mühe herauszufinden, wovon Dylan redete. Sie atmete tief durch die Nase ein und sah Massie direkt an.

»Ich habe schon einen Freund.« Sie sprach extra langsam, als müsste sie einem Kleinkind Algebra erklären. Oder als müsste sie einem Alpha erklären, was Treue ist. »Sein Name ist Cam.«

Massie atmete scharf ein und ihre bernsteinfarbenen Augen blitzten. »Großer Fehler, Kuh-laire.«

»Was ist ein großer Fehler?«, fauchte Claire und die ganze Verwirrung, die Schuldgefühle und die Trauer der letzten Tage schlugen plötzlich in Ärger um. »Dass ihr eure Freunde für ein paar Jungs abserviert habt, die ihr kaum kennt? Oder dass ihr eure gesamte Zeit damit verschwendet, diesen Jungs nachzuspionieren?« Sie wusste, wie zickig sie sich anhörte. Aber warum sollte sie sich zurückhalten? Hier kämpfte sie schließlich nicht nur für sich selbst, sondern auch für Cam, die einzige Konstante in ihrem gesellschaftlichen Leben. Sie kämpfte für ihre Beziehung. Und sie kämpfte für die achte Klasse.

»Claire, bist du ein Eisenbahnwagon?« Massies Stimme war genauso ruhig wie die Luft über der Golfküste in den letzten Sekunden, bevor ein Tropensturm hereinbricht. »Oder wieso lässt du dich abhängen?«

»Punktgenau«, hauchte Alicia.

Alicias Unterstützung schien Massie noch mehr anzuspornen. »Claire, du kannst nicht ewig in der Achten bleiben. Früher oder später wirst du dich uns anschließen müssen.«

»Du solltest mitkommen.« Kristen zwang sich zu einem Lächeln. »Das wird sicher lustig.«

»Es gibt zwei Möglichkeiten, Claire.« Massies Wangen sahen mittlerweile aus, als hätte sie sich gerade dreimal selbst hineingekniffen. »Entweder du kommst Samstag mit zu der Party ...«

»Oder was?«, unterbrach Claire sie kühn. »Servierst du mich sonst genauso ab, wie ihr es mit euren Freunden gemacht habt?«

»Ups, jetzt wird es hässlich«, murmelte Layne und trat vorsichtshalber einen Schritt zurück.

»Habe ich gesagt, dass ich dich abserviere?« Massie blinzelte und sah sich zum Schönheitskomitee um.

Alicia, Dylan und Kristen schüttelten den Kopf.

»Das musst du auch nicht.« Claire ballte die Hände in ihren Hosentaschen zu Fäusten. »Ich weiß doch, wie es läuft.«

»Gut. Dann sehen wir uns Samstag.« Massie lächelte schwach. Ihr Gloss hatte sich schon lange verflüchtigt. Sie bückte sich und raffte ihre Einkäufe zusammen. »Ich brauche diese Schühchen bis Samstag oder unser Deal hat sich erledigt«, sagte sie zu Layne. Dann machte sie auf dem nicht vorhandenen Absatz kehrt und marschierte aus dem Laden. Die anderen Mädchen folgten ihr.

Claire stolperte rückwärts in den nächsten Massagesessel. Mit Massie befreundet zu sein, erforderte mehr Energie, harte Arbeit und Schweiß als Gwen Stefanis flacher Bauch und eine größere Opferbereitschaft als ein Voodoopriester.

Layne quetschte sich neben Claire in den Sessel. Das Leder knarrte protestierend. »Das war der Hammer«, sagte sie aufmunternd.

Claire nickte bedrückt. »Vielleicht sollte ich einfach hingehen.«

»Vielleicht sollte ich Dempsey als mein Date mitnehmen«, alberte Layne.

Claire lächelte schwach.

Eine ganze Weile schwieg Layne, dann sah sie Claire an. »Ich habe eine Idee«, sagte sie langsam. »Sie wird dir zwar nicht gefallen, aber hör sie dir erst mal an.«

Während Claire sich Laynes Plan anhörte, schwenkte jede Zelle ihres Körpers bereits eine weiße Fahne. Sie hatte alles getan, was in ihrer Macht stand, um die achte Klasse zu verteidigen. Was blieb ihr jetzt noch übrig? Aber was, wenn Laynes Idee funktionierte ...

»Also gut, ich bin dabei«, sagte sie und griff nach der Fernbedienung des Sessels. Sie drehte den Motor voll auf und hoffte, dass die Vibrationen die letzten zehn Minuten aus ihrem Gedächtnis schütteln würden.

BEI DEN BLOCKS
MASSIES ZIMMER

Samstag, 15. November
17 Uhr 02

Massie?« Kendra Blocks Stimme drang aus der Gegensprechanlage an Massies Zimmertür und unterbrach die beruhigenden Töne ihrer Selbstvertrauens-CD mit Endlosschleife. »Layne ist hier und möchte dich sehen.«

»Kannst du mich hören?« Laynes Schnaufen klang, als wäre sie nur Millimeter von Massies Ohr entfernt.

»Schick sie rauf.« Massie rammte den Daumen auf den PAUSE-Knopf, sprang vom Bett und eilte zur Tür. Sie fühlte sich, als wäre Weihnachten und Layne der Weihnachtsmann. Denn Layne lieferte nicht nur Pfotenkameras. Sie ermöglichte Massie, bei Pup-A-Palooza jeden Fußknöchel zu inspizieren, der dort herumlief. Damit würde sie Vogelbein garantiert entlarven. Layne lieferte ihr den Schlüssel zu einer Zukunft mit Landon. Und das war unbezahlbar.

Als Massie die Tür aufmachte, rauschte Layne in einem verblichenen schwarzen Trenchcoat, gestreiften Leggings in Regenbogenfarben und glitzernden Gummisandalen an ihr vorbei. In Massies makellosem, komplett weißen Zimmer sah sie aus wie eine übergeschnappte Irre im Isolierzimmer einer Anstalt.

»Sonderzustellung«, verkündete Layne mit einem breiten, von orangefarbenem Gloss verschmierten Lächeln.

Die Stimmen veranlassten Bean, aus Massies Kleiderschrank aufzutauchen. Aber ein Blick auf Layne genügte ihr. Mit einem entsetzten Fiepen stürzte sie zurück in ihr Versteck.

»Du kommst spät.« Massie warf einen Blick auf den Wecker, der auf ihrem Nachttisch stand.

»Ich war noch damit beschäftigt, für etwas zusätzliches Flair zu sorgen.« Layne machte ein merkwürdig gurgelndes Geräusch, das fast so klang, als würde sie ein Lachen unterdrücken. »Als kostenloses Extra. Aber wenn du die Kameras nicht willst . . .«

»Das habe ich nicht gesagt«, erwiderte Massie so beiläufig sie konnte. »Lass sehen.« Um nicht vor Neugier wild herumzuhüpfen, verschränkte sie die Arme vor ihrer schwarzen Pullover-Tunika.

»Geht sofort los.« Layne steuerte die Massie- und Bean-Anziehpuppen in der Mitte des Zimmers an. Die Massie-Puppe trug ein olivgrünes Satin-Cocktailkleid mit Manolo-Sandalen und geschmackvollen Hängeohrringen. Das Bean-Modell war nackt, weil Massie noch keine Entscheidung getroffen hatte.

»Ist das nicht ein bisschen zu schick für den Hundepark?« Layne griff nach der lebensgroßen Massie-Puppe.

»Nicht!«, schrie Massie und starrte Laynes Finger auf der Suche nach Resten von fettigem Chipsgewürz oder Zuckerkrümeln an. Wer konnte schon sagen, wo diese Finger überall gewesen waren?

»Ich werde in Jeans hingehen«, verkündete Layne, als hätte Massie sie danach gefragt.

Wie auch sonst, dachte Massie gehässig.

»Was wird Claire tragen?« Massie tat so, als suchte sie am Saum des Kleides nach loen Fäden. Seit dem Mittag hatte sie schon viermal Claires Twitter-Status gecheckt, aber Claire hatte ihre Pläne für den Abend nicht erwähnt. Trotzdem war es undenkbar, dass Claire ihren Samstagabend freiwillig ohne das Schönheitskomitee verbrachte.

»Keine Ahnung.« Layne trat von einem Gummilatschen auf den anderen. »Wir haben nicht darüber gesprochen.« Es war offensichtlich, dass sie log.

Massie funkelte sie erbost an. »Jetzt zeig mir endlich die Schuhe.«

»Keine Hektik.« Layne löste den Gürtel ihres Trenchcoats und ließ ihn aufklappen. Dann hielt sie Massie die Schuhschachtel unter die Nase und hob langsam den Deckel ab.

Massie entriss ihr die Schachtel und sah hinein. »Oh mein Gott.«

»Ja, ich weiß!«, sagte Layne stolz und nahm die Katastrophen aus der Schachtel. Sie hatte jede neonfarbene Feder, jeden billigen Plastik-Edelstein und jede Glasperle, die in den Vereinigten Staaten zu finden war, mit Heißkleber auf die braunen Wildlederschühchen geklebt. »Sie sind eine bahnbrechende Erfindung. Man kann die Kameras nicht einmal sehen.«

Massies Mund war vor Schock mit einem Schlag staubtrocken geworden. Diese Art der Pfotenbekleidung gehörte nicht in ihr Zimmer. Sie gehörte in die Garderobe einer Eiskunstlauf-Revue mit einem Namen wie »Scheußlichkeiten on Ice«.

»Layne!«, kreischte sie, als sie ihre Stimme endlich wiedergefunden hatte. »So was trägt kein Hund, der etwas auf sich hält!«

Layne zog einen bühnenreifen Schmollmund, wobei ihre Lippen etwas zuckten. »Tut mir leid. Keine Rückgabegarantie.«

Bevor Massie weiterprotestieren konnte, steuerte Layne die Tür an. »See you later, Alligator«, rief sie über die Schulter und warf die Tür hinter sich zu.

Immer noch unter Schock stehend, starrte Massie die Tür an. Sie hätte wissen sollen, dass Layne nicht zu trauen war.

Bean spürte, dass die Gefahr vorbei war. Sie tauchte an der Schranktür auf und blinzelte die braune Schachtel in Massies Hand neugierig an.

Massie schluckte und quälte sich ein breites unechtes Lächeln ins Gesicht.

»Hallooo Bean«, flötete sie. »Möchtest du deine neuen Schuhe anprobieren?« Sie kniete sich auf den Teppich und rutschte langsam auf ihren Hund zu, wobei es ihr ganz egal war, dass sie die Knie ihrer nagelneuen grauen Citizen-Jeans abwetzte.

Als Bean die Schuhe sah, kam ein leises Knurren aus ihrer Kehle. Sie wich ein paar Schritte zurück, ein misstrauisches Funkeln in den feuchten Augen.

»Bit-te, Bean«, flehte Massie. »Trag sie für mich.«

Aber die Entschlossenheit, die aus Beans glühenden

schwarzen Augen sprach, verriet Massie, dass nicht einmal ein Hundeflüsterer in der Lage gewesen wäre, ihre Hündin umzustimmen.

Irgendwo ganz tief in ihrem Innern war Massie sogar stolz darauf, einen Hund zu besitzen, der einen so guten Geschmack hatte. Trotzdem wünschte sie, dass Bean die Modesünden nur dieses eine Mal anziehen würde. Der Erfolg von Massies ganzem Plan, Vogelbein bei der Hundeparty aufzuspüren, hing davon ab. Und da die Veranstaltung offensichtlich hundefreundlich war, würde sich niemand etwas dabei denken, wenn sie Bean mitnahm. Und die »Pfotenkameras«, wie Layne sie nannte, befanden sich auf idealer Höhe, um die Knöchel der Gäste aufzunehmen. Außerdem hatten Layne und der HL Maisgebiss einen Weg gefunden, sich in die SnoopDawg-Webseite einzuhacken, sodass Massie die Aufnahmen der Pfotenkameras jetzt auf ihrem iPhone abrufen konnte. Und sobald sie dieses Kolibri-Tattoo ausfindig gemacht hatte, war sie am Zug.

Der Plan war geradezu genial. Aber der Erfolg und die Zukunft ihrer Beziehung zu Landon hingen ausschließlich von Bean ab, die jetzt wieder im Schrank verschwunden war.

»Schön«, rief Massie ihr nach. »Dann muss ich eben zu Hause sitzen wie ein HL und darauf warten, dass Landon und Vogelbein in der Sonntagsausgabe der *Times* ihre Hochzeit ankündigen.«

Bean schubste die Schranktür mit der Nase hinter sich zu.

Massie ließ ihr Gesicht auf den Teppich sinken und stöhnte in die flauschigen weißen Fasern. Mama zu sein, war der totale Stress. Kein Wunder, dass Jon und Kate unter diesem Druck zerbrochen waren.

Sie gönnte sich volle fünf Sekunden Selbstmitleid, bevor sie sich wieder aufrichtete. Es musste einen anderen Weg geben, es durchzuziehen.

Bean bellte hinter der geschlossenen Schranktür beleidigt auf.

Da hatte Massie einen Geistesblitz. *Bark!* Wenn sie Bark Obama dazu bringen konnte, die Schuhe zu tragen und damit zur Auktion zu gehen, würde ihr Plan funktionieren, ohne Bean öffentlich blamieren zu müssen. Sie zog das iPhone aus der hinteren Hosentasche und lehnte sich gegen das Fußende ihres Bettes. Jetzt war sie wieder voller Elan und hatte alles im Griff.

MASSIE:	SOLL ICH BARK NEHMEN? ICH KANN AUF IHN AUFPASSEN, WENN DU MIT DEINEN ELTERN ESSEN GEHST.
LANDON:	WEISS NICHT, OB ER DAFÜR SCHON GESUND GENUG IST . . .

Massie musste eine Gloss-Pause einlegen, um diesen Tiefschlag zu verdauen. Bei Vogelbein hatte Landon diese Bedenken offenbar nicht gehabt. Was war also das Problem? Nachdem sie eine dreifache Schicht Glossip-Girl-Thin-Mintspiration aufgetragen hatte, griff sie wieder nach dem Telefon.

MASSIE: ICH PASSE GUT AUF IHN AUF. KLEINFINGERSCHWUR. BIN IN 10 MIN DA.

Sie schaltete das iPhone aus, bevor Landon protestieren konnte.

»Ups!«, kicherte sie und warf das Handy aufs Bett. »Akku leer.«

Operation *Vogelbein finden oder dabei draufgehen* ging in die heiße Phase. Und an diesem Abend würde sie ganz sicher nicht mit leeren Knöcheln zurückkehren.

Lagebericht

In	**Out**
Pfotenkameras	Bean verunstalten
Vogelbein	nackte Beine ohne Tattoo
Spionagehunde	Blindenhunde

WESTCHESTER-HUNDEPARK
PUP-A-PALOOZA-AUKTION

Samstag, 15. November
20 Uhr 08

Claire war mit ihren Eltern und Todd schon unzählige Male sonntagnachmittags im Park spazieren gegangen. Sie hatten Eis gegessen und der gesamten Population von Westchesters runzligen alten Männern zugesehen, wie sie beim Schach und Backgammon schummelten. Aber so wie an diesem Abend hatte der üppige grüne Rasen mit dem Mosaik-Wunschbrunnen und dem Ahorn-Blätterdach noch nie ausgesehen.

Bunte Lichterketten zierten die bunt gefärbten Blätter, wodurch die Baumwipfel aussahen wie funkelnde Galaxien. Die Picknicktische, die normalerweise am Rand der Wiese standen, waren durch lange Holztische ersetzt worden, auf denen sich Sushi, Käseplatten und Desserts für die Menschen und Kobe-Rindfleisch und Hundekuchen für die Vierbeiner türmten. Der Brunnen in der Mitte des Rasens war in eine blubbernde Hundebadewanne verwandelt worden. Und dahinter befand sich die von Strahlern erleuchtete Bühne, auf der ein Typ in zerrissenen schwarzen Jeans gerade einen Soundcheck machte.

Aber der größte Unterschied waren die Leute. Statt der üblichen Neunzigjährigen, die über ihren Schachbrettern hockten, wimmelte es jetzt vor Neuntklässlern und ihren Hunden. Claire wünschte sich ernsthaft, sie hätte eine plötzliche Krankheit vorgetäuscht. Wieso hatte sie sich nach all ihren Bemühungen für die Achte von Layne zu dieser Veranstaltung schleppen lassen?

»Das sind Mrs Potts und der Tanzende Teller Nummer Drei.« Layne legte die Arme um die Schultern von zwei Mädchen und sah entspannter aus als Massie und Kendra nach neunzig Minuten Paar-Shiatsu. »Wir haben uns letztes Jahr im Theatercamp kennengelernt.« Laynes Teller mit den Sushi-Röllchen in Form von Hundeknochen neigte sich gefährlich in Richtung Rasen, ähnlich der *Titanic* in den letzten paar Minuten vor dem Untergang. »Leute, das ist Claire. Sie geht mit mir in die Achte.«

»Du kannst mich Syd nennen.« Mrs Potts – eine zierliche Brünette in zerrissenen Boyfriend-Jeans, zehenfreien Sandalen mit Keilsohle und einem tief ausgeschnittenen smaragdgrünen Pulli – nickte Claire freundlich zu. »Zumindest bis zur Premiere unseres Stücks *Die Schöne und das Biest.*« Auf dem Arm hatte sie einen winzigen weißen Maltipoo in einem schwarzen Hundepullover und Hunde-Uggs oder Huggs, wie Massie sie nannte.

»Cara«, sagte das andere Mädchen, eine schlanke Blonde mit einer eierschalenfarbenen Jacke, einem knappen Top und Cowboystiefeln. Sie zog die Daumen aus den Gürtelschlaufen ihrer Jeans und schnappte sich einen vorbeikommenden Typen mit einer Bassgitarre auf dem Rücken. »Und das ist mein Freund Doug.« Sie zog den Jungen an sich und küsste ihn vor allen Leuten auf den Mund.

Mrs Potts verzog keine Miene.

Claire hob ihr Barkarita-Glas an die Lippen und tat, als würde sie daran nippen. Sie wusste nicht, ob sie auf den Boden starren oder Cara und Doug beim Knutschen zusehen sollte, als wäre es ganz normal.

»Hey. Was geht?« Doug hatte sich endlich von seiner Freundin gelöst.

»Hey. Nichts.« Claire kämpfte gegen den Drang, sich mit den Fingern durch die Haare zu fahren. Wie konnte sich Layne in einem ganzen Park voll knutschender High-school-Kids so ... normal verhalten?

Der Zwang, so schnell wie möglich neue Freunde finden zu müssen, schnürte Claires Bauch so sehr zusammen wie ein strammer Ledergürtel nach einer Fruchtgummi-Orgie. Laynes neunte Klasse-Freundinnen vom Westchester-Gemeindetheater waren ihre letzte Hoffnung. Wenn sie das jetzt versaute, würde sie mehr als nur ein HL sein. Sie wäre dann ohne Zweifel ein HLOBF (hoffnungsloser Loser ohne beste Freundin).

»Ich muss weiter.« Doug warf sich die verdächtig sonnengebleichten, vermutlich getönten Haare aus der Stirn, aber sie fielen ihm sofort wieder vor die Augen. »Wir sind in fünf Minuten dran.«

»Dougs Band spielt als Erstes«, erklärte Cara stolz. »Vor der Versteigerung.«

»Cool.« Layne dippte ein Sushi-Röllchen in Senf und stopfte es sich in den Mund.

»Smells Like Uncle Hugh.« Doug sah Claire an.

»Häh?« *Stinkt wie Onkel Hugh?* Hatte sie wieder das

Deo vergessen? Sie hatte nicht einmal die Chance, unauffällig an ihren Achseln zu schnuppern.

»Smells Like Uncle Hugh«, wiederholte Doug. »Meine Band. Wir sind so etwas wie ein Mix aus Radiohead und Shinedown, verstehst du?«

»Ja, total.« Claire nickte, obwohl sie keine Ahnung hatte, wovon er sprach.

Während Doug und Cara sich zum Abschied küssten, als würde er in einen sechsmonatigen Kampfeinsatz ziehen, hielt Claire nach dem SK Ausschau. Diese Veranstaltung war das genaue Gegenteil von den Partys, auf die Massie normalerweise ging. Anstelle von hochnäsigen Kellnern im Frack, die Tabletts mit winzigen Häppchen herumtrugen, gab es hier zwei Büffets – eins in Menschen- und eins in Hundehöhe – und die Gäste bedienten sich selbst. Es gab auch keinen DJ, sondern nur einen Haufen Neunte-Klasse-Bands. Und statt Designerklamotten trugen alle Leute Jeans. Mädchen und ihre Freunde redeten tatsächlich miteinander, statt so zu tun, als wären sie sich nie zuvor begegnet. Außerdem waren nirgendwo Eltern in Sicht. Claire holte ihr Handy raus, weil sie hoffte, dass Cam sich vielleicht vor der Übernachtung bei Josh drücken konnte.

CLAIRE: WAS MACHST DU GERADE? LUST AUF EINE HIGHSCHOOL-PARTY?

Claire hielt den Atem an.

CAM: BIN SCHON BEI JOSH.

CAM:	PS: VERKNALL DICH NICHT IN EINEN AUS DER NEUNTEN.

Claire wurde rot, obwohl niemand über ihre Schulter mitlas.

CLAIRE:	GANZ SICHER NICHT. GEHEN WIR MORGEN IN DIE STADT? GOURMET AU LAIT?
CAM:	LOGO.

Aus den Lautsprechern dröhnten Gitarrenklänge, die mit Jubelgebrüll und Gebell beantwortet wurden. Claire konnte die Vibrationen der Musik und der heranströmenden Besuchermassen durch die Sohlen ihrer Turnschuhe spüren.

»IchschlageuchschwitzendeFüß!«, schrie Syd Claire über das Hämmern der Bässe zu und setzte ihr Hündchen auf den Boden.

Claire hätte vor Kichern beinahe ihr Getränk herausgeprustet. »Was?«, schrie sie zurück und beugte sich dichter an Syd.

»Ich sagte, der Typ, der am Schlagzeug sitzt, ist süß!« Syd warf einen Blick auf den Rand des schwarzen Spitzen-BHs, der am weiten Ausschnitt ihres Pullis aufgetaucht war. Aber statt den Ausschnitt verlegen hochzuzupfen, wie es Alicia getan hätte, ließ sie ihn noch ein bisschen tiefer rutschen.

Claire sah auf die Bühne und schirmte ihre Augen mit der flachen Hand vor dem grellen Licht der Scheinwerfer ab. Der Blonde am Schlagzeug kam ihr irgendwie bekannt vor. Wo hatte sie den Typen schon gesehen?

Dann fiel es ihr wieder ein. Das war Luke, Dylans neuer und angeblich viel besserer Schwarm. Bei dieser Erinnerung an den Aufstieg des SK krampfte sich ihr Magen erneut zusammen.

Cara schloss die Augen und hämmerte auf ein Luft-Schlagzeug ein, wobei es ihr anscheinend vollkommen egal war, ob jemand zusah.

»Suuuuper«, stichelte Syd lachend. »Anscheinend haben sich die vielen Stunden vor dem Spiegel gelohnt.«

»Nun gib nicht so an.« Cara machte die Augen auf und grinste. »Als würdest du nicht genau dasselbe tun.« Sie winkte einem Jungen in Skatershorts zu, der eine Deutsche Dogge über den Rasen führte.

»Tu ich nicht.« Syd schüttelte den Kopf. »Ich mache auf Leadsängerin.« Sie hob ihr Glas an die Lippen wie ein Mikrofon und presste sich den Zeigefinger ins linke Ohr. »Nur dass mein Mikro gewöhnlich der Lockenstab ist.«

»Oh mein Gott, genau das mache ich auch immer!«, kreischte Claire und vergaß in diesem Moment vollkommen, dass sie *Oh mein Gott* nicht sagen sollte. Aber es schien niemanden zu stören.

»ICH AUCH!« Layne zwinkerte Claire zu, als wollte sie ihr *Siehst du?* zuflüstern.

»Ich übe aber immer nur vor dem großen Spiegel«, fuhr Syd fort und bückte sich, um einen Golden Retriever zu streicheln, der aus dem Springbrunnen trank. »Sonst ist die Choreografie ja sinnlos.«

»Ganz genau«, bestätigte Claire lachend und spürte, wie sich die Anspannung in ihren Schulterblättern löste. Wenn

Massie jemals erfuhr, dass sie vor dem Spiegel sang, würde sie sie garantiert hochkant aus dem SK schmeißen. Aber bei diesen Mädchen hier kam es Claire vor, als müsste sie nicht jedes Wort auf die Goldwaage legen. Das fühlte sich so ungezwungen an wie ein Wochenende im Jogginganzug.

»Hey, hast du mal daran gedacht, für eine von unseren Aufführungen vorzusprechen?« Cara lächelte. »Für das Frühjahr ist *Der kleine Horrorladen* geplant.«

»Wäre sie nicht eine großartige Audrey?« Syd wippte im Takt der Musik mit dem Kopf.

»Allerdings«, bestätigte Layne und schob die Ärmel ihres grauen Kapuzenshirts mit den Flicken auf den Ellbogen hoch.

»Ich kann dich unserem Regisseur vorstellen, wenn du . . .« Cara verstummte. Sie starrte über Claires linke Schulter und ihre geschwungenen Augenbrauen wanderten vor Erstaunen langsam die Stirn hinauf. Claire drehte sich um.

Hinter ihr stand das Schönheitskomitee Schulter an Schulter, frisch frisiert und geschminkt, in Cocktailkleidern und hohen Absätzen, die langsam im Gras versanken, als wäre es Treibsand. Auf einer Veranstaltung der Blocks wären die Mädchen schick genug für ein Fotoshooting gewesen. Aber hier, mitten im Hundepark, sahen sie einfach nur aufgetakelt und fehl am Platz aus. Es war so ähnlich, als würde man den Darstellern von *Gossip Girl* in der Tiefkühlabteilung des Supermarkts begegnen.

»Kuh-laire! Du bist gekommen!« Massies bernsteinfarbene Augen funkelten im Schein der Lichterketten und sie passten perfekt zu ihrem olivgrünen Satinkleid mit dem Monoträger. Sie hatte Bark Obama unter dem Arm wie eine pelzige schwarze Handtasche und er futterte Kobe-Rindfleisch von ihrer Handfläche. »Zwar in Turnschuhen, aber immerhin.« Eine Frisbeescheibe segelte über ihren Kopf, aber ihre kunstvolle Hochsteckfrisur bewegte sich keinen Millimeter.

»Allerdings.« Claire lächelte und beschloss, den Seitenhieb zu ignorieren. Neuntklässler machten sich wahrscheinlich auch nichts daraus, wenn ihre Freunde über ihre Schuhe lästerten. Und obwohl es komisch war, das zuzugeben, war es doch eine altbekannte Tatsache, dass Massie ihre Schuhe nicht ausstehen konnte. Völlig normal. »Massie, das sind Syd und Cara.«

»Ich finde die Turnschuhe total süß.« Syd zupfte den Träger ihres BHs zurecht. »Total retro.«

Andererseits fühlte sich die Tatsache, dass die Neuntklässlerinnen ihre Schuhe mochten, an wie eine frische Brise. Claire biss sich auf die Innenseite ihrer Wange, um sich ein Grinsen zu verkneifen. Vermutlich würde Cam diese Mädchen viel lieber mögen als das SK. Vielleicht sollte sie ihm noch eine Nachricht schicken, nur um zu fragen . . .

»Also, bit-te.« Massie setzte Bark vorsichtig auf dem Rasen ab und hielt ihm das nächste Stück Fleisch hin. »Die Lacklederstiefeletten von Marc Jacobs sind retro.« Sie sah mit gerunzelter Stirn auf Claires Füße. »Die Dinger da sind einfach nur alt.« Sie hob die Handfläche.

»Punktgenau«, stöhnte Alicia, die damit beschäftigt war, ihren satinbezogenen Absatz aus der Wiese zu ziehen. Als sie ihn endlich losreißen konnte, flog ein Dreckklumpen durch die Luft auf Cara zu, die hastig aus der Schusslinie sprang.

»Ups«, sagte Alicia ungerührt.

Cara verdrehte die Augen.

Massies Hand schwebte immer noch in der Luft, als erwartete sie, dass die Mädchen aus der Neunten einschlagen würden. Aber nach vollen fünf Sekunden in der Luft war klar, dass sie es nicht tun würden. Massies Augen weiteten sich und sie sah sich Hilfe suchend zum SK um. Aber Dylan war zu sehr damit beschäftigt, sich drei Käseecken auf einmal in den Mund zu stopfen, und Kristen kniete in ihrem silbernen Röhrenkleid auf dem Boden und streichelte Bark. Claire litt mit Massie und war kurz davor, ihr selbst einen Highfive zu geben. Die Freundinnen so fehl am Platz zu sehen, war schlimm genug, auch wenn es ihnen nichts auszumachen schien. Aber das hier ... war grausam.

»Alicia«, zischte Massie durch ihre megageglossten Lippen.

»Was?« Alicia verrieb gerade einen Klecks Bronze-Bräunung auf ihrer Schulter. »Oh. Ach so.« Sie hob die Hand und schlug mit etwa sieben Sekunden Verspätung in die von Massie ein.

Cara und Syd sahen gelangweilt zu.

Layne schnaubte. »Da wir gerade von total COOLEN Schuhen sprechen ...« Sie zwinkerte Claire grinsend zu und deutete mit einem Kopfnicken auf die Schuhe an Bark Obamas Pfoten. Deren Verzierung löste sich bereits auf und hinterließ eine Glitzerspur im Gras.

»Was ist das denn?« Cara prustete los und ging in die Hocke, um sich die Schühchen genauer anzusehen.

Massie wurde rot. Ihre Hand fuhr in ihre Handtasche und kam mit dem iPhone wieder heraus. Sie ließ die Finger über die Tasten sausen und starrte das Gerät so verbissen an, als könnte sie es allein mit ihrer Konzentration zum Schweben bringen.

Claire hob wieder das Glas an die Lippen, um ihr Grinsen zu verbergen. Es war aber nicht so, dass sie es genoss, Massie so verlegen zu sehen. Es freute sie nur, dass Massie erkennen musste, dass Claire ebenfalls mit Neuntklässlern abhängen konnte, wenn sie das wollte. Cara sammelte eine Feder auf, die von Barks Schuhen abgefallen war, und steckte sie in den Aufschlag ihrer Jacke.

»Und wann seid ihr gekommen?«, startete Claire einen Versuch, Massies Aufmerksamkeit zu erregen. Was sie damit wirklich sagen wollte, war allerdings: *Ich bin hier. Zufrieden?*

»Gerade eben«, murmelte Massie und starrte das Bild von Syds und Caras Knöcheln an, das auf ihrem Bildschirm erschienen war. Einen Moment später ließ sie das Handy wieder in der Tasche verschwinden und konzentrierte sich auf Claire. »Amüsierst du dich?« Das Funkeln in ihren mit schwarzem Lidstrich betonten Augen sagte: *Ich wusste, dass du kommen würdest.*

Claire nickte und drehte sich unauffällig von der Gruppe weg. »Diese Mädchen sind total cool«, flüsterte sie und schirmte ihren Mund dabei mit dem leeren Glas ab.

»Oh mein Gott, hab ich dir das nicht gleich gesagt?«, flüsterte Massie kichernd zurück. Anscheinend hatte sie im Eifer des Gefechts ihre eigene Kein-Oh-mein-Gott-Regel vergessen.

»Ihr was gesagt?« Dylan drängte sich zwischen sie. Ihr Atem miefte nach Käse und die rote Mähne war zu ganz neuen Höhen auftoupiert.

»Dass Neuntklässler zehnmal besser sind als die HLs aus der Achten.« Massie grinste, knuffte Claire mit der Hüfte und legte ihr einen bronzefarbenen Arm um die Schultern.

»Ach so.« Dylan starrte mit offenem Mund – und einem Käsekrümel an der Lippe – ihren neuen Schwarm an, der auf der Bühne das Schlagzeug bearbeitete.

»Schön. Du hast es mir gesagt«, gab Claire zu und sonnte sich im Schein der alten Massie. Der Massie, die oh mein Gott sagte und die Bespitzelung ihres neuen Freundes lange genug aufgab, um mit den Freundinnen zu kichern. Auch wenn sie in der Achten waren.

»Braaaaaavvvvvooooo!«, jubelte die Menge, als die Band ihren Auftritt beendet hatte.

»Danke, Leute.« Doug beugte sich über das Mikro. »Wir sind Smells Like Uncle Hugh und dieser Song heißt Pee-Hugh. Wir machen jetzt eine kurze Pause, aber lauft nicht weg, weil wir in ein paar Minuten weitermachen werden.«

Irgendjemand in der Menge stimmte eine Art Indianergeheul an.

Der Hund von irgendwem bellte zustimmend.

Dylans Kopf fuhr zu Massie herum. Die Panik verlieh ihren smaragdgrünen Augen einen beinahe glasigen Blick.

»Sitzen meine Haare noch? Soll ich zu ihm gehen oder warten, bis er herkommt?«

»Warte«, wies Massie sie an. »Er soll nicht denken, du wärst verzweifelt.« Sie packte Claire am Handgelenk. Ihre Finger rochen nach Fleisch. »Außerdem verschafft uns das genügend Zeit, Claire mit ihrem neuen Schwarm bekannt zu machen.«

Die Augen von Syd und Cara leuchteten gleichzeitig auf.

»Ein neuer Verehrer?« Syd stupste Claire mit dem Ellbogen an.

Claire schüttelte den Kopf und versuchte, sich aus Massies Griff zu befreien. »Nein, danke. Kein Bedarf.« Ein ekliges Gefühl im Magen verriet ihr, dass die ganze Situation gleich hässlicher werden würde als Laynes selbst gebasteltes Kapuzenshirt.

»Äh, Kuh-laire?« Massie packte fester zu. »Hast du vielleicht Joan Rivers Gesicht?«

Claire seufzte. Dass Massie sie vor den Mädchen aus der Neunten zur Schnecke machte, schien allmählich zur Gewohnheit zu werden. »Nein. Aber ich will keinen neuen ...«

»Warum bist du dann so abweisend?«, fauchte Massie, deren gute Laune schneller verflog als eine billige Feuchtigkeitscreme. Bark hockte auf dem Boden und hatte einen Hustenanfall, aber Massie ignorierte ihn.

»Ich habe es dir bereits gesagt.« Claire fühlte sich mittlerweile wie eine kaputte Schallplatte. »Ich. Will. Keinen. Neuen Freund. Ich bleibe bei Cam.«

Syd, Cara und Layne waren plötzlich still. Claire spürte,

wie ihre Wangen mit jeder Sekunde stärker glühten. Und das lag nicht an den Scheinwerfern. Soweit es sie betraf, war Cam ihr Aufstieg. Und sie hatte es mehr als satt, dass Massie dauernd so tat, als wäre er nicht gut genug.

»Schön.« Massie schob den Unterkiefer vor und ihre bernsteinfarbenen Augen verdunkelten sich. Diesen Ausdruck wütender Verlegenheit hatte Claire erst einmal gesehen, als Kendra Massie vor den Augen des SK ihre Kreditkarte weggenommen hatte, nachdem sie damit die Herbstgarderobe für das ganze SK online bezahlt hatte, weil das einfacher war, als fünf verschiedene Kartennummern, Pin-Codes und Ablaufdaten einzugeben.

»Komm jetzt, Bark«, zischte Massie und machte auf einem eingesunkenen Absatz kehrt.

Bark, der immer noch nach Luft rang, krümmte sich über Massies Fuß und würgte eine neonblaue Feder hervor.

»Iiiigitt.« Alicia kicherte.

Massie hob das Kinn, biss die Zähne zusammen und stakste durch die Menschenmenge. Bark humpelte hinter ihr her, gefolgt vom Rest des Schönheitskomitees.

»Was ist denn mit der los?«, murmelte Syd Cara zu.

Cara sah Claire mit ihren grauen Augen fragend an. Aber Claire schüttelte nur den Kopf, zu erschöpft für Erklärungen. Zumal es nicht viel zu erklären gab. Die Sache war ziemlich einfach. Ihre Beziehung zum Schönheitskomitee war wie Bark Obamas Schuhe: Sie fiel auseinander.

WESTCHESTER-HUNDEPARK
PUP-A-PALOOZA-AUKTION

Samstag, 15. November
20 Uhr 46

Massie arbeitete sich im Zickzack durch die nachlässig gekleidete Menschenmenge und war fest entschlossen, sich von Claire nicht ein Milligramm von ihrer Energie rauben zu lassen, bis die Mission erfolgreich abgeschlossen war. Vogelbein stand auf ihrer Prioritätenliste auf Platz Eins. Und Massie würde sie aufspüren, genauso wie sie es bei der neuen Bottega-Veneta-Lederhandtasche im Metalliclook gemacht hatte, als sie bei Saks erschienen war: mit Konzentration, Entschlossenheit und der Weigerung, sich von einem Haufen Mädchen mit unmöglichen Taschen ablenken zu lassen, in denen winzige Hündchen hockten.

»Sie muss hier irgendwo sein«, murmelte Massie ihrem Handy zu. Mit einer Hand hielt sie das iPhone und mit der anderen zog sie kleine Stückchen Kobe-Rindfleisch aus dem Vorrat in ihrer Handtasche und lockte Bark damit tiefer in den Park hinein.

»Können wir nicht bald eine Pause machen?« Dylan schnaufte Massie ins Ohr und vertrieb den angenehmen Duft von Chanel No. 19, der Massie umgab, kurzzeitig durch den intensiven Geruch von Blauschimmelkäse. »Ich will Luke Glück für seinen Auftritt wünschen.«

»Noch nicht.« Massie überarbeitete ihren Angriffsplan. Sie würde sich vom Büffet zu den kleinen Massagetischen vorarbeiten, an denen man seinen Hund kostenlos durchkneten lassen konnte, dann weiter zu den Leuten, die es sich mit ihren Hunden auf Picknickdecken gemütlich gemacht hatten, um den Hundebadewannen-Springbrunnen herum und zur Bühne. Und dann musste sie Bark wieder zu sich nach Hause bringen, bevor Landon sich meldete, um mit ihr zu flirten und sich für ihre Hilfe zu bedanken.

»Habt ihr Scott schon gesehen?« Kristen schirmte ihre Augen ab und ließ den Blick suchend umherwandern.

»Aidan hat eine SMS geschickt, dass er in ein paar Minuten hier sein wird.« Alicia machte mit ihrem Handy ein Foto von sich und suchte das Bild nach eventuellen Makeln ab.

»Ich sollte wenigstens Hallo sagen, bevor die Band wieder spielt, findet ihr nicht?« Dylan raffte ihr schwarzes Satin-Etagenkleid mit beiden Händen, um mit langen Schritten hinter den anderen herzueilen. »Luke soll mich nämlich sehen, solange meine Haare noch sitzen.«

»Jetzt hört mal zu.« Massie fuhr herum. »Wir sind nicht hier, damit ihr die Jungs treffen könnt. Wir sind hier, um Vogelbein zu finden und wieder zu verduften, und zwar pronto.« Ihr fest geschnürter Haarknoten fing an, sich genauso aufzulösen wie ihre Kontrolle über diese Mission. Sie spürte Barks kratzige rosa Zunge an ihren Fingerspitzen, griff nach einem weiteren Stück Fleisch und konzentrierte sich wieder auf ihr Handy. Die Pumas vom letzten Jahr, ein paar Socken in Regenbogenfarben und ein winziges Feen-Tattoo huschten über den Bildschirm. Aber kein Kolibri.

»ACHTUNG.« Kristen legte die Hände wie ein Megafon um ihre mit Gloss gepanzerten Lippen. »STECK DAS SPION-FON WEG UND LASS DIE FINGER VOM FLEISCH. JETZT IST PAAAAARTY-TIME!«

Alicia starrte kichernd auf die karierte Picknickdecke zu ihren Füßen, auf der ein Mädchen und sein Freund anscheinend für die Zungenkuss-Olympiade trainierten.

»Bin gleich wieder da.« Dylan schoss auf das Büffet zu, als wären die Sushi-Röllchen kleine, kraftvolle Magneten und sie aus massivem Stahl.

»Von mir aus«, fauchte Massie, die die ständigen Ablenkungen satt hatte. »Geh nur. Alicia, da Aidan nicht da ist, kannst du mit mir kommen. Du überwachst die Kamera, während ich Bark füttere.« Sie drückte Alicia ihr iPhone in die Hand.

»Okay.« Alicia nahm es ohne Protest entgegen, denn sie war zu sehr damit beschäftigt, das knutschende Pärchen anzustarren.

»Wir treffen uns in zwanzig Minuten am Springbrunnen«, instruierte sie ihre Truppe. »Komm jetzt, Alicia.« Sie stieg über ein Rudel King-Charles-Spaniels, die sich einen Riesenhundekuchen teilten, und trippelte auf den Fußballen weiter, damit ihre Absätze nicht wieder im Rasen versanken. Ihre mit Shea-Butter eingecremten Waden brannten jetzt schon. Eine Outdoor-Veranstaltung voller Hunde war genauso wie ein zwölf Zentimeter hoher Jimmy-Choo-Absatz: In der Theorie ganz toll, aber laufen konnte man darauf nicht.

Sie umrundete die Büffet-Tische und ließ immer wieder

kleine Fleischstückchen fallen, um Bark in Bewegung zu halten. Alicia folgte ihnen. Die grellen Lichter, die summenden und bellenden Besuchermassen und sogar die hämmernde Musik von der Bühne kamen irgendwie nur gedämpft bei Massie an, als wäre sie unter Wasser. Während sie ziellos durch die Menge wanderte, versuchte sie, jeden Gedanken an Claire aus ihrem Kopf zu verbannen. Es gelang ihr nicht. Ihr Gehirn machte Überstunden und versuchte zu begreifen, was eigentlich passiert war. Claire war gewissermaßen das Maskottchen der achten Klasse gewesen und jetzt ließ sie das SK für ein paar Mädchen aus der Neunten, die sie kaum kannte, einfach im Stich? Das ergab doch keinen Sinn. Es sei denn ...

Ein ohrenbetäubendes Schlagzeugsolo dröhnte aus den Lautsprechern und vertrieb die Gedanken für einen Augenblick aus Massies Kopf. Aber der Lärm war kaum verklungen, da waren sie auch schon wieder da und zwickten sie ins Herz so wie Bark in ihre leere Hand.

Vielleicht wollte Claire gar nicht aus der Achten aufsteigen. Vielleicht arbeitete sie an ihrem Ausstieg aus dem Schönheitskomitee. Vielleicht ...

Eine kühle Brise riss sie aus ihren Gedanken und kitzelte ihre Finger, wo eben noch Barks Zunge gewesen war. Ihr Kopf fuhr nach unten.

Bark war weg.

»Oh mein Gott!« Sie wirbelte herum und prallte gegen Alicia, die nur Augen für das iPhone hatte. »Wo ist Bark?«

»Au!« Alicia rieb sich die Stirn und ihre dunklen schokobraunen Augen weiteten sich vor Schmerz. »Du sollst doch nicht ›Oh mein Gott‹ sagen, schon vergessen?«

»Das ist doch total egal!« Massie riss der Freundin das iPhone aus der Hand. Ihr Kopf pochte. »Obama ist verschwunden!« Verglichen mit dem stechenden Schmerz in ihrem Herzen fühlte sich das Hämmern in ihrem Kopf an wie eine beruhigende Kopfhautmassage von Jakob. Wenn Bark etwas passierte, war die Geschichte von Massie und Landon erledigt – und zwar so was von erledigt. Und gleichzeitig Claire und ihren Schwarm zu verlieren, wäre zehnmal schlimmer, als ihre Kreditkarte loszuwerden. Zumal eine Kreditkarte ohne Limit ohnehin sinnlos war, wenn man keinen Freund oder Freundinnen hatte, für die man einkaufen konnte.

»Vielleicht ist er in den Springbrunnen-Pool gegangen. Wegen seiner Pfote.« Alicia übernahm das Kommando und schlüpfte mühelos in ihre Nachrichtensprecherin-in-einer-Krise-Rolle. »Wir sehen erst dort nach und gehen dann zurück zu den Massagetischen.« Sie warf zuversichtlich ihre Haare zurück, nahm Massie an der Hand und führte sie zum Springbrunnen. »Weit kann er nicht gekommen sein. Er ist ja praktisch verkrüppelt.«

Und das ist meine Schuld, dachte Massie deprimiert. Sie folgte Alicia und ließ das Display des Handys nicht aus den Augen, in der Hoffnung, einen Hinweis darauf zu entdecken, wo Bark gerade war. Aber alles, was sie sehen konnte, waren ein paar untätowierte Knöchel und gelegentlich das Hinterteil eines Hundes.

»Negativ.« Alicia schüttelte den Kopf, als sie an der Hundebadewanne ankamen. Andere Hunde dümpelten auf Flößen im Wasser herum oder paddelten mit Schwimmflügeln ihre Runden, während ihre Besitzer am Rand saßen, sich unterhielten und an ihren Drinks nippten.

Massies Brust fühlte sich enger an als ihr Cocktailkleid. Was, wenn sie Bark nie wiederfand? Was, wenn Landon sie wegen der Entführung seines Hundes verhaften ließ? Sie konnte ins Gefängnis kommen! Wer würde sich dann um Bean kümmern? Und was würde aus ihrer Glossip-Girl-Sammlung werden?

Plötzlich tauchte auf dem Bildschirm das verschwommene Bild eines Kolibris auf, der zwischen ein paar Stiefeletten mit runden Spitzen und einer verwaschenen Jeans herumschwebte. Massies Herz machte einen Salto.

»OH MEIN GOTT!«, kreischte sie und hätte ihr Handy am liebsten abgeküsst. »ALICIA!«

Alicia fuhr herum und die glänzenden schwarzen Locken wehten ihr über die Schulter wie in einem Werbespot für Frederic Fekkai. »Was?«

»Wir haben sie!« Ein Scheinwerfer schwenkte über das Vogelbein und verriet dessen Position. »Sie steht neben der Bühne!«

Mit frisch aufgeladener Hoffnungs-Batterie hakte sich Massie bei Alicia ein und stürmte auf die Bühne zu. Die Erleichterung pulsierte durch ihren Körper wie das Hämmern der Musik. Gemeinsam bahnten sich die Mädchen einen Weg durch die Menschenmassen, die sich im Takt der Musik wiegten, vorbei an Mädchen, die Handyfotos von der Band schossen, und Jungen, die den Arm um ihre Freundinnen gelegt hatten. Massie hielt den Blick zu Boden gerichtet und musterte die Knöchel, die an der Bühne dicht an dicht standen. Dann entdeckte sie sie in der ersten Reihe. Massie atmete einmal tief ein und ließ dann ihre Augen von den Knöcheln aufwärtswandern.

Alicias Unterkiefer klappte herunter. »Oh mein . . .«

»Sieht die gut aus«, hauchte Massie. Vogelbein stand direkt an der Bühne, hatte Bark auf dem Arm und wiegte sich im Takt der Musik. Über den zerissenen, schmal geschnittenen Jeans trug sie eine schimmernde Bluse und eine Lederjacke mit eingeprägtem Muster. Lange, perfekt zerzauste schwarze Wellen fielen ihr bis über den Busen und schrien förmlich: *Jaa, das sind Naturlocken, die nie krisselig werden. Und nein, ich BESITZE nicht einmal einen Lockenstab!* Das rauchige Augen-Make-up betonte die eisblauen Augen perfekt. Sie war wie eine Highschool-Version von Sarah Jessica Parker: Ohne die Haare, die Schminke und die Klamotten wäre sie keine Bedrohung gewesen. Aber das Gesamtpaket war eine Zehn hoch zehn. Mit einer Ausnahme: Sie roch nach Leber.

Massies Hand schoß nach oben zu ihrem professionell geformten Haarknoten, der schneller in sich zusammensackte als ihr Ego. Sie hätte ihren rechten Absatz für einen Spiegel, etwas Gloss und ein paar Minuten ihrer Selbstvertrauens-CD gegeben. Aber dafür war keine Zeit.

»Bark!« Sie zwang sich, die Musik mit einem Auflachen zu überschreien, und breitete die Arme weit aus. »Da bist du! Wir haben uns solche Sorgen gemacht!« Sie richtete den Blick auf Vogelbein, um zu beweisen, dass sie kein bisschen beunruhigt war. Oder sich bedroht fühlte.

Endlich klappte auch Alicia den Mund wieder zu.

Vogelbein schaute auf und um die perfekt geschminkten Augen bildeten sich ein paar Fältchen der Verwirrung. »Und wer bist du?«, rief sie.

Bark warf einen Blick auf Massie und vergrub sein Gesicht in Vogelbeins linker Brust.

Massie schluckte ihre Verletztheit herunter und schlang die Arme um Barks mopsige Mittelpartie. »Ich passe heute Abend auf Bark auf«, sagte sie und versuchte, den Hund an sich zu ziehen.

»Entschuldige.« Vogelbein hielt den Hund eisern fest. »Ich habe deinen Namen nicht mitbekommen.« Von Nahem sah ihr Schmollmund noch besser aus.

»Spielt das eine Rolle?«, fuhr Massie sie an. »Das ist nicht dein Hund.« Sie griff fester zu und bereitete sich auf einen Ziehkampf vor.

»Nein, denn das ist MEIN Hund!«, brüllte eine bekannte Stimme, als die Musik auf der Bühne gerade endete und die Besucher ihr Beifallsgeschrei anstimmten.

Massies Herz blieb stehen, als hätte sie gerade einen doppelten Cheeseburger mit Speck gegessen.

»Da ist Landon«, zischte Alicia ihr dreißig Sekunden zu spät zu.

Landon kam hinter der Bühne hervor und sah hinreißender – und wütender – aus, als Massie ihn je gesehen hatte.

Sein eines Grübchen verschwand in dem Moment, in dem seine blauen Augen auf Massie trafen, als wollte es sie dadurch bestrafen.

»Was machst du hier, Massie?«, fragte Landon, als das Grölen der Konzertbesucher etwas leiser wurde.

»Was ich hier mache?«, wiederholte Massie und zermarterte sich das Gehirn nach einer guten Ausrede. Sie hatte gehört, dass eine Musiktherapie gut für verletzte Hundepfoten war? Dylan hatte sie wegen des kostenlosen Essens hergeschleppt? Alicia sollte auf Kanal Fünf über die Party berichten und Massie war die Einzige, die ihre Stichwortkarten im richtigen Winkel halten konnte? »Was machst du hier?«, lenkte sie ihn ab.

»Wir haben früh zu Abend gegessen und dann war ich bei dir zu Hause.« Landon zog die Ärmel seines grauen Armani-Jeans-Sweaters hoch. »Isaac sagte, dass du hier bist.«

Unter anderen Umständen hätte Massie Landon für diese romantische Geste sofort auf den Mund geküsst. Aber dem stürmischen Ausdruck in seinen karibikblauen Augen nach zu urteilen, war dies nicht der richtige Augenblick.

Bevor Massie sich überlegen konnte, was sie als Nächstes sagen sollte, fiel ein grell pinker Edelstein von Barks Schühchen auf die Spitze von Landons Turnschuh. »Und was hast du ihm da an die Pfoten gemacht?«, fragte er und zog leicht an einem Schuh.

Bark heulte vor Schmerzen. Massie verschränkte die Arme vor der Brust. So ein Schauspieler! Zu Vogelbein war er ohne Probleme gelaufen.

»Und jetzt machen wir eine Weile Pause«, brüllte der Leadsänger der Band. »Der erste Artikel, der jetzt zur Versteigerung kommt, ist von der Bark-Jacobs-Boutique gespendet worden.«

Die Besucher flippten mehr aus als bei einem Kooba-Probenverkauf.

Vogelbein reichte Bark an Landon weiter. »Dann sehen wir uns morgen Mittag?«, fragte sie, schüttelte ihre Locken auf und verbreitete dabei eine frische Wolke Leberdunst. Massie verzog die Nase. »Bei dir zu Hause?«

»Aber klar.« Landons Zwinkern schnitt Massie ins Herz und sie stolperte rückwärts gegen Alicia, die sie beschützend von der Seite umarmte. Der süße Duft von Alicias Angel-Parfüm weckte in Massie den Wunsch, das Gesicht an der Schulter der Freundin zu vergraben und loszuheulen.

Vogelbein warf Landon eine Kusshand zu, drückte Bark ein Küsschen auf den Kopf und verschwand in der Menge, ohne Massie oder Alicia noch eines Blickes zu würdigen.

»Ich muss los.« Landon schüttelte den Kopf und streichelte vorsichtig Barks Pfote. »Man sieht sich.« Er machte kehrt und wurde von den Besuchermassen verschluckt.

Massies Körper fühlte sich genauso taub an wie Kendras Gesicht nach einer Marathon-Runde Botox. Sie wollte sich jetzt nur noch mit Bean im Bett verkriechen und Landon, Bark, Vogelbein und Laynes abartigen Geschmack in Hundebekleidung vergessen.

»Willst du die Mädchen und Isaac anrufen?«, fragte Alicia sanft und das Mitgefühl sprach aus ihren Augen. Das brachte Massie noch mehr an den Rand des Weinens. Also nickte sie nur und starrte auf ihr iPhone. Aber gerade als sie den Rest des Schönheitskomitees informieren wollte, blinkte das Batteriesymbol und der Bildschirm wurde schwarz.

Massie blinzelte die Tränen weg, während die Menschenmenge den Beginn der Versteigerung bejubelte.

Aber sofern niemand ein ungebrochenes Herz zu verkaufen hatte, war sie nicht interessiert.

793 PRESCOTT DRIVE
IM GEBÜSCH VOR LANDONS HAUS

Sonntag, 16. November
11 Uhr 55

Am nächsten Morgen war Massies iPhone das einzige, was frisch aufgeladen war. Sie hatte alles versucht, was ihr normalerweise half: Sie hatte Jakob für eine Notfall-Strähnchen-Sitzung kommen lassen, war mit Bean im Whirlpool gewesen und zu den Klängen ihrer Selbstvertrauens-CD eingeschlafen. Aber sie fühlte sich trotzdem immer noch leerer als ein gebrauchter Starbucks-Becher.

Massie kniete hinter der Hecke, die Landons Grundstück von dem der Nachbarn trennte, und weil es so kalt war, drückte sie Bean fest an sich. Durch das stachlige Gestrüpp getarnt, überwachte sie das zweistöckige Haus und suchte nach irgendeinem Hinweis, dass sich Vogelbein dort gerade aufhielt. Dabei verfluchte sie Landons Mom für die idiotische Anlage des Gartens. Hätte sie nicht ein paar Büsche direkt vors Haus pflanzen und Massie damit einen ungestörten Blick auf die Front ermöglichen können?

Einen kurzen Augenblick fragte sie sich, ob sie das Schönheitskomitee hätte mitnehmen sollen, denn dann hätte eines der Mädchen gleichzeitig die andere Seite des Hauses überwachen können. Aber die Mädchen hatten auf der Party nur

Augen für ihre neuen Verehrer gehabt und sich nicht einmal die Zeit genommen, sie nach Vogelbein zu fragen.

Wenn das SK da gewesen wäre, hätte es Massies Outfit sicherlich eine solide 9,75 gegeben. Aber da sie allein war, war es an Bean hängen geblieben, mit einem *Wiff* die burgunderfarbene Seidentunika abzusegnen, die Massie extra ausgewählt hatte, um in den Bergen von Herbstlaub vor Landons Haus gut getarnt zu sein. Außerdem passte die Tunika perfekt zu den kaschmirweichen Jeans, die so gemütlich waren, dass sie damit stundenlang Landons Date mit Vogelbein ausspionieren konnte. Und die hellbraunen Wildlederstiefel würden ihre Füße warm halten, auch wenn ihr Herz zum Eisblock gefroren war.

»Was glaubst du, wie er sich jetzt gerade auf sie vorbereitet?«, flüsterte sie Bean zu und fragte sich, ob eines der seitlichen Fenster wohl zu seinem Zimmer gehörte. Frischte er seinen CK-Eternity-Summer-Duft auf? Wählte er zwischen Puma und Prada? Benutzte er Zahnseide, falls sie sich auf den Mund küssen würden? Es gab unzählige Möglichkeiten.

Auf dem Boden neben ihr leuchtete das iPhone auf. Massie tastete blindlings in den Blättern herum, ohne den Blick vom Haus abzuwenden. Als sie das Telefon gefunden hatte, hielt sie es in Augenhöhe.

KRISTEN: WO WARST DU GESTERN ABEND? D & ICH WAREN MIT DER BAND ZUSAMMEN. RATE MAL, WER JETZT DER TOTALE GROUPIE IST?

Mit der Band? Bevor Massie sich etwas ausdenken konnte, das zehnmal mehr Alpha war, als bei Pup-A-Palooza mit einer Schulband abzuhängen, brummte ihr Handy erneut.

DYLAN: BIN ICH GAR NICHT! ☺ PS: LUKE GIBT MIR MORGEN NACH DER SCHULE SCHLAGZEUGUNTERRICHT. FAHRE ALSO NICHT MIT EUCH IM RANGE ROVER.

Das beruhigende Pochen von Beans Herz unter ihrem zur Tunika passenden burgunderfarbenen Hundepulli sorgte dafür, dass Massie sich nicht ganz allein fühlte. Aber trotzdem hatte sie noch nie ohne das SK irgendwo auf der Lauer gelegen. Es war so ähnlich, als ginge man allein in eine Anprobekabine. Das machte nur Sinn – und Spaß –, wenn das Schönheitskomitee dabei war. Aber gestern Abend hatten ihre Freundinnen ihr eines deutlich zu verstehen gegeben: Sie interessierten sich mehr für ihren eigenen Aufstieg als dafür, Massies Schwarm zu beobachten. Und deshalb musste sie diesmal solo spionieren.

Bean befreite sich aus Massies Griff und rollte sich neben ihren Knien auf einem Blätterhaufen zusammen. Massie legte das Handy weg und überdachte das ÄFJK-Ältere-Frauen-Jungs-Klau-Potenzial von Vogelbein. Massie musste ihr mindestens eine 8 von 10 geben. Sie hatte Stil, ihr Augen-Make-up war perfekt und Bark fraß ihr aus der manikürten Hand.

Ein Schauder breitete sich von Massies Zehen bis zu ihrer Tunika aus, aber daran war nicht der Herbstwind schuld, der durch die Hecke pfiff. Eine 8 von 10 machte Vogelbein zu einer echten Gefahr für jede Beziehung. Das war Alarmstufe Orange. Das einzige, was sie daran hinderte, zu Alarmstufe Rot zu werden, war ihr Eau-de-Leber-Geruch.

Das gedämpfte Wummern eines Basses riss Massie aus ihren Gedanken und ließ Bean von ihrem Blätterhaufen hochfahren. Sie gab ein leises Knurren von sich, als das Brummen eines Automotors die kühle Luft zerriss.

»Oh mein Gott. Das ist sie.« Massie wühlte hektisch in ihrer Tasche, holte ihre neu überarbeitete Gucci-Sonnenbrille heraus und betrachtete sie genau. Die Brille war eine Eilbestellung bei Layne gewesen, die Fernglas-Linsen in den schmalen Rahmen eingebaut hatte. Und nach der Hundeschuh-Katastrophe vom Vorabend war sie sogar bereit gewesen, es umsonst zu tun. Und jetzt konnte Massie Vogelbein dreihundertmal größer sehen als normal.

Am anderen Ende der Auffahrt tauchte ein silbernes Mini-Cooper-Cabrio auf und rollte unter den Klängen des neuesten Killers-Songs aufs Haus zu. Obwohl es so kalt war, war das Verdeck offen. Vogelbeins glänzende schwarze Locken wehten im Fahrtwind und umrahmten ihr Gesicht absolut perfekt, ohne an ihrem Gloss kleben zu bleiben. Mit leicht geöffnetem Mund zupfte Massie eine klebrige Strähne ihres eigenen Haars von ihrer Unterlippe.

Der Mini Cooper umrundete die halbkreisförmige Einfahrt und kam vor dem Haus zum Stehen. Auf dem Beifahrersitz lag eine mit Nieten besetzte bronzefarbene Tasche.

Einen Führerschein, ein wundervolles Auto und Haare, die allen Naturgesetzen trotzten? Damit stieg Vogelbein zu einer 9,5 auf. Alarmstufe Rot. Trotz Lebergeruch. Eine Riesenwelle Unsicherheit umspülte Massies Herz.

Vogelbein zog den Zündschlüssel ab und die Musik verstummte. Die Fahrertür schwang auf und ein Stiefel mit Keilsohle trat auf den Beton. Um ihre Knie wehte ein kanariengelbes Sweater-Kleid, wie um zu beweisen, dass sie keine Angst vor grellen Farben hatte. Massie verdrehte die Augen. Vogelbein *musste* Kanariengelb tragen. Ein schräg hängender Ledergürtel betonte ihre schmalen Hüften, ohne zu sehr von ihrem Gesicht abzulenken.

Massie setzte ihre Sonnenbrille auf und beugte sich vor, um besser sehen zu können. Durch die Vergrößerungslinsen hatte sie einen perfekten Blick auf Vogelbeins Kinn und ihren Ausschnitt. Matt, porenlos und weiß wie Porzellan. Die Unsicherheitswelle wuchs zu einem Tsunami heran.

Bean leckte beruhigend an der Jeans über Massies Oberschenkel. Aber das Funkeln ihrer Knopfaugen verriet, dass sie darauf brannte, auf dem Beifahrersitz des schicken silbernen Cabrios mitzufahren.

Massie warf die Brille neben sich auf den Boden und beobachtete, wie Vogelbein auf die blau gestrichene Haustür zuging. Kein Letzte-Minute-Wangenkneifen für etwas Farbe im Gesicht oder eine schnelle SMS an die BF zum Mutmachen. Es war fast, als wäre es ihr vollkommen egal, was Landon von ihr dachte.

Ohne das geringste Zögern packte Vogelbein den Türgriff und ließ sich selbst ein. Massie richtete sich auf ihren Knien so weit auf, wie es ging, weil sie hoffte, einen Blick auf Landon erhaschen zu können. Aber alles, was sie sah, war das Zufallen der blauen Tür und das sorgte dafür, dass sie sich ausgestoßener fühlte als jemals zuvor in ihrem Leben.

Eine Stunde später, als Bean längst wieder in ihrem Blätterhaufen schlief, dankte Massie Gott dafür, dass sie mit ihrem iPhone ins Internet konnte. Vogelbein zusammen mit Landon und Bark war genauso unvorstellbar, wie ihre Eltern beim Küssen – zu schrecklich, um auch nur daran zu denken. Also hatte sie einfach versucht, nicht dran zu denken. Stattdessen hatte sie sich eine Online-Therapie-Shoppingsitzung gegönnt, um den Schmerz in ihrem Herzen zu betäuben. Wenn sie Landon schon nicht haben konnte, gab es immer noch Lanvin.

Bean stieß einen kleinen, deprimierten Schnarcher aus. Um sich ein wenig zu trösten, streichelte Massie die weichen Ohren ihres Hündchens und sah zum millionsten Mal auf die Uhr ihres Handys. Vielleicht sollte sie es einfach aufgeben und Bean nach Hause bringen. Mittlerweile war ihr Herz nicht mehr der einzige taube Körperteil: Auch das Gefühl in ihren Fingerspitzen hatte sich irgendwo zwischen ShopStyle.com und CoutureCandy.com verflüchtigt.

Genau in diesem Moment ging Landons Haustür auf und Vogelbein tauchte mit Bark an einer Burberry-Leine auf. Langsam und schmerzerfüllt humpelte Bark voran und wimmerte bei jedem Schritt. Vogelbein bückte sich, massierte vorsichtig seine Pfote und redete ihm beruhigend zu.

»Oh mein Gott, Bean«, zischte Massie ihr zu. »Bark ist eine noch schlimmere Drama-Queen als Layne.«

Beans Augen flogen auf, als sie den Namen ihres Angebeteten hörte. Als sie Bark sah, sprang sie auf und wollte zu ihm rasen. Massie erwischte sie gerade noch an ihrem Kaschmir-Hundepulli und zog sie zurück ins Versteck.

Während Vogelbein Bark die Auffahrt hinunterführte, starrte Massie die Haustür an und wartete darauf, dass Landon erschien. Wo war er? Und wo wollte Vogelbein ohne ihn hin?

Bean entblößte ihre professionell geweißten Reißzähne und stellte sich anscheinend dieselbe Frage.

»Es gibt nur einen Weg, das herauszufinden«, sagte Massie und stand auf. In ihren Stiefeln kribbelte es, als würde sich darin ein ganzer Ameisenhaufen befinden. Das kam zum Teil daher, dass Massie die letzte Stunde auf ihren Füßen gesessen hatte. Aber ein anderer Teil war Angst. Nicht zu wissen, was Vogelbein vorhatte, war ungefähr so, als merkte man erst am Ende eines langen Schultages, dass man seinen Minirock aus Versehen in die Strumpfhose gestopft hatte. Solange man es nicht wusste, war es nur peinlich, aber wenn man es merkte, war es peinlich hoch zehn.

Massie schüttelte das Kribbeln erst aus einem Fuß und dann aus dem anderen, wischte die Blätter ab, die am Hintern ihrer Jeans klebten, und machte sich bereit, dem Vogel zu folgen.

In dem Moment, in dem Vogelbein und Bark auf die Straße traten, schnappte sich Massie ihren Hund und rannte auf Zehenspitzen über den mit Blättern übersäten Rasen hinter ihnen her. Beans aufgeregtes Schnaufen spornte Massie bei ihrer Mission Wahrheitssuche noch mehr an. Landon Crane war der anbetungswürdigste, stilvollste und reifste Schwarm, den sie je gehabt hatte. Und sie würde ihn garantiert nicht kampflos aufgeben. Auch wenn es ein total unfairer Kampf war, weil sie es mit einem Mini-Cooper-Cabrio und von Natur aus krisselfreiem Haar aufnehmen musste.

Als Massie und Bean in die ahorngesäumte Straße einbogen, waren Vogelbein und Bark nur noch ein paar Schritte vor ihnen, weil Barks wehleidiges Gehumpel ihn noch langsamer machte als ein voller Bauch. Massie ging hinter einem schwarzen Luxus-Geländewagen in Deckung, der vor Landons Nachbarhaus parkte, dabei knallten ihre Knie hart auf den Asphalt. Der Schmerz war grausam und sie musste einen Aufschrei unterdrücken. Bean schnupperte sich vorwärts bis zu einem der Vorderreifen.

Langsam kroch Massie hinter dem Geländewagen hervor, um Vogelbein nicht aus den Augen zu verlieren.

»Äh, ich weiß, dass du da bist.« Vogelbeins Stimme wehte zu Massie hinüber. »Ich kann dein Oma-Parfüm riechen.«

»Wie bit-te?« Massies Ängste verwandelten sich augenblicklich in Wut. Sie drückte Bean schützend an sich, die einen damenhaften Nieser von sich gab.

»Landon hat gestern Abend zwei Flaschen Hundeshampoo gebraucht, um diesen Geruch aus Barks Fell zu waschen«, sagte Vogelbein kühl.

»Wenigstens rieche ich nicht nach Leber«, fauchte Massie und wünschte, sie hätte mehr Zeit gehabt, um sich etwas Besseres auszudenken.

Vogelbein blieb stehen und fuhr herum. Massie trat instinktiv einen Schritt zurück und bedauerte es sofort. Mädchen aus der Highschool waren wie Hunde. Sie witterten Angst.

Vogelbein kniete sich auf den Boden und streckte die Hand aus. Darin war ein kleiner roter Leber-Hundekuchen. Bark verschlang ihn zufrieden und Bean zappelte in Massies Armen, denn sie wollte unbedingt zu Bark und auch ein Leckerli abstauben.

Also bit-te. Kein Wunder, dass Bark so verrückt nach Vogelbein war. Massie hätte ihn auch die ganze Zeit bestechen können. Allerdings war sie nie auf die Idee gekommen.

»Barks arme Nase zu quälen, ist natürlich kein Vergleich dazu, was du seiner Pfote angetan hast.« Vogelbein nahm Bark hoch und klemmte ihn sich unter den Arm.

»Oh mein Gott, das war ein Unfall!« Massie fühlte, wie ihre Wangen denselben Rotton annahmen wie ihre Tunika.

»Tatsächlich?« Vogelbein blinzelte. »Und was war mit diesen hässlichen Hundeschuhen? Waren die auch ein Unfall?«

Das war LAYNES SCHULD!, hätte Massie am liebsten geschrien. Aber seit wann schuldete sie Vogelbein eine Erklärung?

Massies iPhone brummte in ihrer hinteren Hosentasche. Sie setzte Bean auf dem Bürgersteig ab und griff nach dem Handy. Bean flitzte sofort zu Bark. Vogelbein setzte ihn vorsichtig ab und Bean überschüttete ihn mit kleinen Hundeküsschen. Bei Hunden war das so viel einfacher als bei Menschen.

CLAIRE: HEY. WIE WÄR'S, WENN WIR MAL MITEINANDER REDE. . .

Massie steckte das Handy wieder weg, ohne auf den Rest zu warten. Claire würde es verstehen. Schließlich hatte sie ihre alten Freundinnen für ein paar Mädels aus der Highschool abserviert.

»Damit will ich sagen«, fuhr Vogelbein fort und warf selbstgefällig ihre Haare zurück, »dass du ernsthaften Schaden angerichtet hast. Du kannst nur froh sein, dass diese Schuhe seinen Knochenbruch nicht verschlimmert haben.«

Schuldgefühle ergriffen Massies Magen und quetschten ihn aus wie Kendras neue Super-Saftpresse. Der Herbstwind, der durch die Bäume fuhr, schien mit jeder Sekunde kälter zu werden und biss in Massies klamme Haut.

Als sich die Schuldgefühle gelegt hatten, tauchte der Ärger wieder auf. Für wen hielt sich dieses Mädchen eigentlich? Nur weil sie einen eintätowierten Vogel auf dem Bein hatte, war sie noch lange keine Expertin für Haustiere. Da konnte man ebensogut behaupten, dass Dylan die perfekte Richterin für das *Kochduell* war, nur weil sie die Nummer vom Lieferservice des Chinesen dauerhaft auf ihrer Handfläche verewigt hatte.

»Entschuldige mal, aber bist du beim Secret Service?« Massie holte tief Luft und stemmte die Hände in die Hüften.

»Was?« Vogelbein hielt den Kopf etwas schief und sah verwirrt aus. »Nein.«

»Und wieso bewachst du Obama dann rund um die Uhr?«

Vogelbein kicherte und ihre Augenfarbe wandelte sich von Eisblau zu einem warmen Saphirton.

Massies Chanel No. 19 brannte an Handgelenken und Schläfen. Machte sich Vogelbein etwa über sie lustig?

»Nicht schlecht.« Vogelbein lächelte und kraulte Bark mit der Spitze ihres Stiefels den Rücken. »Aber tatsächlich bin ich seine Physiotherapeutin.«

Seine was? Vogelbein holte noch zwei Leber-Leckerli aus einer Tasche, die an ihrem Gürtel hing. Massie widerstand nur mit Mühe der Versuchung, ihr Beans Hundekuchen aus der Hand zu reißen und sie selbst zu füttern. Das Letzte, was sie jetzt brauchte, war, auch noch Bean an Vogelbein zu verlieren.

»Meine Eltern sind Barks Tierärzte, und als er sich die Pfote verletzt hat, habe ich angeboten, seine Therapie zu übernehmen«, erklärte sie. »Ich gehe nächsten Herbst aufs College und nehme Kurse in Tiertherapie.« Sie strich sich eine dunkle schimmernde Strähne hinters Ohr. »Ich heiße übrigens Mary.«

»Massie.« Massies Unterlippe klappte ein wenig nach unten und fühlte sich dabei ganz rau an.

»Ich weiß«, sagte Mary nur.

Plötzlich klärten sich alle Fragen der letzten zwei Wochen wie von selbst. Es war so, als wären Massies Pupillen die ganze Zeit erweitert gewesen und als könne sie erst jetzt wieder scharf sehen. Trotzdem weigerte sie sich, sofort wieder Hoffnung zu schöpfen. Nur weil Vogelbein einen Job hatte, bedeutete das nicht, dass sie keine Bedrohung darstellte. Man brauchte ja nur an all die Berühmtheiten zu denken, die sich in ihre Angestellten verknallt hatten: Britney und ihr Agent, Jude und seine Nanny, Madonna und ihr persönlicher Trainer, Madonna und ihr anderer persönlicher Trainer . . . und jetzt Landon und seine Hundetherapeutin?

»Ich schätze, damit hat Landon zwei zum Preis von einer gekriegt«, sagte sie und presste den Zeh auf den Asphalt. »Eine Therapeutin und Freundin zugleich.« Sie hielt den Blick auf die Straße gesenkt, weil sie die Wahrheit in Vogelbeins porenfreiem Gesicht nicht sehen wollte.

»Eine Freundin?«, schnaubte Vogelbein und ihre goldenen Ohrringe klimperten belustigt. »Nie im Leben.«

Massies Kopf fuhr hoch. Sie suchte in den Augen des älteren Mädchens nach einem Anzeichen für eine Lüge. Aber alles, was sie entdecken konnte, war das perfekte Make-up.

»Landon ist total süß, aber ich stehe nicht auf jüngere Partner.« Vogelbein grinste. »Mein Freund studiert seit diesem Jahr an der Columbia-Uni.«

»Ehrlich?« Massies Stimme bebte vor Erleichterung, Scham und Verlegenheit. In ihren Augenwinkeln brannten Tränen, die ihr Make-up und ihren Ruf zu ruinieren drohten. Warum hatte sie nicht die Sonnenbrille aufbehalten? Und wieso hatte sie ausgerechnet an diesem Tag nicht die wasserfeste Wimperntusche genommen?

»Ehrlich. Ist alles in Ordnung?« Mary kam auf Massie zu und hielt den Kopf auf eine Weise zur Seite geneigt, die sagte: *Du kannst mir alles sagen. Ich gehe im Herbst aufs College und nehme deine peinlichen Geheimnisse mit.*

Massie schüttelte langsam den Kopf und widerstand der Versuchung, das Gesicht an Marys kanariengelbe Schulter zu lehnen und so lange zu heulen, bis sie ganz ausgedörrt war. Stattdessen kniff sie die Lippen zusammen, als könnte sie ihre ganze Jungs-Unsicherheit in sich einsperren und sie für immer dort lassen.

»Komm her.« Mary legte einen Arm um Massies bebende Schulter und führte sie zum Bordstein. »Was ist los?«, fragte sie, setzte sich auf die Betonkante und klopfte neben sich auf den Stein. Massie ließ sich neben ihr nieder und die Hunde rollten sich zwischen ihnen zusammen.

Vielleicht war es das Mitgefühl in Marys älteren, weiseren Augen. Oder es war die raue Wärme von Beans kleiner Zunge, die über ihre Hand leckte. Aber plötzlich konnte Massie es nicht länger für sich behalten. Sie erzählte Mary alles: Wie sie von jedem ihrer bisherigen Verehrer sitzen gelassen worden war. Dass sie Landon jetzt auch verlieren würde. Und dass der Aufstieg ihre Idee gewesen war und dass ihre Freundinnen jetzt mit ihren neuen oder alten Freunden richtig Gas gaben, während sie auf der Stelle trat.

Als sie sich alles von der Seele geredet hatte, nickte Mary auf eine *Oh-wie-ich-das-kenne*-Weise. »Das hört sich an, als hättest du viele Freunde gehabt, aber nicht den richtigen.«

»Bis ich Landon getroffen habe.« Massie schauderte und wischte sich mit dem Handrücken über die Augen.

»Ja, er ist ein toller Typ.« Mary lächelte und stupste Massies Knie mit ihrem an. »Es hört sich so an, als würde er viel besser zu dir passen.«

Massie nickte erschöpft und beim Gedanken an seine Prada schossen ihr neue Tränen in die Augen.

»Außerdem hört es sich so an, als würdest du ihn mögen,

weil er so ist, wie er ist«, sagte Mary. »Ich meine, hast du diese anderen Jungen wirklich geliebt oder fandest du es nur toll, einen Freund zu haben?«

Massie blinzelte und ging in Gedanken die Liste ihrer Freunde durch. Da war Derrington mit seinen der Jahreszeit nicht angemessenen Beinkleidern und seinem peinlichen Po-Gewackel. Und dann war da Dempsey, der über nichts anderes sprach als Afrika, die Umwelt und gute Taten. Und wie viele öde Fußballspiele hatte sie sich angesehen und war mit dem Hintern fast auf der Tribüne festgefroren, obwohl sie viel lieber mit ihren Freundinnen im Einkaufszentrum gewesen wäre?

Verstand Mary womöglich mehr von Beziehungen als Oprah?

»Der perfekte Freund ist nicht der, der dich dazu bringt, so zu tun, als wärst du jemand anders«, sagte Mary weise und kraulte Barks Ohren. »Der perfekte Freund will dich genau so haben, wie du wirklich bist.«

Massie nickte langsam und saugte Marys Weisheit in sich auf wie Feuchtigkeitscreme. Vielleicht waren ihre Exfreunde wirklich die falschen gewesen. Vielleicht waren sie nur dazu da gewesen, ihr zu zeigen, was ihr bei einem Jungen wirklich wichtig war: Stil, ein total süßer Hund und eine Abneigung gegen Shorts im Winter. Und all diese Dinge besaß Landon Crane.

»Danke«, sagte sie hastig und sprang vom Bordstein auf. »Ich muss etwas finden.« Sie klemmte sich Bean unter den Arm wie einen Football, richtete den Blick auf Landons Briefkasten und sprintete auf ihren Angebeteten zu.

»Was denn?«, rief Mary ihr nach.

Massie schloss die Augen und spürte die kühle Brise auf ihren liebesrosigen Wangen. »Mich!«

WESTCHESTER, NEW YORK
VOR DEM GOURMET AU LAIT

Sonntag, 16. November
13 Uhr 32

Claire saß zwischen Layne und Cam eingequetscht auf der Holzbank vor dem Gourmet au Lait. Sie nahm den Plastikdeckel von ihrem roten Pappbecher ab und pustete in den Dampf, der aus der heißen Schokolade mit den geschmolzenen Jumbo-Marshmallows aufstieg. Die zuckrige Süße des Getränks mischte sich mit Cams holziger Duftnote und sorgte dafür, dass sie sich fühlte, als würde sie schweben. Den Nachmittag mit Layne und Cam zu verbringen, machte so viel Spaß, dass sie fast vergessen konnte, dass Massie nicht eine einzige ihrer SMS beantwortete hatte. Nicht einmal die, die sie mit DRINGEND X 10 markiert hatte.

»Warte. Warte«, sagte Cam mit dem Mund voll Haselnuss-Schlagsahne. Winzige Sahnetröpfchen flogen in eine Gruppe vorbeikommender Erwachsener, die alberne Weihnachtsmannmützen trugen und ihre Weihnachtseinkäufe machten. »Rosa Federn und Glitzerkram?«

»Ganz genau.« Layne nickte und sah stolzer aus als das eine Mal, als sie eine ganze Tüte Gummitiere mit Meerettichgeschmack, gedippt in feurige Soße, gegessen hatte, ohne zwischendurch ihre Coke Zero anzurühren. »Schühchen, die nur eine Mutter lieben kann.« Ihre Augen funkelten vor Stolz und dem dicken lila Lidstrich.

»Der arme Bark«, kicherte Claire und rutschte ein bisschen dichter an Cam heran.

»Voll scharf«, prustete Cam und nahm einen großen Schluck von seinem Getränk. Als er den Becher wieder absetzte, klebte auf seiner Nasenspitze ein kleiner Fleck Schlagsahne. Claire verspürte den plötzlichen Drang, sich zu ihm zu beugen und den süßen Schaum wegzuküssen. Cara – die Freundin von Doug aus der Neunten – hätte es wahrscheinlich getan. Aber Claire schlang nur die Hände um ihren Becher, um sie zu wärmen, und hoffte, dass ihre Freunde dachten, dass es die heiße Schokolade war, die ihre Wangen so rot gefärbt hatte. Ihrem Freund so nah zu sein, bestätigte nur, was sie längst wusste: Cam war der absolute Aufstiegstyp, auch wenn er genau wie sie in der Achten war.

»Wollen wir als Nächstes zu Godiva gehen und ein paar kostenlose Proben abgreifen?« Layne grinste verschmitzt. »Diese Woche sind es in Kirschlikör getauchte Graham Cracker.«

Cam tat so, als müsste er sich übergeben. Dann beugte er sich vor und warf seinen leeren Pappbecher in den schwarzen Mülleimer neben Layne.

»Ich wette, dass ich eine ganze Packung essen kann, bevor mich die Verkäuferin am Probentisch böse ansieht.«

»Bitte dreffen Sie Ihre Wahl uhnd bezaahlen Sie.« Claire konnte die näselnde Stimme der Verkäuferin perfekt nachmachen. Sie lachte und griff unter der Bank nach ihrer gelben Tasche. »Ich bin dabei«, sagte sie und warf einen unauffälligen Blick auf ihr mit Glitzersteinchen besetztes Motorola.

KEINE NEUE NACHRICHT.

Bei diesen Worten auf dem Display sanken Claires Schultern. »Aber wir müssen vorher noch einen kleinen Zwischenstopp einlegen«, sagte sie und klopfte auf die Tasche, die sie jetzt auf dem Schoß hatte. Das Klimpern darin ließ sie an ein Glücksbringer-Armband denken, was sie an Massie erinnerte und noch tiefer in sich zusammensinken ließ.

»Wo denn?« Cam schob die Hände in die Taschen seiner jagdgrünen Windjacke und sah sie neugierig an.

Claire zuckte nur mit den Schultern und versuchte, geheimnisvoll auszusehen.

Layne hob die rechte Augenbraue. Sie schwebte wie eine pelzige Raupe über ihrem türkisfarbenen Lidschatten.

»Du machst mich neugierig, Lyons.« Sie setzte ihren Pappbecher an und legte den Kopf zurück, um hastig die letzten Schlucke zu trinken. Der Plastikdeckel rutschte ab und dampfend heiße Schokolade ergoss sich über ihr geripptes graues Top im Unterwäsche-Stil.

Um nichts abzubekommen, sprangen Cam und Claire hektisch von der Bank auf.

»Auuuu.« Layne wischte sich das Gesicht mit dem Saum ihres Unterhemds ab und betupfte dann vorsichtig ihre verbrühte Zunge. »Tsunge verbrannt«, nuschelte sie.

Claire musste sich vor Lachen an Cams Windjacke anlehnen und wünschte, sie könnte sich dort einkuscheln und für immer bleiben. Oder wenigstens, bis Massie wieder mit ihr redete.

Aber das ging nicht. »Kommt. Lasst uns gehen«, sagte sie und warf sich ihre Tasche über die Schulter. Schon nach ein paar Schritten musste sie einer silbernen Trittleiter ausweichen, auf der eine Frau stand, die das Schaufenster des Coffeeshops mit einer grünen Girlande mit roten Schleifen dekorierte. Cam und Layne folgten ihr.

»Gib mir wenigstens einen Hinweis«, flüsterte Cam ihr ins Ohr und schickte damit einen verliebten Schauer über ihren Rücken. Aber sie schwieg.

»Du wirst es gleich sehen«, ärgerte sie ihn.

»Toll. Jetzt werde ich von den Proben überhaupt nichts schmecken.« Layne wackelte traurig mit der Zunge, wie es Bean auch immer machte, wenn sie zwischendurch ein Häppchen erbetteln wollte.

Claire führte ihre Freunde über den gepflasterten Fußweg auf den großen Platz am Ende der Main Street zu, wobei sie Kinder auf Fahrrädern und Ladenbesitzer, die ihre Fenster mit unechtem Schnee besprühten, zum Slalomlaufen zwangen. Ihre Umhängetasche fühlte sich schwer an, aber nicht so schwer wie ihr Herz, wenn sie an ihre leere Nachrichtenbox dachte. Sie wünschte, Massie würde ihr wenigstens eine Beleidigung schicken. Alles war besser als diese Funkstille.

Endlich konnte Claire ihr Ziel sehen: den Wunschbrunnen auf dem Marktplatz von Westchesters belebter Innenstadt. Das Wasser des von gepflegten Blumenbeeten umgebenen Springbrunnens war durch die dicke Schicht Kupfermünzen am Grund bräunlich verfärbt.

Wenn Claire in der Stadt war und zufällig noch etwas

Kleingeld in der Hosentasche hatte, blieb sie manchmal am Brunnen stehen und wünschte sich irgendwelche Kleinigkeiten: zum Beispiel, dass sie und Cam wie durch ein Wunder gleichzeitig bei G-Chat waren. Oder dass Todd endlich aufhörte, die Milchpackung wieder in den Kühlschrank zu stellen, obwohl darin nichts mehr war außer seiner Spucke, und dass ihre Haare wenigstens einmal pro Woche perfekt saßen. Aber heute hatte sie wichtigere Dinge zum Wünschen. Und deswegen hatte sie sich gut vorbereitet.

»Da sind wir«, verkündete sie und suchte die Umgebung des Brunnens nach einem ruhigen Plätzchen ab. Ein paar Familien hatten in der Umgebung ihre Kinderwagen geparkt und ein Skater mit einem Stoppelschnitt drehte gelangweilt seine Kreise um die Blumenbeete. Claire entschied sich für eine Stelle zwischen einem älteren Ehepaar und drei kleinen Kindern, die Cheerios in den Brunnen warfen, wenn ihre Mutter gerade nicht hinsah.

»Was ist der Plan?«, fragte Layne und ließ den Blick von Claire zum Springbrunnen und wieder zurück schweifen.

»Wir wünschen uns etwas für den Rest des Schuljahrs«, verkündete Claire. Bis jetzt hatte nichts von dem, was sie versucht hatte, um das SK zusammen, glücklich und dramafrei zu halten, funktioniert. Deswegen musste sie jetzt auf ein bisschen Magie vertrauen.

»Cool«, sagte Cam ermutigend. Er klopfte die Taschen seiner Windjacke ab. »Ich habe nur kein ...«

»Kein Problem.« Claire hockte sich auf den Marktplatz und zog den Reißverschluss ihrer Tasche auf. Darin waren drei Plastiktüten mit Kupfermünzen, eine für jeden von ihnen. Sie warf Cam und Layne je eine davon zu und behielt die dritte Tüte.

»Bereit?«, fragte sie ernst und nahm die erste Münze zwischen Daumen und Zeigefinger. Sie war ein bisschen klebrig, denn die einzigen Tüten, die sie zu Hause hatte finden können, waren solche, in denen irgendwann einmal Gummibärchen gewesen waren. »Also los.« Sie schnippte den ersten Cent in den Brunnen und schloss die Augen, als er übers Wasser hüpfte.

Ich wünschte, meine Freundinnen würden nicht länger verlangen, dass ich sofort erwachsen werde.

Plitsch. Eine leichte Brise wehte über den Platz. Claire bekam eine Gänsehaut und hoffte, dass das ein Zeichen des Universums gewesen war. Sie hatte nicht mehr so viel gegen Neuntklässler, seit sie Laynes Freunde kennengelernt hatte. Aber was sprach dagegen, auch in der Achten glücklich zu sein?

PLAAAATSCH!

Ein Schwall Brunnenwasser spritzte auf Claires grünes Angora-Kapuzenshirt und ihre Augen klappten wieder auf.

»ICH WÜNSCHE MIR, DASS MEINE PFOTENKAMERAS PATENTIERT WERDEN UND ICH VOR VIERZEHN SCHON MILLIONÄR BIN«, brüllte Layne, eine vollkommen leere Tüte in der Hand.

»Layne!«, schimpfte Claire kichernd. »Da waren mindestens fünfzig Cent drin!«

Layne zuckte die Achseln. »Aber ich wünsche mir WIRKLICH, dass dieser Traum in Erfüllung geht.«

»Dumm gelaufen«, sagte Cam frech und schnippte eine

seiner Münzen über das Spritzwasser der Düse, als wollte er Extrapunkte beim Papierknäuel-Fußball verdienen. »Wenn man die Wünsche laut ausspricht, gehen sie auf keinen Fall in Erfüllung.«

Claire nickte zustimmend.

»Falsch!« Layne sprang auf Claires Tüte zu und schnappte sich eine Handvoll Münzen. »ICH WÜNSCHE, DASS CLAIRE UND CAM MICH ZUM TOTLACHEN WITZIG FINDEN.« Sie warf die Münzen in Richtung Becken und alle bis auf eine prasselten ins Wasser. Die letzte prallte vom Rand des Brunnens ab und landete auf dem hellbraunen Gesundheitsschuh einer alten Dame neben Claire.

»LAYNE!« Claire und Cam prusteten los. »HÖR AUF DAMIT!« Claire lächelte die alte Dame entschuldigend an, aber die ergriff die Hand ihres Mannes und schlurfte mit ihm auf die andere Seite des Springbrunnens.

»Seht ihr?« Layne breitete die Arme weit aus. »Ihr habt gelacht.«

Claire schüttelte den Kopf und machte wieder die Augen zu. *Ich wünsche dass Cam und Layne und ich immer Freunde bleiben. Immer.* Inmitten des ganzen SK-Theaters waren Cam und Layne ihre Rettungsanker gewesen, das Freunde-Gegenstück zu Massies geliebten Citizen-Jeans und dem schwarzen BCBG-Top.

Claire blinzelte durch das linke Auge und warf Cam einen verstohlenen Blick zu. Er schien sich gerade etwas zu wünschen. Sie klappte das Auge wieder zu. *Ich wünsche, dass Cam und ich uns dasselbe wünschen.*

Plitsch.

»ICH WÜNSCHE, DASS ICH IN UNSEREM MUSICAL IM FRÜHJAHR DIE HAUPTROLLE KRIEGE, VON EINEM AGENTEN ENTDECKT UND BERÜHMT WERDE UND MEINE EIGENE KOLLEKTION HANDBEMALTER TURNSCHUHE HERAUSBRINGE«, brüllte Layne.

»Du hast doch gar keine Münzen mehr«, murmelte Claire aus dem Mundwinkel. Dann fiel ihr ein weiterer Wunsch ein.

Ich wünsche, dass Massie nicht länger sauer auf mich ist, weil ich meinen Freund so liebe und gern neue Freunde hätte.

Plitsch.

Plötzlich hatte Claire einen Klumpen im Hals. Es fühlte sich an, als wäre ihr ein Riesen-Marshmallow auf halbem Weg durch die Speiseröhre stecken geblieben. Sofort traten ihr Tränen in die Augen und ihr ganzes Freudinnen-Dilemma fühlte sich so schwer an wie eine Million Tüten mit Münzen. Warum musste immer alles so kompliziert sein? Warum konnte sie nicht einfach ihre eigenen Freunde und ihren eigenen Freund auswählen und damit glücklich sein?

Layne trat an Claire heran und drückte sie von der Seite kurz an sich. Es war, als verstünde sie genau, was in Claire vorging, auch ohne dass sie es aussprechen musste.

»Danke«, schniefte Claire und blinzelte hastig die Tränen weg, bevor Cam sie sah. Aber er schnippte noch immer pflichtbewusst seine Münzen ins Wasser, die Augen fest geschlossen. Claire durchströmte ein erneuter Schwall Liebe.

»Hey. Habt ihr Lust, heute Nachmittag mit mir, Cara und

Syd abzuhängen?«, fragte Layne. »Im Gemeindetheater ist heute Matinee.«

»Mal sehen. Was wird denn gespielt?«

»Westchester Side Story.« Layne grinste. »Es wird von den Kiddies gespielt, aber da Syd es mit ihnen einstudiert hat, gehen wir alle hin.«

Claire nickte unsicher. Ein Teil von ihr wollte einfach nur nach Hause, sich auf der Couch zusammenrollen und vergessen, dass es diese Woche jemals gegeben hatte.

»Und danach hängen wir meistens noch zusammen ab. Das wird lustig.«

Cam machte die Augen auf und verstaute die Münztüte in der Tasche seiner Windjacke. »Ohne mich«, erklärte er nachdrücklich. »Ich musste letzte Woche schon zur Kindergarten-Aufführung meines kleinen Cousins. Und das Ganze auch noch filmen.« Er schüttelte sich bei der Erinnerung daran.

»Na?« Layne sah Claire erwartungsvoll an. »Lust auf einen Mädelsabend?«

Claire zögerte und starrte auf den Boden. Wenn es nur so einfach wäre, wie es sich bei Layne anhörte. Klar, die älteren Mädchen waren cool, und bei der Auktion mit ihnen abzuhängen, hatte Spaß gemacht. Aber wie sollte sie sich mit neuen Freundinnen amüsieren, wenn Massies Funkstille so laut dröhnte, dass sie kaum einen klaren Gedanken fassen konnte?

Sie kniff die Augen zu, nahm eine weitere Münze aus der Tüte und schleuderte sie verzweifelt in den Brunnen.

Ich wünschte, ich müsste mich nicht entscheiden.

WESTCHESTER, NEW YORK
BEI LANDON

Sonntag, 16. November
13 Uhr 37

Massies und Beans Spiegelbild im Messingtürklopfer von Landons Haus ließ sie aussehen wie riesige Wackelkopfpuppen und genauso zittrig fühlte sich Massie auch.

»Wünsch mir Glück«, flüsterte sie ihrem Hund zu und beugte sich dichter an das polierte Messing, um rasch ihren Gloss zu überprüfen. Der verblasste Schimmer ihres Glossip Girls mit Zimtgeschmack war kaum noch sichtbar, aber an Nachglossen war nicht zu denken. In ihrer Eile hatte sie ihre Tasche bei Mary und Bark liegen gelassen. Das Gefühl, glosslos eintreten zu müssen, machte sie noch zittriger. Sie kam sich vor wie dieser Massagesessel bei Brookstone, den Layne auf volle Power gestellt hatte. Sie hob den schweren Türklopfer und hielt den Atem an, ließ den Klopfer aber noch nicht gegen das Holz fallen.

Bean leckte ihr über die Wange, was ihr half, nicht total auszuflippen. Es erinnerte sie an alles, was Mary darüber gesagt hatte, einen Freund zu finden, der Massie für all die Dinge liebte, die sie zu einem wahren Alpha-Girl machten. Und an die Liste, die sie im Kopf aufgestellt hatte, während sie den Mut aufzubringen versuchte, endlich an Landons Tür zu klopfen.

Die Top Drei meiner Alpha-Liste:

1. *Ich bin Bean eine gute Hundemama und eine Freundin des Schönheitskomitees, auch wenn GEWISSE Leute (Kuh-laire) meinen, alles besser zu können.*
2. *Mein Stilgefühl ist unschlagbar (und zwar hoch zehn).*
3. *Ich bin meinem Verehrer mehr als treu.*

Bis jetzt wusste Landon erst die ersten beiden Dinge über sie. Was, wenn er ihr keine Chance gab, auch das dritte unter Beweis zu stellen? Was, wenn er sie für zu unreif hielt und sie nie wieder einen Jungen finden würde, der ...

Der Messingtürklopfer rutschte ihr aus der Hand und knallte gegen die Tür, was sie in die Realität zurückriss. Sie schüttelte den Kopf, um alle negativen Gedanken zu vertreiben, und wuschelte sich gleichzeitig die Haare auf. Landon konnte mehr als froh sein, ein Alpha-Girl wie sie als Freundin haben zu können. Und wenn er ihr nicht vergeben konnte, würde sie die Kraft finden, trotzdem weiterzumachen. Schließlich war Landon Crane nicht der einzige modebewusste Schwarm im Meer. Wenn Jessica, Demi und Posh den richtigen Typen finden konnten, würde Massie das auch schaffen, daran konnte sie niemand hindern.

Plötzlich starrte Massie nicht länger ihr Spiegelbild im Türklopfer an. Sie starrte Landon an. In dem Moment, als er sie sah, verdunkelten sich seine türkisfarbenen Augen.

»Hey.« Sie hasste es, dass sich ihre Stimme so zittrig anhörte, wie sie sich fühlte. Ihr Blick wanderte von Landons dunklen Fast-Zeit-wieder-zum-Friseur-zu-gehen-aber-noch-nicht-ganz-Wellen über sein Stretch-Polohemd von Prada zu den gerade geschnittenen Diesel-Jeans. Er war perfekt.

»Hey.« Aber so starr, wie er in der Tür stand, sah er auch aus wie eine total schicke, total wütende Actionfigur, die bereit war, ihr den Todesstoß zu versetzen. Und das konnte durchaus passieren.

Massie schluckte. Konnte er sie nicht wenigstens hereinbitten? Sie nagte an ihrer glossfreien Unterlippe und zermarterte sich das Gehirn nach dem passenden nächsten Schritt.

Noch vor zwanzig Minuten hätte sie ihm das Blaue vom Himmel heruntergelogen. Sie hätte ihrem (Ex-)Schwarm erzählt, dass sie Bark zu Pup-A-Palooza mitgenommen hatte, weil sie gehört hatte, dass Landon dort sein würde, und sie erkannt hatte, dass der kranke Hund nie von ihm hätte getrennt werden dürfen. Dann hätte sie wahrscheinlich eine Story erfunden, dass die Hundeschühchen von der VDHT (Vereinigung der Hundetherapeuten) empfohlen worden waren und dass sie sie extra für Bark aus Finnland hatte einfliegen lassen. Und dann hätte sie Landon gesagt, was er ihr für die Schuhe schuldete, zuzüglich Verpackung und versichertem Versand. Und dann hätte sie Bean nach Hause gebracht und darüber gewütet, dass das *L* in Landon offensichtlich die Kurzform von *HL* war.

Aber das war vor zwanzig Minuten gewesen. Jetzt, im goldenen Licht der Nachmittagssonne auf Landon Cranes

Eingangsstufen, war Massie eine vollkommen andere Alpha. Genauso mussten sich die Ashleys (Simpson und Tisdale) bei den ersten Paparazzi-Schnappschüssen nach ihren Nasen-OPs gefühlt haben.

»Massie?« Landon wedelte mit der Hand vor ihrem Gesicht herum. Die würzige Zitrusnote seines CK Eternity Summer schärfte ihre Sinne und half ihr, sich wieder zu konzentrieren.

»Wir müssen reinkommen.« Massie nahm Bean auf den anderen Arm und kraulte genau die Stelle an ihrer Stirn, durch die ihre linke Vorderpfote immer unkontrolliert zu wackeln anfing. Selbst wenn Landon nicht Ja zu Massie sagte, konnte er unmöglich Nein zu Bean sagen. »Okay?« Sofort bedauerte sie, um Erlaubnis gefragt zu haben. Alphas fragten nicht. Sie sagten nur Bescheid.

Landon zuckte mit den Achseln und trat beiseite. »Von mir aus.«

Etwas gereizt rauschte Massie mit Bean an ihm vorbei in die Diele und ihr Arm streifte seinen. Trotz des Schmerzes in ihrem Herzen richteten sich sofort die kleinen Härchen in ihrem Nacken auf und schrien *wahre Liebe*.

Landons Haus war mit dem Anwesen der Blocks nicht zu vergleichen, aber dennoch imposant. Statt der Marmorböden, antiken Mahagonitischchen und der riesigen Standuhr hatte der Eingangsbereich von Landons Haus dunkelrote Wände, einen Schieferboden und gerahmte Fotos von Landons Mutter mit einigen von Massies Model-Ikonen. Darunter der echte Marc Jacobs.

»Marc ist ein solcher Goldschatz.« Celia Cranes Stimme

war plötzlich in Massies diamantgeschmücktem Ohr und ließ sie zusammenfahren. Sie wirbelte herum und widerstand dem Drang, sich die Hand vor die nackten Lippen zu schlagen.

»Du musst wissen, dass es seine Idee war, die Boutique Bark Jacobs zu nennen.« Landons Mutter strahlte sie an. Die wilden dunklen Locken rund um ihr Gesicht betonten ihre hohen Wangenknochen. In ihrem schwarz-weiß gestreiften Diane-von-Furstenberg-Maxikleid und den klobigen türkisfarbenen Accessoires war Celia der Inbegriff müheloser Eleganz. »Wie schön, dich wiederzusehen, Massie«, sagte sie und betupfte ihr Markenzeichen, die Haarspange in Form eines Pfotenabdrucks, die in ihrer kunstvoll zerzausten Frisur fast versank. »Dich auch, Bean.«

Bean kläffte einmal und leckte Celias Hand.

»Oh mein Gott, hi.« Massie wurde rot, aber ihr Herz machte einen kleinen freudigen Hüpfer, weil Landons Mom ihren Namen nicht mehr *May-sie* aussprach, wie sie es am Abend der Boutique-Eröffnung getan hatte. Das bedeutete, dass Landon über sie gesprochen hatte. Zumindest vor gestern Abend.

Celia sah Landon an. »Ich habe gerade den Prototyp für das Parfüm bekommen«, sagte sie und hielt ein kleines mattes Glasfläschchen in Form eines Mopses hoch. »Perfekt, findest du nicht?« Ohne auf die Antwort ihres Sohnes zu warten, hielt Celia das Fläschchen so hin, dass Massie es ebenfalls sehen konnte. »Wir bringen eine Serie von Hundedüften heraus und Landon hat den für die Rüden entworfen«, erklärte sie. »Er soll zusammen mit unserer Frühjahrskollektion herauskommen.«

Massies Herz schlug im doppelten Tempo. Er hatte noch vor der Zehnten ein Parfüm entworfen? Wahnsinnn! Sie beugte sich vor, um die Flasche genauer betrachten zu können. Das Mopsgesicht des Fläschchens war eindeutig das von Bark.

»Wie soll es heißen?«, fragte sie das Fläschchen und wünschte, sie hätte die Courage, Landon anzusehen und ihn direkt zu fragen.

Celia sah ihren Sohn auffordernd an.

»Eau Bama«, murmelte Landon und zupfte an einem unsichtbaren Faden am Ärmel seines Poloshirts.

»Clever, stimmt's?« Nach einem Moment des Schweigens ließ Celia den Blick zwischen Landon und Massie hin und her wandern. Ihre leuchtend blauen Augen funkelten amüsiert.

»Alles klar, ich hab's verstanden.« Sie lächelte. »Das Geschäft kann warten. Ich bin in meinem Büro, falls mich jemand braucht.« Sie glitt barfuß über den Schieferboden und küsste Landon auf die Stirn.

»Mom!« Landon verdrehte die Augen.

»Sorry.« Celia wischte den Gloss-Abdruck über seinen Augen weg. »Im Ofen sind glutenfreie Plätzchen, falls ihr welche möchtet.« Und dann verschwand sie.

Massie schaute auf und stellte fest, dass Landons Augen jetzt ein wenig freundlicher aussahen. Aber er sagte immer noch nichts, sondern wartete.

»Äh, also wegen gestern Abend.« Massies Seidentunika

begann, an ihrer feuchten Haut zu kleben. Sie setzte Bean auf den Boden und presste die Arme an die Seiten, um mögliche Schweißflecken zu verbergen. »Ich hatte wirklich vor, mit Bark zu Hause zu bleiben. Aber dann habe ich auf Animal Planet gesehen, dass es ganz schlecht für verletzte Hunde ist, wenn man sie einsperrt. Das verschlimmert es nur, also psychologisch, meine ich. Sie kriegen davon Depressionen.«

Landon sah sie skeptisch an. »Häh?«

»Man nennt es HDS«, log Massie. Jetzt schwitzte sie sogar schon durch die Jeans und ihr Sinn für Wahrheit und ihre guten Vorsätze verdampften mit dem Schweiß aus jeder Pore. »Hunde-Depressions-Syndrom.«

Bean stupste Massies Schienbein mit ihrer feuchten Nase an.

Und Marys Stimme tauchte wieder in Massies Kopf auf.

Der perfekte Freund will dich genau so haben, wie du wirklich bist.

Massie erstarrte und fühlte sich genauso wie damals in den letzten Sekunden, bevor Olga ihr zum ersten Mal die Augenbrauen gewachst hatte. Vielleicht war die Angst vor dem Schmerz schlimmer als der Schmerz selbst.

Bean schaute zu ihr auf und *wiff*-feuerte sie an. Massie holte tief Luft und legte los.

»IchhabeBarkzuderPartymitgenommenweilichdirnachspionierenwollteweilichdirnichtvertrauthabeunddachtedassduundVogelb. . . ich meine Mary vielleicht zusammen seid, und so hat Layne diese Kameras in die Schühchen eingebaut und sie mit Absicht so hässlich gemacht, was total typisch für sie ist, diese HL, und weil Bean sie nicht anziehen wollte, musste Bark es tun, und ich habe auch die letzte Stunde damit verbracht, dir von den Büschen vor dem Haus aus nachzuspionieren, was total bekloppt hoch zehn ist, aber Tatsache ist, dass ich das nur gemacht habe, weil ich dich viel mehr mag als meine bisherigen Freunde, die nicht die richtigen für mich waren, weil ich nämlich Fußball genauso hasse wie Afrika und gute Taten und Jungs in Shorts. Außerdem hasse ich bronzefarbenes Bräunungsspray und ich trage zum Filmabend keine hohen Absätze und die Süßes-oder-Saures-Runde mache ich auch wegen des Süßkrams, nicht nur wegen der Kostüme, und vor allem liebe ich Bean und Bark und dein neues Parfüm, das übrigens einfach super ist.«

Massie taumelte zurück gegen die Wand. Das Geräusch ihres erleichterten, keuchenden Atmens hallte durch die Diele. Sie hatte es getan. Sie hatte ihrem Schwarm alles gesagt, was sie immer hatte sagen wollen, sich aber nie getraut hatte.

Beans Zunge fiel ihr vor Verblüffung aus dem Maul.

Landons Augen weiteten sich. Massie konnte nicht erkennen, ob es Erstaunen oder Panik war oder ob er sie vielleicht für total verrückt hielt. Aber wen interessierte das schon? Ohne ihre Unsicherheit, die sie immer belastet hatte, fühlte sie sich jetzt leichter als nach einer ganzen Woche Dauerpilates. Keine Lügen, Intrigen oder Spionage mehr, ob es Landon Crane nun gefiel oder nicht.

Landon blinzelte und sagte immer noch kein Wort.

Massie schnappte sich die geschockte Bean, ging auf die

Tür zu und wartete darauf, dass Landon ihren Namen rief und ihr sagte, dass er ohne sie nicht leben konnte. Er sollte sie anflehen, ein Parfüm für Hündinnen zu entwerfen, damit sie gemeinsam Werbung für die neue Duftserie machen konnten.

Aber alles, was sie hörte, waren das Hecheln ihres Hundes und ihr eigener Herzschlag. In ihr krampfte sich alles zusammen und für den Bruchteil einer Sekunde drohte eine Welle des Bedauerns, sie unter sich zu begraben. Aber sie schluckte sie herunter, zusammen mit ihrem Stolz und dem letzten Rest Zimtgloss von ihren ausgedörrten Lippen. Dann riss sie die Tür auf und trat hinaus ins Licht des Tages.

Ihre Absätze klackten die Stufen hinunter und sie runzelte die Stirn. Sie war verwirrt. Wie konnte Landon einen Moment wie diesen verstreichen lassen, ohne zu erkennen, dass sie die Eine für ihn war? Sie holte tief Luft und wusste nicht, ob sie lachen oder weinen oder beides tun sollte. Eines war allerdings sicher: Wenn sie das alles noch mal tun müsste, würde sie nicht mehr zögern.

Ihr Handy brummte in der hinteren Hosentasche und sie zog es in Erwartung von Claires millionster SMS heraus. Aber der Name auf dem Bildschirm war nicht der von Claire.

LANDON: ICH FINDE BRONZESPRAY AUCH EKLIG. ☺

Bevor Massie die Nachricht ein zweites Mal lesen konnte, um sich zu vergewissern, dass sie keine von zu viel Ehrlichkeit verursachte Halluzination war, öffnete sich Landons

Haustür. Er stand direkt vor ihr und sah ihr in die Augen, während seine Finger über die Tasten seines Handys flogen.

Ihr Telefon brummte wieder. Es kostete sie ihre ganze Kraft, den Blick lange genug von ihm loszureißen, um auf ihr Handy zu sehen.

LANDON: VERGEBEN UND VERGESSEN. ☺

Er hätte ihr ebenso gut eine Nachricht schicken können, die nur aus Herzen bestand, denn die waren alles, was sie sah. Landon Crane mochte sie. Sie. Trotz ihres *Oh mein Gott,* der glossfreien Lippen und ihrer ganzen Unsicherheit.

Ihre Blicke trafen sich wieder und ihr ganzer Körper fühlte sich erneut so an wie in diesem Sessel bei Brookstone. Aber diesmal auf angenehme Weise. Landon alles zu sagen, hatte sie anscheinend zusammengebracht. Wieso sollte das nur bei ihm klappen? Vielleicht sollte sie versuchen, auch ihren Freundinnen die Wahrheit zu sagen. Massie hatte plötzlich das Gefühl, eine große Entdeckung gemacht zu haben.

Sie beschloss, mit Claire anzufangen. Ihr zu sagen, dass es in Ordnung war, wenn sie mit Cam zusammenbleiben wollte, statt aufzusteigen. Ihr zu sagen, dass sie verstand, warum Claire von Anfang an gegen diesen Aufstieg gewesen war. Dass sie . . .

Massie schaute auf. Landon kam langsam auf sie zu und seine Augen schrien: *Ich werde dich jetzt so was von auf den*

Mund küssen. Wie auf ein Stichwort fuhr eine kühle Brise zwischen ihnen hindurch und wehte Massies Haar zurück. Die Wolken über ihnen teilten sich und goldener Sonnenschein überflutete die Eingangsstufen. Bean sprang von Massies Arm und rannte kleine Kreise um sie herum, als wollte sie sie dichter zusammenbringen.

Es war perfekt. Mit einer kleinen Ausnahme.

Massies Magen machte einen Satz in ihre Kehle, als müsste sie sich übergeben.

Als Landon sich mit halb geschlossenen Lidern vorbeugte, schrillten Alarmsirenen in Massies Kopf. Sie war darauf nicht vorbereitet! Sie hatte nicht mal geglosst! Und sie hatte keine Ahnung, wie man einen Neuntklässler küsste! Machten die das anders? Warum hatte sie Mary nicht danach gefragt, als sie die Gelegenheit gehabt hatte?

»OhmeinGottichmusssofortmitClairereden«, stieß sie hervor und trat einen Schritt zur Seite, bevor Landon ihr noch näher kommen konnte.

Landons Augenlider fuhren hoch und er lächelte sie schüchtern an.

»Okay?IchschreibdirnachhersagdeinerMomByevonmir.« Massie stolperte die Stufen hinunter, Bean dicht auf den Fersen.

Auf dem Weg über die Auffahrt hielt sie den Blick stur geradeaus gerichtet, obwohl sie zwischen Umdrehen, Wegrennen oder auf dem iPhone nach Videos von küssenden Neuntklässlern Googeln hin und her gerissen war. Sie hoffte nur, dass Landon nicht glaubte, dass sie seinetwegen dem Kuss ausgewichen war. Sie war einfach noch nicht so weit.

Und wenn er sie so liebte, wie es sein verliebter Efron-Blick vermuten ließ, dann verstand er das sicher. Er musste einfach.

Lagebericht

In	Out
Textnachrichten	falsche Schlüsse
Geständnisse	Besessenheit
Landons Küsse vermeiden	Landons Küsse

WESTCHESTER, NEW YORK
GEMEINDETHEATER

Sonntag, 16. November
15 Uhr 45

Braaaaavoooooooooo!«, johlte Layne Claire ins Ohr, als Syd die stolpernde Truppe kostümierter Drittklässler für die vierte Verbeugung auf die Bühne des Gemeindetheaters führte. Der Applaus in dem kleinen Zuschauerraum wurde geradezu ohrenbetäubend und in Claires Gehirn entstand ein summendes Geräusch. Außerdem hatte sie zwischen »Tonight« und »I feel pretty« jedes Gefühl in ihrem Genick verloren, denn als Ehrengäste der Regisseurin hatten Claire, Layne und Cara in der ersten Reihe sitzen müssen, wo sie den Kopf in den Nacken legen mussten, um überhaupt etwas von dem zu sehen, was auf der Bühne vorging.

Auf der anderen Seite von Layne beugte sich Cara auf ihrem Platz nach vorn, bis die blonde Mähne ihre Knie streifte. »Sind die Kids nicht total süß?«, rief sie und ihre Wangen waren von der abgestandenen Wärme über den knarrenden Theatersitzen ganz rot.

Claire nickte. Rechts von ihr hielt ein Mann mittleren Alters einen blinkenden Camcorder hoch und lächelte stolz.

»DAS IST MEIN MÄDCHEN!«, brüllte er und schwenkte einen Strauß in Zellophan verpackter Rosen in Richtung der Herde kleiner Mädchen auf der Bühne.

»Glückwunsch«, murmelte Claire höflich. Dann wanderte ihr Blick wieder zu ihrem Handy, das auf ihrem linken Oberschenkel lag, seit sie sich hingesetzt hatte. Keine Anrufe, keine Nachrichten ... nicht einmal ein Twitter-Update oder ein Eintrag bei Facebook. Sie schob die Ärmel ihres Kapuzenshirts hoch, denn sie brauchte dringend etwas Luft.

Es war ja leider auch nicht so, dass sie Massie einfach nur noch mal anrufen musste, damit sie abhob. Außerdem war Claire mittlerweile zu erschöpft und verwirrt, um darüber nachzudenken, warum ihre Freundin ihr nicht antwortete. War sie sauer, weil Claire am Abend zuvor mit Syd und Cara zusammen gewesen war? Zu sehr damit beschäftigt, sich mit Landon zu amüsieren, um sich bei ihr zu melden? Oder einfach nur beleidigt, weil Claire versucht hatte, sich einen neuen Freundeskreis außerhalb des Schönheitskomitees aufzubauen?

Der Applaus ließ allmählich nach und Claire schüttelte das Summen aus ihren Ohren. Syd, die sich unter den gleißenden Theaterscheinwerfern anscheinend wie zu Hause fühlte, hatte einen großen Blumenstrauß und ein Programmheft in der Hand. Sie wartete, bis die Hochrufe der stolzen Eltern verstummten, und sprach dann in das Ansteckmikro an ihrem schwarzen Pulli. Claire legte wieder einmal den Kopf in den Nacken und starrte hinauf in Syds ovale Nasenlöcher.

»Vielen Dank an alle, die uns bei unserer diesjährigen Aufführung unterstützt haben.« Syds Stimme dröhnte durch das Theater und lenkte die Aufmerksamkeit des Publikums auf sich. »Wir hoffen, es hat Ihnen gefallen. Ich möchte nur noch ein paar Ansagen machen, dann sind Sie entlassen. Aber bitte denken Sie daran, dass auf der großen Bühne demnächst unser Stück *Die Schöne und das Biest* Premiere hat, und besorgen Sie sich rechtzeitig Ihre Tickets. Und das Vorsingen für unser Frühjahrsmusical *Der kleine Horrorladen* findet statt in ...«

»Daddy liebt dich, Michelle!«, brüllte der stolze Vater neben Claire.

Im Zuschauerraum wurde gekichert. Auf der Bühne machte Michelle vor Verlegenheit große Augen und versteckte sich hinter Syd.

»... in zwei Wochen.« Syd lächelte über ihre Schulter und verpasste dem kleinen Mädchen eine Kopfnuss mit dem Programm. »Vielen Dank und noch einen schönen Nachmittag.« Die Kinder verbeugten sich ein letztes Mal und dann fiel ein staubig riechender Samtvorhang von oben herab.

Wenn Claire ein eigenes Mikro gehabt hätte, wäre sie damit zu den Blocks gerannt, um alles in voller Lautstärke zu erklären. Dass sie nie vorgehabt hatte, Massie oder dem Schönheitskomitee wehzutun. Wie der Aufstieg in ihr das Gefühl ausgelöst hatte, dass ihr keine andere Wahl blieb, als sich neue Freunde zu suchen, die sie so akzeptierten, wie sie war, mit einem Freund aus der Achten und allem anderen.

Aber vor allem wollte Claire Massie erzählen, dass das Zusammensein mit Syd und Cara ihre Meinung über ältere Freunde geändert hatte. Dass Massie vielleicht doch richtig lag mit ihrem ...

»Was machen wir jetzt?«, fragte Layne und riss sie damit aus ihren Gedanken. Claire war nicht einmal aufgefallen, dass Layne vor ihr stand und den stolzen Eltern den Weg auf die Bühne versperrte.

Cara zuckte mit den Achseln und schüttelte sich eine blonde Strähne aus dem Gesicht. »Was haltet ihr von Kino?«

»Näh.« Layne sah nicht begeistert aus.

Claire kontrollierte mal wieder ihr Handy.

»He, ihr!« Syd tauchte hinter dem Vorhang auf, setzte sich auf den Bühnenrand, ließ die Beine baumeln und legte einen Armvoll Blumensträuße neben sich. »Und ...?« Ihre babyblauen Augen funkelten vor Aufregung.

»Super«, beteuerte Layne begeistert.

»Hätte nicht süßer sein können.« Cara fächelte sich mit einem gefalteten Programm Luft zu.

»Total süß«, bestätigte Claire, die nur wünschte, dass Massie endlich aufhören würde, sie von irgendwo am anderen Ende der Stadt aus abzulenken.

Syd verbeugte sich dramatisch. Als sie wieder hochkam, strich sie sich eine ihrer dunklen Locken hinters Ohr und sah Claire an.

»Und? Was sagst du?«, forschte sie mit einem freundlichen Lächeln.

Ich sage, dass ich schon genug Theater für den Rest meines Lebens hatte. Claire schirmte ihre Augen mit der flachen Hand vor dem gleißenden Licht der Schweinwerfer ab. »Wozu ...?«

»Das Vorsingen! Für den *kleinen Horrorladen*. Bist du dabei?«

»Ich werde es mir auf jeden Fall überlegen.« Claire strich ihren Pony zur Seite.

»Ich muss immer noch ein Lied finden«, verkündete Cara. »Wahrscheinlich werde ich ›Jetzt hast du Seymour‹ singen.« Sie warf den Kopf zurück, schloss die Augen und fing mitten in dem vollen Theater an zu singen. Nur Sekunden später stimmten Layne und Cara ein. Sogar Claire sang mit und entspannte sich ein wenig in ihrem Stuhl. »Jetzt hast du Seymour! Nun bist du geborgen! Und auch ohne Make-up kannst du sicher sein!«

»Du kennst es!« Cara grinste sie an. »Super!«

Claire nickte. »Es ist eins von den Liedern auf meiner Karaoke-Maschi...« Sie unterbrach sich hastig und hoffte, dass das Geplauder der Eltern und das Tapsen von Kinderfüßen, die durch die Gänge rannten, sie übertönt hatten.

Aber Syd und Cara verdrehten nicht die Augen oder vernichteten sie mit einer boshaften Bemerkung. Stattdessen beugten sich beide nach vorn und redeten gleichzeitig.

»Du hast eine Karaoke-Maschine!« Cara japste nach Luft. »Das ist nicht dein Ernst! So eine wollte ich schon immer haben!«

»Können wir sie ausprobieren?« Syd pflückte sich das Mikro vom Pulli. »Ich meine, jetzt sofort?«

»Ich suche das erste Lied aus!« Layne hieb mit der flachen Hand auf den Bühnenboden.

Claire lachte erleichtert auf. Dies war definitiv nicht die Reaktion, mit der sie gerechnet hatte. Seit sie nach Westchester gezogen war, hatte sie das Karaokesingen vor dem Schönheitskomitee nur ein einziges Mal erwähnt und das war auch das letzte Mal gewesen. Das SK hatte sie mit der Schnelligkeit und Präzision eines Erschießungskommandos niedergemacht. Massie hatte jeden Kleinfingerschwur geschworen, dass *karaoke* das japanische Wort für *HL* war. Alicia hatte behauptet, wenn irgendjemand an der OCD erfuhr, dass sie das Thema überhaupt erwähnt hatte, wäre sie gezwungen, ins Westchester-Schutzprogramm zu gehen und in Spanien bei ihren Cousinen zu leben. Kristen hatte gesagt, dass sie Fußball vorzog, und Dylan hatte schlechtes Sushi vorgeschoben.

»CLAIRE!«, brüllten Layne, Cara und Syd und rissen sie damit aus ihrer Träumerei. »Lass uns gehen!«

Syd sprang von der Bühne und landete neben Claire. »Ich hole meinen Kram und bin in fünf Minuten wieder da. Wir treffen uns draußen.« Sie rannte Richtung Garderobe davon und sang dabei aus vollem Hals die zweite Strophe von »Jetzt hast du Seymour«.

»Okay.« Claire lachte, denn die Begeisterung der Mädchen wirkte Wunder gegen ihre düstere Stimmung.

Layne packte Claires Handgelenk und zog sie auf die Beine. »Los, gib Gas!«

»Komme schon!« Claire folgte Layne und Cara durch den Mittelgang des Theaters zum Ausgang. Vielleicht konnte sie jetzt im wahrsten Sinne des Wortes das Theater hinter sich lassen.

BEI DEN BLOCKS
VOR DEM GÄSTEHAUS

Sonntag, 16. November
17 Uhr 01

Massie Block war ein ganz neuer Alpha. Und zwar nicht nur innerlich. Ihr cremeweißes Kaschmir-Strickkleid, der zarte Platinschmuck und die flachen Schuhe im Krissel-Metalliclook verkündeten dem Anwesen und der gesamten Umgebung, dass sie gereinigt war. Befreit von allen Unsicherheiten, Ängsten und Zweifeln. Abgesehen von denen, die das Küssen eines Jungen aus der Neunten betrafen. Aber darum konnte sie sich später kümmern. Jetzt hatte sie Wichtigeres zu tun. Erster Stopp: das Gästehaus.

Sie drückte den glänzenden Hebel der Terrassentür nach unten und eine frische Brise kühle Herbstluft strömte ihr entgegen. Das Licht des späten Nachmittags wirkte beinahe durchsichtig und brachte ihre bronzefreien Wangenknochen, die makellosen Lippen und den schimmernd hervorgehobenen Brauenbogen zum Funkeln, als wäre sie ein wertvolles, im Smithsonian Museum ausgestelltes Juwel.

Massie ging hinaus, zog die Terrassentür hinter sich zu und schritt über den frisch gemähten Rasen, ohne sich im Geringsten vor Grasflecken zu fürchten, die ihr komplett weißes Outfit ruinieren konnten.

Sogar ihre gesteppte weiße Tasche fühlte sich leichter als

sonst an, denn sie hatte nur das Allernotwendigste eingepackt: ihre aufs Unterbewusstsein wirkende Selbstvertrauens-CD (als Auftakt für das Freudenfeuer, das sie für später geplant hatte, um ihre Verbundenheit mit dem SK und ihrem neuen Schwarm zu feiern), einen neuen Glossip Girl First Snow und eine kleine Tüte Gummitierchen als Friedensangebot für Claire.

Ich wollte, dass du mit uns aufsteigst, weil ich dachte, wir könnten sonst keine Freundinnen mehr sein. Aber inzwischen verstehe ich, warum du es nicht willst. Immerhin ist Cam ziemlich süß. Zwar mehr auf eine In-die-Wangen-kneif-Weise als auf die Auf-den-Mund-küss-Weise, aber trotzdem. Und Highschool-Jungs können echt unheimlich sein. Glaub mir, ich weiß, wovon ich rede.

Massie machte beim Ausarbeiten ihrer Entschuldigungsrede eine Pause, die Claire dann für ihre Erwiderung nutzen sollte. Dann fuhr sie fort.

Oh mein Gott, vergeben und vergessen! Ich habe dich auch vermisst! Von jetzt an keine Streitereien und Lügen mehr. Kleinfingerschwur.

Im Wohnzimmer des Gästehauses brannte Licht, das durch das Fenster auf den Rasen fiel. Wahrscheinlich stand Claire vor dem Spiegel in der Ecke und übte ihre eigene Entschuldigung ein. Massies Schritte wurden schneller und die Versöhnung mit ihrer Freundin rückte näher und näher.

Sogar das Gras schien vor lauter Vorfreude zu beben, je näher Massie dem Gästehaus kam. Dann blieb sie verwundert stehen. Winzige Vibrationen wanderten aus dem Boden über ihre Schuhe bis zu ihrem Herzen. Die edlen Platinringe in ihren Ohren wackelten, als würde der Garten der Blocks von einem Mini-Erdbeben erschüttert. Und aus dem Gästehaus kam das gedämpfte Heulen einer Katze, die langsam und qualvoll zu Tode gefoltert wurde.

»Oh mein Gott, Kuh-laire!« Massie hielt sich die Ohren zu und starrte zum Wohnzimmerfenster. Dann setzte sie sich hastig wieder in Bewegung und rechnete mit dem Schlimmsten. Es konnte nichts Gutes bedeuten, dieses grauenhafte ...

Endlich konnte sie einen genaueren Blick durchs Fenster werfen und erstarrte, als wäre sie eine perfekt gestylte Eisskulptur, die jemand draußen vergessen hatte. Sie hatte das Schlimmste befürchtet, aber nichts hätte sie auf das vorbereiten können, was sie jetzt sah. Sie eilte die letzten Meter ans Fenster und ging in den Büschen in Deckung, ohne daran zu denken, dass sie sich vorgenommen hatte, nie wieder zu spionieren.

Hätte sie nicht gerade frische Wimperntusche aufgetragen – wasserfest diesmal –, hätte sie sich vermutlich die Augen gerieben, um sich zu vergewissern, dass sie sich nicht irgendwelche Dinge einbildete.

Auf der anderen Seite der kühlen Glasscheibe waren Claire, Layne und die Neuntklässlerinnen von der Party. Jede von ihnen hatte ein »Mikrofon« in einer Hand und wedelte wie wild mit der anderen herum. Die ganzen Möbel waren zur Seite geschoben und die Karaoke-Maschine am Kamin zeigte flackernd einen Liedtext an, den Massie nicht entziffern konnte.

Es musste allerdings irgendetwas aus einem Musical sein,

denn zu normaler Musik passten diese epileptischen Anfälle nicht. Es war mal wieder typisch, dass Claire die Neunte-Klasse-HLs anzog wie ein Magnet. Massie beugte sich vor und presste die Hände an die Scheibe. Claire kicherte und tanzte und hatte ganz rote Wangen. Aber nicht geschminkt, sondern echt rot. Der Pony hing ihr feucht in die Stirn und sie sah . . . glücklich aus. Als wären Massie und das Schönheitskomitee das Letzte, woran sie dachte.

Irgendetwas in Massies Innerem verhärtete sich. Also war Claire nicht dabei, sich bei ihrem Spiegel zu entschuldigen. Stattdessen betrog sie sie mit Layne und zwei Neunte-Klasse-Theaterzicken.

Massie, die plötzlich einen Klumpen im Hals hatte, ließ die Handflächen an der beschlagenen Scheibe herunterrutschen. Es blieben zwei nasse Schmierer zurück. Die Schwere, die sie schon Stunden zuvor gespürt hatte, kam mit Macht zurück und schien sie vor dem Fenster des Gästehauses festzunageln. Wie konnte Claire sie so schnell ersetzen? Es war, als wäre Massie gestorben, und Claire hatte nicht einmal die Beerdigung abgewartet, bevor sie sich neue Freundinnen gesucht hatte.

Heiße Tränen traten Massie in die bernsteinfarbenen Augen. So viel bedeutete sie Claire also. Nichts. Sie war leichter zu ersetzen als ein alter Rougepinsel. Und zwar keiner von Shu Uemura mit den superweichen Nerzhaaren. Nein, eines von diesen Plastikdingern von Duane Reade. So einer, wie Claire ihn kaufen würde.

Schließlich konnte sie die Tränen nicht länger zurückhalten und sie rannen ihr wie kleine Rinnsale über die Wangen.

Claire und ihre neuen Freundinnen tanzen und lachen zu sehen, war Folter, so als bekäme man eine Ganzkörper-Wachsenthaarung in Zeitlupe. Aber irgendwie brachte Massie es nicht fertig wegzusehen.

BEI DEN BLOCKS
IM WOHNZIMMER DES GÄSTEHAUSES

Sonntag, 16. November
17 Uhr 06

Claire hockte hinter der abgewetzten senffarbenen Couch im Wohnzimmer, umklammerte ihr schnurloses Glätteisen, wippte kichernd im selben Takt wie ihre Hintergrundsänger und wartete auf ihren Einsatz.

»ÄH-FÜNF, SECHS, SIEBEN, ACHT!«, schrie Layne in das Mikro, das sie an die Stereoanlage des Gästehauses angeschlossen hatte. Sie stand in der Mitte des Wohnzimmers, direkt vor der Messingstehlampe ohne Lampenschirm, die ihr als Schweinwerfer diente.

Auf dem blauen Beistelltisch in der Ecke erwachte Claires alte tragbare Karaoke-Maschine zum Leben und dröhnte die ersten Takte von *Der kleine Horrorladen*, sodass es bis in den ersten Stock zu hören war.

Syd stieß Claire mit ihrem Lockenstab an und die drei Mädchen schossen hoch, alle mit ihren Haarstylinggeräten/Mikros an den Lippen.

»Kleiner Laden! Kleiner Horrorladen!«, johlte Claire in ihr Glätteisen. »Kleiner Laden! Kleiner Terrorladen!«

Claire, Syd und Cara tanzten hinter der Couch hervor, gesellten sich zu Layne am Karaoke-Mikro und sangen ihre

Spiegelbilder im Wohnzimmerfenster so laut an, wie sie konnten. Claire schloss die Augen und warf die Arme hoch. Sie fühlte sich wirklich frei, denn endlich musste sie sich keine Gedanken mehr darüber machen, ob sie vielleicht Schweißflecken unter den Achseln hatte, ob sie richtig sang oder was die anderen von ihr dachten. So frei hatte sie sich nicht mehr gefühlt seit ... nun, seit sie nach Westchester gezogen war.

Claire schlang die Arme um die Mädchen aus der Neunten und zog sie für die letzte Strophe an sich. Sie machte sich nicht einmal die Mühe, an ihrem Pony herumzuzupfen, der ihr schweißfeucht an der Stirn klebte. Mit jeder Note löste sich in ihr etwas von der Anspannung, die sich aufgebaut hatte, seit Massie ihren Aufstieg das erste Mal erwähnt hatte. Langsam sanken ihre Schultern von den preiswerten Ohrringen wieder herab in ihre normale Lage.

»Kleiner Laden! Kleiner Horrorladen! Nein, nein, nein, nein, neiiiiiiin!«, sang Claire aus vollem Hals.

»CLAAAAAAAAAIIIIIIIIIIIIRRRRRREEEEEEE!« Todds empörter Schrei von oben übertönte sogar die Musik. »MACH DAS AUS ODER ICH SAG'S MOM!«

Claire warf einen Seitenblick auf die anderen Mädchen und alle prusteten los. Layne tänzelte zur Karaoke-Maschine und drehte die Lautstärke noch mehr auf.

»WIR KÖNNEN DICH NICHT HÖÖÖÖREN!«, schrie sie und schwenkte die Hüften.

Als Cara den Kopf zurückwarf und die zweite Stimme in einen schnurlosen Fön sang und ihr langes blondes Haar im

Takt des Gesangs um ihre Schultern schwang, trafen sich die Blicke von Claire und Layne.

Layne zwinkerte ihr zu, als wollte sie sagen: *Na, sind das Freundinnen nach deinem Geschmack?*

Claire nickte. Mit den Mädchen aus der Neunten zusammen zu sein, war fast dasselbe wie mit Mädchen aus der Achten. Der einzige Unterschied war, dass sie mehr Oberweite hatten und öffentliches Küssen auf den Mund nicht peinlich fanden. Und das war irgendwie ... okay.

Als das Lied endete, programmierte Layne ein Stück aus *Shrek: Das Musical* ein. Dann rupfte sie eine Kaschmirdecke von dem Sessel in der Ecke, schlang sie sich um die Schultern und tanzte damit durchs Wohnzimmer wie eine Besessene.

Claire tat vom vielen Lachen der Bauch weh. Und das war ein eindeutiges Zeichen, dass sie endlich ihren Platz gefunden hatte. Freunde, die perfekt zu ihr passten, auch wenn sie etwas älter waren. Ashton und Demi hatten von Anfang an recht gehabt: Das Alter war nichts anderes als eine Zahl ...

»AAAAAAAAHHHHHHH!«, kreischte Claire, die plötzlich eine ganz in Weiß gekleidete Figur draußen vor dem Fenster entdeckt hatte. Ihr Herz machte einen Satz und landete direkt in ihrer Kehle und sie taumelte rückwärts, bis sie gegen den Eichentisch krachte.

Massie.

»AAAAAAAAHHHHHHH!«, sangen Layne, Syd und Cara wie ein Echo, weil sie dachten, Claire würde improvisieren. Sie rissen die Arme hoch und warfen sich in Pose.

Claire linste unter ihrem feuchten Pony hervor und beobachtete Massie, die durch sie hindurchzusehen schien, als bestünde sie aus klarem Lipgloss. Ein scharfer Windstoß fuhr durch die Bäume im Garten und ließ Massies Kleid um ihre Beine flattern. Plötzlich lief eine einzelne Träne über Massies Wange. Und dann noch eine. Und noch eine.

Claire schnürte es die Kehle zu, Massie Block weinen zu sehen, erst nur ein bisschen, dann immer stärker. Schon bald fingen ihre dünnen Schultern an zu zucken. Die weinende Massie erinnerte Claire daran, wie ihr Dad bei Opa Lyons' Beerdigung geweint hatte. Bis zu diesem Augenblick war Claire überzeugt gewesen, dass ihr Dad nie weinte, von diesem einen Mal beim Superbowl mal abgesehen. Aber das war nicht dasselbe, denn das waren Freudentränen gewesen.

»Hat jemand meine Schuhe gesehen?«, überschrie sie die Musik und ließ sich auf dem Teppich auf die Knie fallen. Aber die Mädchen hörten sie nicht. Claire würgte den Klumpen Schuldgefühl in ihrer Kehle hinunter. Sie hatte sich doch nur ein paar neue Freundinnen suchen, den alten aber nie wehtun wollen. Das durfte sie doch wohl, oder? Und sie hätte Massie sowieso nicht einladen können, da sie ja auf keine von ihren Nachrichten geantwortet hatte.

Endlich fand sie ihre Schuhe unter der Couch. Sie rammte die Füße hinein und die Laschen knüllten sich unter ihren Zehen zusammen. Dann hastete sie zum Fenster.

Massie stand immer noch da. Von Nahem betrachtet sah sie allerdings gar nicht traurig aus. Ihr Gesicht nahm einen immer intensiveren Rotton an und ihre Hände waren zu

Fäusten geballt. Ihre tränenfeuchten bernsteinfarbenen Augen bohrten sich in die von Claire.

Claire wich einen Schritt zurück und stolperte beinahe über ihre Schnürsenkel. Massie war nicht am Boden zerstört. Sie kochte vor Wut.

Auf der anderen Seite der Scheibe bewegten sich Massies Lippen. Sie schickte Claire eine Botschaft. Claire beugte sich vor und war nur froh, dass zwischen ihnen eine Glasscheibe war – die hoffentlich auch dem Angriff mit einem Schuhabsatz widerstand. Claire zuckte übertrieben mit den Achseln, um Massie zu zeigen, dass sie sie nicht verstand.

Mit einer fließenden Bewegung griff Massie in ihre Tasche und holte ihr iPhone heraus. Ohne den stechenden Blick eine Sekunde von Claire abzuwenden, sausten ihre Finger über die Tasten. Claires Motorola brummte in ihrer Tasche.

MASSIE: DAS. BEDEUTET. KRIEG.

Claire fuhr entsetzt zurück und fühlte sich, als hätte gerade jemand einen Flammenwerfer auf ihr Innerstes gerichtet. Eine Kriegserklärung? Weil sie versucht hatte, Freunde zu finden, die sie glücklich machten?

Claire riss ihren Blick von Massies los, fuhr herum und griff nach ihrem Glätteisen. Ihr Herz schlug fast so laut wie der Beat der Musik. Aber es war nicht vor Angst, wie sonst immer bei Massie. Es war vor Wut.

Plötzlich kam ihr das Scheinwerferlicht im Wohnzimmer heller vor, die Musik lauter. Laynes Fantasietanz war auf einmal zehnmal unbeschwerter und das Lächeln von Syd und Cara wirkte noch echter.

Claire würde Massie ganz sicher nicht erlauben, dass sie entschied, mit wem sie befreundet sein durfte und mit wem nicht. Sie würde ganz sicher nicht leiden, damit Massie wieder das Gefühl hatte, der Boss zu sein. Das Alpha-Girl. Das war vorbei.

Mit viel Gekicher winkten die Mädchen Claire ans Mikro. »Jetzt kommt das FINALE!«

Hastig tippte Claire ihren eigenen Text.

CLAIRE: IST. MIR. RECHT.

Ohne einen Blick in Richtung Fenster schaltete Claire ihr Handy aus und gesellte sich zu den Mädchen. Eingeklemmt zwischen ihren beiden neuen Freundinnen fühlte sie sich sicher. Beschützt. Und bereit, den Vorhang zwischen sich und Massies Schreckensherrschaft fallen zu lassen.

Sie holte tief Luft und bereitete sich darauf vor, die letzten Zeilen des Liedes zu schmettern. Aber für Claire fühlte es sich nicht an wie das Finale. Es fühlte sich an wie ein neuer Anfang.

Lisi Harrison
Die Glamour-Clique

Party mit Superstar

Alicia ist über die Sommerferien zu Besuch bei ihren Verwandten in Spanien. Schon am Flughafen stößt sie auf Plakate des neuen spanischen Superstars – er sucht eine spanische Schönheit für sein neues Musikvideo. Das ist Alicias Chance, es allen zu zeigen. Sie ist sicher, sie wird die Rolle in diesem Musikvideo bekommen. Doch sie hat nicht mit Nina und ihren Zwillingsschwestern gerechnet.

Arena

160 Seiten.
Klappenbroschur
ISBN 978-3-401-06437-6
www.arena-verlag.de

Lisi Harrison
Die Glamour-Clique

Die Flirtprinzessin

Kristen ist total genervt, denn als Einzige aus dem fabelhaften Schönheitskomitee muss sie die Sommerferien zu Hause verbringen. Noch schlimmer: Ihre Nachhilfeschülerin Ripple ist der totale Quälgeist. Doch als Ripples Bruder auftaucht, herrscht sofort Verliebtheitsstufe Rot! Aber wie erobert man den coolsten Jungen der Schule, wenn man ein superhippes Alpha-Girl als Konkurrentin hat?

Arena
160 Seiten.
Klappenbroschur
ISBN 978-3-401-06468-0
www.arena-verlag.de

Lisi Harrison
Die Glamour-Clique

Die Poolparty

Wer hätte das jemals für möglich gehalten? Das Schönheitskomitee hat Massie auf die OUT-Liste verbannt und feiert seine Partys ohne sie. Alicia ist endlich Alpha – doch schnell stellt sie fest, dass es gar nicht so einfach ist, eine Clique anzuführen und dabei auch noch entspannt und topgestylt zu sein. Ist sie wirklich zum Alpha geboren oder führt sie das Schönheitskomitee ins Abseits?

Arena

320 Seiten.
Klappenbroschur
ISBN 978-3-401-06512-0
www.arena-verlag.de

Lisi Harrison
Die Glamour-Clique

Cinderellas Rache
978-3-401-05782-8

Die Partyqueen
978-3-401-05783-5

Die Stunde der Supermodels
978-3-401-05921-1

Amors Wettschießen
978-3-401-05944-0

Kussattacke
978-3-401-05949-5

Wer ist die Schönste?
978-3-401-05975-4

Es ist so schön, ein Biest zu sein!
978-3-401-06082-8

Partypanik
978-3-401-06083-5

Absolutes Flirtverbot
978-3-401-06259-4

Die Stylingqueen
978-3-401-06260-0

Skandalgeflüster
978-3-401-06351-5

Finger weg vom Märchenprinz!
978-3-401-06383-6

Arena

Jeder Band:
Klappenbroschur.
www.arena-verlag.de